JAMBÔ

apresenta

ESPREITADOR
e outras histórias

CRÉDITOS

Edição Guilherme Dei Svaldi
Revisão Kali de los Santos
Projeto Gráfico Dan Ramos
Arte da Capa Dan Ramos
Arte do Minipôster Kael e Dan Ramos
Artes Internas Dan Ramos e Janio Garcia
Assistente de Produção Laura Reginin
Editora-Chefe Karen Soarele
Diretor-Geral Guilherme Dei Svaldi

Equipe de Ordem Paranormal Akila Gabriel, Alice Schiavoto, Cleyson Gomes, Danilo "Orenjiro" Murakami, Eloá Picon, Felipe Faria, Gui "Guimocore" Motta, Henrique Mueller, Ivo "Eddu" Zanin, João "Noblezito" Pedro, João "Over" Dutra, João G. "Bonees" Santos, Jonatas "Jottah", Luciano "Luziiano" Vieira, Luna Gallo, Mikael "Kaell" Silva, Rodrigo Lopes, Stefano P., Thales "Bif" Cunha e Victor "AST" Trindade.

Equipe da Jambô Guilherme Dei Svaldi, Rafael Dei Svaldi, Leonel Caldela, Akila Gabriel, Ana Júlia Gamla, Anderson Dornelles, André Schwertz, Bruno Piñeiro, Dan Ramos, Dani Marques, Davide Di Benedetto, Elisa Guimarães, Gabriel Adam, Gabriel Menezes, Isabelle Gomes, Jacqueline Dal Bosco, Jaime de Andruart, José Cerqueira, J. M. Trevisan, Karen Soarele, Laura Reginin, Laura Souza, Leticia Mendes, Marcelo Cassaro, Marcus Vinícius, Marina Alvarez, Marlon Vernes, Matheus Rocha, Míguel Souza, Priscilla Souza, Richelly Kotik, Samuel Anklam, Simone Rocha, Tatiana Gomes, Thaynara Melchior, Thiago Rosa, Tiago Guimarães, Tiago Orib, Vic Terra, Victória Cernicchiaro e Yasmim Borges.

JAMBÔ

Rua Coronel Genuíno, 209 • Porto Alegre, RS
contato@jamboeditora.com.br • www.jamboeditora.com.br
@jamboeditora

1ª edição: março de 2025, 2ª impressão: janeiro de 2026
ISBN: 978658337508-7
Dados Internacionais de Catalogação na Publicação

C352e Castilho, Felipe
O Espreitador e outras histórias / Felipe Castilho, Karen Soarele, Leonel Caldela e Rafael Lange; edição de Guilherme Dei Svaldi. — Porto Alegre: Jambô, 2025.
352p. il.

1. Literatura brasileira — Ficção. I. Autor. II. Svaldi, Guilherme Dei. III. Título.

CDU 82-312.9

DANIEL HARTMANN
ESPREITADOR
e outras histórias

SUMÁRIO

APRESENTAÇÃO

Daniel Hartmann foi o maior escritor com o qual já trabalhei. Um gênio criativo, seu talento poderia elevá-lo ao cânone da literatura brasileira, ao lado de nomes como Machado de Assis, Claricer Lispector ou Erico Veríssimo.

(O que me lembra que, certa vez, o escutei em uma ligação com um "Sr. Veríssimo". Não sei sobre o que falavam, mas gosto de pensar que meu amigo teve como mentor alguém com o mesmo nome de um dos maiores escritores do Brasil.)

Infelizmente, sua trajetória foi interrompida por um trágico incêndio ocorrido em uma escola de São Paulo.

Pelos anos em que trabalhamos juntos, porém, jamais me esquecerei dele. É verdade que as últimas lembranças que tenho de meu amigo não são boas. Nos meses que antecederam o acidente que o vitimou ele estava... Estranho. Com um comportamento assustadiço, quase paranoico. Enviei mensagens sugerindo que procurasse atendimento psicológico, mas ele disse que seus problemas não seriam resolvidos com terapia, pois vinham de fora, do "outro lado" — o que quer que isso signifique.

Não insisti.

Porém, quando Daniel enviou um e-mail solicitando que eu recolhesse suas obras das livrarias e cancelasse todas as impressões de seus manuscritos, tive certeza de que havia algo errado. Tentei contatá-lo, mas ele não respondeu minhas mensagens, nem atendeu o celular. Logo depois... ele faleceu.

Fiquei devastado, e por muito tempo sequer toquei nos arquivos dele. Mas anos se passaram, o público clamou por uma reedição dos livros e, por fim, me peguei pensando sobre o pedido de Daniel. E a verdade é que não consegui imaginar um motivo para privar os leitores dos trabalhos dele para sempre! Assim, tomei a decisão de voltar a publicar suas obras com esta edição especial, na qual reuni três de suas histórias mais célebres.

O espreitador, com seu misto de terror e ação, dá nome a esta coletânea. *Dia das mães maldito* apresenta o Carente (primeiro grande sucesso de Hartmann) e exige estômago para ser lido, mas recompensa os corajosos que o fizerem com um dos melhores *slashers* de nossa geração. *Photophobia* traz um horror psicológico tão sutil quanto desesperador, centrado na figura macabra do Viajante.

Sei que alguns de vocês vão questionar minha decisão. Vão dizer que eu deveria ter seguido o desejo de Daniel e parado de publicar seus livros. Mas eu *o conheci!* Sei que, no fundo, ele não gostaria de impedir que sua arte visse a luz do dia. São obras-primas e, se sua morte trouxe tanta tristeza, sei que pelo menos a possibilidade de rever seus trabalhos nos trará um pouco de alento.

Por isso, digo: leiam os textos. Conversem sobre eles nos fóruns e servidores. Criem teorias, explorem os significados ocultos de cada história, mergulhem no brilhantismo desse mestre escritor.

Espalhem a palavra de Daniel Hartmann.

Ao contrário do que ele pensou, nada de mal virá disso. Suas obras podem falar de temas difíceis, mas são apenas ficção. Assim como pesadelos desaparecem quando despertamos, para que os terrores nessas páginas desapareçam basta fecharmos o livro.

Nada aqui pode afetar a realidade.

Não é mesmo?

O ESPREITADOR

Agora

1

O banco de madeira na frente da Diretoria era de uma solidez familiar para Caio.

Desconfortável ao máximo, como se o ato de esperar ali por minutos — às vezes, horas — fosse um inconveniente ato de abertura para o grande concerto: o rosto vermelho e inchado de Dona Aparecida, diretora da Escola Estadual de Segundo Grau Hermelino Lopes Rodrigues há pelo menos uma década. Costumavam dizer que a estratégia do chá de banco era achatar a sua bunda antes que Dona Aparecida achatasse a sua cabecinha de estudante infrator no grito.

Costumava funcionar.

Caio já havia enfrentado aqueles gritos dúzia de vezes, e diante deles aprendera a ser um estoicista antes de saber o que diabos era o Estoicismo. Ele mesmo já sofrera a onda de impacto dos berros de Dona Aparecida que, em algum nível, devia beirar os limites do abuso infantil ao gritar tanto na cara de menores de idade. Mas a verdade é que ela também gritava assim com os professores, com os funcionários da secretaria, com o inspetor regional e com qualquer entregador de aplicativo que lhe trouxesse o almoço. "Talvez esse seja o tom de voz normal dela", Caio pensava, "ou talvez as cordas vocais dela sejam da grossura da corda de uma âncora de navio". Não que Caio tivesse alguma vez visto uma, ou sequer tivesse ido ao litoral em seus dezesseis anos. Toda a sua vida havia sido em Vale dos Almudes, a mais de três horas da Capital.... que também estava a algumas horas do mar.

Hoje, porém, Caio não estava naquele banco, perdendo uma belíssima manhã de sol, por ter feito qualquer coisa errada. Também não havia feito nada de certo, pois ainda estava sem saber que atitude tomar depois do ocorrido no quarto período, durante a aula de História. "Como assim não consegui proteger a única pessoa que se importa comigo?", ele se perguntou, e quando acabou se perguntou novamente. A questão estava em *loop* na sua cabeça. No entanto, congelar diante de situações limítrofes era algo comum para ele — e raro com seu irmão, Thales. Talvez, se tivesse sido ao contrário...

Pensando em algo que não poderia ter sido, Caio também não pôde controlar um suspiro profundo. Aquilo pareceu trazer-lhe de volta à realidade, aos fatos, às consequências e ao desconforto do banco de madeira.

E com essa percepção da triste realidade, sua atenção sintonizou nos sussurros à distância.

Olhou para a esquerda, e os alunos encontravam-se amontoados na porta de vidro que separava o corredor das salas de aula do corredor da secretaria. Alguns direcionavam olhares graves à figura de ombros caídos diante da sala de Dona Aparecida — e entre eles seus colegas de sala — enquanto outros simplesmente apontavam a câmera de seus celulares em sua direção. Isso trouxe à tona os pensamentos que Caio tanto queria evitar.

Tirou o próprio celular do bolso e se deparou com um sem fim de avisos poluindo sua barra de notificações. Só os dois aplicativos de mensagem que usava estavam com 99+ conversas, além das inúmeras marcações no Instagram.

— Adeus, privacidade... — ele murmurou, dispensando algumas das notificações para a direita e percebendo que era como tentar tirar água do mar de dentro de uma canoa usando um balde. Sem nem mesmo desbloquear a tela de seu aparelho, o colocou de volta no bolso. Por quê deveria olhar tudo o que estavam falando a respeito? Talvez, mais tarde, ele excluísse todas as suas contas. Sim, seria melhor! Algumas ele nem usava tanto, e as mantinha apenas pelo medo de ficar de fora — o famoso *fear of missing out*, ou FOMO, para os íntimos — tão típico de alguém em vias de concluir o Ensino Médio. Claro que isso não impediria que o reconhecessem pela rua ou no único shopping de Vale dos Almudes. E, a cada vez que isso acontecesse, ele precisaria esclarecer que não, não era ele no vídeo do ataque ao professor Milton — o que não lhe causaria alívio algum.

A porta da Diretoria se abriu e outro professor irrompeu no corredor: Rogério, de Literatura. Uma mão sobre a outra, segurando uma gaze que começava a tingir-se de vermelho. Involuntariamente, Caio colocou-se de pé, o que sobressaltou o homem. Ele olhou para Caio como se visse o próprio demônio manifesto em carne e uniforme escolar de segunda mão. Havia manchas ensanguentadas em seu rosto e marcas de dedos em sua camisa, até mesmo em sua calça jeans. Rogério balbuciou alguma coisa inaudível e foi na direção do banheiro, em passos duros, provavelmente para limpar o ferimento na mão. Caio adoraria poder ir ao banheiro para dar descarga em si mesmo e simplesmente sumir dali.

Em seguida, saindo no vácuo do professor Rogério, vinha Emily.

Ela não se assustou com Caio, pois estava acostumada com ele e com o irmão.

— O Rogério acabou de passar e me exorcizar com os olhos — ele disse para a garota. Ela deu de ombros:

— Dá um desconto pra ele. Você e o Thales são gêmeos muito idênticos.

Caio assentiu. Eles eram idênticos a ponto de já terem a enganado.

Emily era da sua turma, e já tinham saído algumas vezes depois da aula. Ela tinha um jeito tímido de se mexer, de arrumar o cabelo atrás da orelha e de tampar a boca enquanto sorria... mas escondia um humor sarcástico de respostas rápidas que para ele eram a cereja do belíssimo bolo que ela era. Para a infelicidade de Caio, ainda não tinham se beijado, pois ele simplesmente não sabia como tomar qualquer iniciativa.

E lá estava ela, sentando ao seu lado no banco sem saber da conspiração entre Caio e Thales, e sem se importar com os alunos que observavam à distância, no fim do corredor

— Obrigado por pegar as coisas do Thales — disse ele, sem conseguir encará-la. A carteira dele, o celular... tudo tinha se espalhado pelo chão na hora da confusão. — Na hora e-eu... eu nem pensei nisso.

— Foi um caos. Nem tinha como você prestar atenção em mais nada — Emily disse, e segurou uma de suas mãos. — Juntei com a mochila dele e deixei tudo com minha irmã lá dentro, ok?

Caio assentiu. Fabiana, a irmã de Emily, trabalhava na secretaria da escola e estava lá na sala da Diretoria, que tinha uma passagem para a Sala dos Professores. Neste momento, todo o corpo docente estava lá dentro, com muito o que pensar.

— Como ele está? — Caio perguntou, com medo do que poderia ouvir.

Emily apertou mais a sua mão. Aquela sensação era boa. Confortável. Naquele contato, Caio experimentava uma inabalável certeza de que ela era uma das poucas pessoas da escola que se aproximariam dele não pelo sensacionalismo da coisa, mas por realmente se importar tanto com ele quanto com Thales.

— Ele está dormindo, no sofá — Emily começou, devagarinho. — Os professores estão apreensivos, e estão discutindo demais se o que ele fez foi um... hã...

— Um crime — Caio completou, frio.

— Eles não sabem direito, Caio — ela concluiu, soltando as palavras como quem parava de segurar o fôlego. — Nós sabemos a pessoa incrível que o Thales é, e que tem algo de muito errado com ele. Mas os professores só vão lembrar do pior...

— Caio, querido? — disse alguém na porta, interrompendo a conversa. Tanto Caio quanto Emily se assustaram. Como a porta já havia sido deixada aberta, eles não repararam em Dona Aparecida os observando de perto — Entre, por favor. Emily, você pode nos dar licença?

Sua voz era inesperadamente baixa e gentil.

— Claro, dona Aparecida — Emily disse, trocando um último olhar com Caio. — Qualquer coisa me liga.

Caio, amaldiçoando a interrupção daquele momento de conforto em meio ao furacão de acontecimentos daquele dia, observou a amiga se afastar na direção dos alunos apinhados, no limite do corredor fechado por portas de vidro. Estranhando a diretora serena e controlada, ele a obedeceu, sentindo o corpo flutuar para dentro da Diretoria, uma sala com persianas sempre entreabertas, com muitos armários e escaninhos antigos, móveis de madeira e cheiro permanente de café passado. Como Emily disse, a sala estava apinhada por causa do acesso entre a sala dos professores e da diretora. Mas também havia ali inspetores, faxineiras e merendeiras, curiosos e espantados. Todos os olhos dos funcionários o encaravam com um misto de pena, pânico e até mesmo censura, por que não? Não importava qual dos dois irmãos Santiago havia cometido o ato, a culpa era sempre dividida por dois. Estava acostumado a receber uma *média* única de juízo feita para ele e o irmão, como se eles compartilhassem a mesma personalidade e corpo.

Isso era uma idiotice sem tamanho, claro. Mas era inegável que, para quem não prestasse muita atenção, eles pareciam mesmo ser a mesma pessoa.

Nada inesperado se tratando de gêmeos idênticos.

Passou pelo corredor de olhares pesados, indo direto até o sofá onde o irmão encontrava-se. Reparava em tudo o que não deveria estar ali, como as olheiras tingindo as pálpebras fechadas, as maçãs do rosto saltadas...

E o rosto coberto de sangue.

Era quase como se não fossem gêmeos. Thales estava muitos quilos mais magro, sendo que ele é quem sempre havia sido o mais atlético dos irmãos. Nos últimos meses, ele estava visivelmente abaixo do peso de Caio.

— A mãe de vocês já está a caminho, ok? — disse Marta, a professora de Física, com cautela. — Ligamos na fábrica em que ela trabalha, já faz cerca de quarenta minutos... nenhum sinal ainda, mas esperamos que ela já esteja...

— Ela trabalha na outra cidade — Caio a interrompeu, sem tirar os olhos do irmão. — E está sem celular. O dela quebrou.

— Certo, certo... De Arvoredo pra cá pode demorar mesmo — Marta concordou, enfática demais — Ainda mais à tarde... poucos ônibus para cá.

— E a ambulância também já deve chegar em breve. Para levar o Thales, o Rogério, que tá com machucados leves e... e o Milton — disse a versão de Dona Aparecida que sabia falar baixo. Por dentro, Caio era imensamente grato pelo *doppelganger* silencioso da Diretora. Com gritos ao redor, seria ainda mais difícil processar tudo o que estava acontecendo.

Caio puxou uma cadeira da frente da escrivaninha da Diretora para ficar próximo ao irmão. A cabeça de Thales estava apoiada no braço do sofá, e sua respiração parecia fraca, entrecortada. Quando foi segurar a mão ensanguentada do irmão — sem deixar de reparar na diferença da grossura do pulso entre os dois —, uma das moças que trabalhavam na secretaria pediu licença e mencionou algo sobre ser estudante no curso técnico de Enfermagem, se aproximando para tirar a pressão dele. Era Fabiana, a irmã de Emily, que não devia ter mais de 19 anos:

— Tudo certo. Nove por seis, ainda.

Caio manteve a cara neutra, com um tanto de vergonha por não entender o que aqueles números significavam. Sequer imaginava por que não diziam apenas *bom* ou *ruim* ao invés de números aleatórios ao medirem pressão ou temperatura, fosse corporal ou meteorológica. Algumas coisas, consideradas fáceis demais para a maioria das pessoas, simplesmente não entravam na cabeça dele: como lembrar de regar plantas, entender relógios de ponteiro ou pra qual lado que se apertava um parafuso. Então, confiou em Fabiana e em seu curso técnico de enfermagem. Não havia muita escolha ali.

Caio continuou segurando a mão fria de Thales. Engoliu em seco e sentiu um calafrio percorrendo seu corpo, quase que transmitido por indução pelo irmão.

Ele abriu os olhos, e piscou lentamente ao ver o rosto preocupado de seu gêmeo.

— Tô aqui, Thales — Caio disse, baixinho.

— Eu sei — ele respondeu, com a voz embargada, e sua expressão se endureceu de repente, como se lembrasse de algo urgente. Seu olhar ricocheteou em todas as paredes da sala de Dona Aparecida, processando o lugar ao mesmo tempo em que ignorava todas as pessoas assistindo ao seu despertar. Caio imaginou como seria aterrorizante acordar com todo o corpo escolar ao redor dele.

Thales agarrou a gola da sua camiseta do uniforme. O professor Rogério, que ele nem percebeu ter voltado à sala, deu um passo alarmado para trás ao ver o movimento brusco.

— O professor Milton..?

— Tá... — Caio ergueu os ombros — Na real, não sei.

— Caralho... — disse, tentando se levantar.

— Fica deitado, por favor

— Caio, preciso da sua ajuda...

— Eu tô aqui, já disse. Mas fica deitado.

— É *outra* coisa...

— Agora não, cara — cortou, olhando para os lados e sabendo que era melhor não deixá-lo falar e piorar a sua situação — Você tem que descansar. A mãe já tá chegando.

— Não, não — Thales balançou a cabeça, enfaticamente, torcendo ainda mais o tecido da gola do irmão, com mais desespero do que força no aperto — Eles vão me levar.

— Ninguém vai te levar, mano — mentiu.

— Claro que vão! Eu sei o que fiz.

Caio suspirou alto enquanto os funcionários da escola pareciam começar uma nova comoção. Uma confissão nesses casos não lhe parecia algo bom. O professor Rogério disse algo sobre "temer pela própria segurança" e sumiu pela porta de acesso à Sala dos Professores, trêmulo, e por um momento Caio sentiu muita raiva dele e da sua postura traumatizada — por mais que ele tivesse razão. Caio estava enviesado naquele assunto, e sempre ficaria do lado de Thales.

— Por que você fez isso com o professor Milton, Thales? — Dona Aparecida resolveu perguntar, em um tom perdido entre o casual e o pedagógico. Thales ficou em silêncio, encarando o teto com o olhar de quem enxergava através deles, e ela insistiu: — Você saberia me dizer o motivo? Ele te fez algo? Estou aqui para te ajudar.

Thales largou Caio e pôs a mão na testa, bagunçando ainda mais os cabelos com sangue seco alheio.

— Ele não fez nada. Eu não... eu não queria machucar.

— Menino, mas você machucou, viu? Todo mundo tá de testemunha! — disse Lurdinha, uma inspetora fofoqueira que já era patrimônio tombado da escola e de quem Caio não gostava nem um pouco. Só estava piorando a situação com o jeito dela. — E tem câmera na sala de aula agora, lembra? Por causa do que aconteceu oito anos atrás, quando aquele moleque entrou aqui com uma...

— Lurdinha, *chega*! Você nem devia estar aqui. Pode ir fazer sua ronda. E fecha a porta quando sair. — disse Dona Aparecida, seca, cortando-a abruptamente e indicando a porta para o corredor. Caio sentiu-se muito grato. Já bastava um trauma recente para a escola lidar, não queria lembrar do anterior. Lurdinha torceu o nariz, mas dada a frequência daquela careta, talvez aquele fosse o rosto padrão dela.

Thales apertou a mão do irmão, puxando-o para perto.

— Eu não ataquei o professor.

— Thales, sério... descansa. Tô te pedindo.

— É sério — ele sussurrou. — Tenta ver a gravação... *Ele* estava atrás do Milton. Eu só... reagi.

— A gente fala disso depois — Caio cochichou de volta, quase em uma súplica. Não queria ter uma platéia para lidar com os problemas que ele andava passando em casa. Não queria ter que explicar quem era "Ele" que estava atrás do professor Milton.

Dona Aparecida mais uma vez tomou as rédeas da situação ao ver o desconforto do garoto, e pareceu assentir levemente para Caio. Ou havia sido apenas uma impressão? De qualquer forma, ela bateu duas palmas rápidas e voltou com sua clássica voz gritada.

— Certo! Vamos circular, todo mundo! Professores, tirem seus alunos dos corredores e coloquem todos em sala. Fabiana, pode voltar lá na sala onde o Milton está imobilizado e ver como ele está?

— Ok. Posso pegar álcool no seu armário, Dona Cida?

— Pode, pode. Só vai logo!

Caio encolheu-se brevemente para a moça acessar o armário logo atrás dele. Ela abriu o armário de aço que estava na escola há mais tempo que qualquer um ali, pegou uma garrafinha de álcool 70 e fechou a porta novamente antes de sair com passos rápidos.

Thales apertou a mão de Caio com força, as unhas enterradas na carne macia perto de seu pulso.

— Pede pra ela trancar — ele disse, em alto e bom tom, os olhos arregalados e o abatimento em seu rosto ainda mais delineados. Caio olhou para trás, tentando entender...

E viu a porta do armário de aço mal-fechada.

— *Abre! Abre e pega ele!* — Thales berrou, levantando-se. Caio tentou segurá-lo e foi empurrado, caindo da cadeira ao lado do sofá. Dona Aparecida deu um passo para trás ao vê-lo se erguer, movido por ódio e determinação cega contra um simples armário.

— Thales, espera!

Mas ele não ouvia mais. A cadeira vazia deixada por Caio virou uma arma na mão de Thales, que escancarou o armário e o atingiu com o objeto em suas mãos até que a cadeira fosse perdendo sua forma e tornando-se apenas hastes de madeira irregulares. Papel e material de escritório voavam em meio aos gritos de fúria do garoto, que em questão de segundos passou de estudante enfermo a um ser bestial. Alguma lasca feriu a pele de Thales, pois havia mais sangue pingando no chão naquele momento.

Ele continuou seu número de destruição, dizendo algo sobre "olhos amarelos" e mais uma série de "palavras inapropriadas", termos que constariam no boletim da polícia em um futuro próximo. Mas Caio não escutava mais nada, e tampouco tentava se levantar. A cena ia perdendo o som, a cor, e apesar de fatalmente se desenrolar diante de seus olhos, ia desbotando e se tornando menos que uma lembrança cinzenta. Um vazio tumultuado e desprovido de alegria. Ali, em sua escola, estava vivenciando a versão extrema da insônia e dos delírios do irmão, daquelas longas madrugadas que começavam com o som intermitente de uma goteira e terminavam ao som de gritos.

Caio também estava enlouquecendo, aos poucos. Sentia-se derrotado, e sabia que seria separado de Thales.

Naquela manhã, Caio sabia que estava perdendo mais uma fração de sua sanidade. Pior do que isso, sabia que estava perdendo seu irmão.

Antes

2

Thales era o mais velho. Quatro minutos e treze segundos mais velho que Caio, mas ainda assim adorava inflar o peito para proclamar-se *O Filho Primogênito da Rainha Laura Santiago.*

— *Qualé,* Thales — Caio reclamava, com o sorriso tímido, enquanto o irmão olhava para o horizonte e simulava uma pose exagerada de realeza, a mão esticada aguardando que Caio a beijasse. A turma ria, porque era o que Thales sempre causava quando resolvia dar as caras. — Você passou nove meses com o meu pé ou a minha bunda na sua cara.

— Ainda assim, quem nasceu com cara de bunda foi você — Thales respondeu de pronto, jogando uma capa imaginária por cima dos ombros. Era assim, sempre: Thales teria um comentário espirituoso até para a tirada mais bem planejada de Caio. E o *Caçula da Rainha Laura Santiago* gostava que as coisas fossem daquele jeito. Tinha a noção de ser a escada perfeita para as piadas de Thales. O Dedé Santana dos irmãos Santiago, cujo protagonista nunca ultrapassava qualquer limite que causasse humilhação ou vexame no gêmeo. Ele era um artista do humor, e Caio gostava de compartilhar a vida e o quarto com a pessoa mais engraçada do mundo.

Thales saiu do papel da realeza e abraçou Caio por cima dos ombros.

— Cê sabe que eu tô brincando.

— Sei de nada — ele riu, deixando-se ser abraçado. — Você realmente se sente mais velho e mais experiente.

— Porque eu sou!

— Quatro minutos...

— ...e treze segundos! — Thales enfatizou, levantando o polegar bem na hora que o sinal tocou para a volta do intervalo — Agora, imagina se na hora do parto eu resolvo fazer greve e não *sair* da sua frente? Você teria morrido! Ou seja, eu já nasci salvando sua vida.

— Ah, tá! — Caio gargalhou, pegando seu suco de caixinha do chão antes de também se levantar. — Agora eu tenho uma dívida eterna com o Senhor Primogênito.

— Só Primogênito tá bom. Agradeço o reconhecimento.

Antes do fatídico dia, muitas das tardes na escola eram assim, com risadas e com uma plateia de amigos que adorava ver as brincadeiras entre os gêmeos — que, às vezes, ficavam tão empolgadas que terminavam na diretoria. Claro que a maioria ali era muito mais chegada em Thales do que em Caio — que era o mais quieto entre os dois.

E o mais "lentinho", de acordo com Rainha Laura. Ela também parecia mais chegada em Thales.

3

Laura Dias Santiago — nascida Laura Dias — divorciou-se do marido, Nilo Santiago, quando os gêmeos tinham apenas dois anos de idade. Nem sua família e nem a do ex-marido aprovaram a decisão de uma mulher morar sozinha com duas crianças, mas ninguém ofereceu dinheiro ou mais ajuda do que conselhos preconceituosos sobre mães solteiras. Além disso, nenhum deles, dos dois lados da família, precisavam lidar com um homem que vivia dopado de algo injetável que Laura nunca quis saber — mas não conseguia evitar de ver as marcas nos braços, mãos e pés. Nilo dava mais trabalho que duas crianças juntas, portanto a separação foi uma maneira de se livrar de um obstáculo na criação dos gêmeos. Dois filhos bastavam.

Laura sabia costurar, e isso a permitiu trabalhar em casa durante toda a fase de crescimento de Caio e Thales. As contas estavam sempre atrasadas, e ela nunca conseguia pegar trabalhos o suficiente para viver com folga. Mas a vida foi dando um jeito. E quando a vida não bastava, Laura encontrava um jeito.

Mudanças foram inevitáveis. Sempre de um lugar apertado para um ainda menor, foram cerca de oito mudanças até a adolescência dos garotos. E o fato de mudar de escolas e casas com muita frequência parecia ter surtido efeitos diferentes nos gêmeos.

Thales não tinha problemas em se adaptar. A cada mudança de escola e endereço, fazia mais amigos. Ele também era muito bom em manter contato e conservar amizades à distância. Em um dos aniversários, Laura teve que lidar com quarenta crianças dentro de casa, todos amigos de Thales da escola atual e das anteriores. O bolo não rendeu para todos, então o jeito foi dopar as crianças com muita tubaína de uma marca local.

A maior parte destas crianças também se consideravam amigas de Caio... mas a verdade é que Caio não sabia fazer amigos. Ele se alimentava do círculo social de Thales e era imediatamente aceito em qualquer porta que o irmão abria. Para ele estava tudo bem: Caio não sabia começar conversas, mas era bom em escutar. Não conseguia decorar regras gramaticais ou fórmulas matemáticas, mas sabia pegar e passar "colas" junto do irmão durante provas, sem que ninguém suspeitasse. Caio também não sabia jogar bola tão bem quanto Thales, mas sabia obedecer, desde que a ordem fosse ficar na banheira perto da área esperando que o irmão cruzasse para ele. Era ótimo em chutar na direção do gol, mas não muito bom em passar pelo goleiro.

Thales também era popular com garotas, enquanto Caio sequer sabia como chegar em uma delas.

— Me dá seu boné — dizia Thales ao perceber que Caio estava de olho em alguém, e lá ia ele com o seu papinho, se passando por Caio e combinando algum encontro depois do horário de escola em nome do irmão. Sempre havia funcionado, de tão parecidos que eram.

Em casa, essa tática não funcionava tão bem assim.

— Caio, *para* de defender seu irmão! — dizia Laura, com o chinelo na mão e o rosto vermelho prestes a derreter de raiva. Os irmãos haviam herdado aquela característica da mãe. — Eu sei que foi o Thales que quebrou a janela!

— Mas... eu sou o Thales...? — ele dizia, sem muita certeza. Assumiria a culpa até as últimas instâncias. Thales já causava problemas demais, então Caio aceitava dividir alguns castigos, já que ele era cúmplice da maioria dos seus pequenos crimes.

Como sempre, a ira de Laura arrefecia conforme Caio não saía de seu papel. Thales, escondido no quarto, não dava as caras até entender que a mãe estava completamente desarmada e então aparecia de novo fazendo-a rir e a tratando como a Rainha-Mãe, em mesuras afetadas e gestos amplos. Isso era considerado um trabalho em equipe fenomenal dos gêmeos.

Juntos, eles faziam amigos, colavam em provas, facilitavam namoradas e desarmavam a Bomba-Mãe. Mas quando estavam sozinhos, ficava claro que Caio não lidava tão bem com a vida assim.

Para ele, adultos sempre tinham mania de falar aos sussurros achando que ninguém poderia ouvi-los. Mas ele convenceu-se de que escutava muito bem, porque com frequência entreouvia a mãe falando ao telefone coisas como "coitado, o Thales é esperto, sabe se virar... mas o Caio é mais lentinho".

Era sempre isso. Ele nunca entendia o porquê, e ela nunca dava mais exemplos, para ele saber no que exatamente ele era lento. Frequentemente, Caio se via imitando o irmão em cumprimentos efusivos a estranhos e movimentos mais "ágeis" enquanto passava perto da mãe. Mas ele sabia que estava tentando convencê-la do contrário, e que talvez estivesse apenas se passando por bobo.

Certa vez, na última mudança de casa — para o apartamento pequenino no centro de Vale dos Almudes —, os três embalavam louças e encaixotavam coisas quando ouviu a mãe chamar Thales no outro cômodo e dizer para ele ensiná-lo a ser mais ligeiro nas coisas. Caio escutou, e não conseguiu ignorar o sussurro nada discreto da mãe. Quando Thales voltou, parecendo incomodado, Caio levantou-se.

— O que é agora? O que eu estou fazendo de errado?!

— Tá fazendo nada, cara — Thales disse, ligando o aparelhinho de som que ele tanto gostava e ligando na rádio de sempre. — Olha aí, aquela música da flautinha que cê curte.

— Não precisa desconversar, Thales — Caio murmurou, deixando os ombros caírem — Eu não sei mais o que fazer quando ela fala essas coisas. Não sei como ser "menos lento".

— É bobeira dela. A mãe é acelerada naturalmente, deve ter usado muita cocaína na adolescência. Por isso que nem te falo nada, acho que é normal essa galera da geração dela achar que a gente é um bando de imprestável, que na nossa idade eles já trabalhavam e sei lá o quê — Thales levantou os ombros, genuinamente desinteressado no que a mãe achava do irmão. — Bobeira. É *Jethro-o-quê* o nome dessa banda, mesmo?

— *Tull* — Caio respondeu, sem prestar muita atenção. Sua cabeça ainda estava no assunto que tanto o incomodava. — Bom, mas ela não te trata assim. O negócio é comigo.

— Ok, lá vai. Vou dar o meu veredicto. — Thales sentou-se na cadeira de frente para o irmão, pernas cruzadas, sobrancelha erguida e dedos juntos como o apresentador do programa que demitia pessoas. Era impossível ficar sério diante de uma criança com postura de empresário. — Concordo que ela pega mais no teu pé nesse quesito. Vai ver é porque você perdeu a pole-position neonatal pra mim.

— Vai à merda.

— Quê? As pessoas levam corrida de bebês muito a sério!

Riram até chegar no silêncio confortável de confiança mútua. Caio deu o seu típico sorriso tímido para o irmão, e então voltou a encaixotar coisas, aquela atividade tão frequente em suas jovens vidas.

Mal sabiam que esta seria a mudança definitiva. Para pior.

4

Os prédios de Almudes não eram muito altos. Três andares no máximo, sem elevadores. Construções antigas e normalmente cheias de infiltrações e problemas elétricos. Laura tinha encontrado um prédio parecido, um quarteirão para baixo, e não precisariam morar no terceiro andar — "eu chego cansada do trabalho todo dia e ainda tenho *três* andares para subir! Chega!". Além disso, negociaria direto com o proprietário, Seu Wagner, e economizaria cerca de duzentos reais nas despesas do mês. Enquanto Thales saiu para jogar futsal com amigos da escola anterior, Caio foi acompanhar a mãe na negociação.

Caio teve a impressão que seu Wagner era o maior emissor de carbono logo depois dos Estados Unidos e da União Europeia. O homem, magro, com cerca de 70 anos e dono de uma careca cercada de longos cabelos, marcou com Laura de entregar a chave para uma visita bem na frente de um mercadinho, na esquina da casa nova. Fumou três cigarros em 15 minutos, como se cada um daqueles tubinhos nicotínicos estivesse recheado de creme de avelã, e falou sobre alguns problemas na janela da sala, sobre um azulejo quebrado na cozinha, sobre um guarda-roupa embutido um pouco antigo e sobre algumas infiltrações, mas que não eram algo a se preocupar a curto prazo.

— Estou vendo com o dono do prédio para mexermos nisso, e posso ir te avisando — ele disse, ranzinza, como se tivesse pressa. — Eu arcaria com qualquer despesa nesse sentido, claro.

— Tudo bem — Laura disse, olhando para a chave com o número 12 em péssima grafia dentro de um chaveiro retangular amarelado. Ela tentou pular direto para a parte onde eles entrariam no imóvel: — Vamos lá, então?

Ele balançou a cabeça, tragando com força e queimando a ponta do cigarro mais rápido.

— A senhora leva a chave e olha sozinha, depois me diz se vai ficar ou não. Vou ficar aqui tomando uma cerveja. Apartamento 12.

— Eu vi. Mas não é melhor o senhor me mostrar onde estão os probleminhas do lugar? — Laura perguntou, sorrindo em seguida — Probleminhas não, vai. Pequenos desgastes!

— Não posso — Wagner disse, pisando forte demais na guimba do chão, talvez para se certificar de que ela estava realmente morta. Caio reparou que ele estava deliberadamente evitando contato visual com eles — Joelho ruim. Não consigo subir a escada.

— Ah, tudo bem... super entendo — disse sua mãe, e foram em silêncio até a entrada do prédio.

Caio sentiu algo de estranho no velho, e não pôde deixar de olhar por cima dos ombros na direção do mercadinho, onde ele continuava fumando, agora acompanhado de um copo embaçado pela cerveja gelada.

— Cara esquisito — Laura murmurou, dando voz aos pensamentos do filho, enquanto procurava no molho a chave certa para a porta da rua. Caio deu de ombros, e subiu o único lance de escadas até o primeiro andar.

O apartamento estava mais para o clássico *apertamento*, mas eles não tinham tantos móveis assim para trazer. O piso era de taco, com alguns soltos que se deslocavam a cada passo. A cozinha realmente tinha alguns azulejos trincados, não só um, e o banheiro também. O cheiro geral da casa era o de um lugar que não era alugado há certo tempo, mas que não estava em condições tão terríveis — tirando duas baratas que resolveram dar as boas-vindas à nova família, mas nem de longe fizeram Laura desistir do lugar.

Os quartos — que claramente eram um único grande cômodo que em algum momento fora dividido em dois — ficavam um do lado do outro, o maior deles com uma janela voltada para a rua, na altura dos fios de alta-tensão. Havia um guarda-roupa embutido antigo na parede, com a porta um tanto empenada entreaberta, mas bom o suficiente para guardar as roupas dos gêmeos e mais qualquer tranqueira que quisessem.

— Eu fico com o quarto menor — disse Laura, os olhos imaginando a mobília encaixando-se em cada canto dos cômodos vazios — Assim vocês ficam com mais espaço para os dois.

Caio assentiu, e tentou visualizar onde as camas ficariam. Gostava de dormir voltado para a parede, e acabou decidindo onde dormiria naquele momento. Thales não se importaria, uma vez que ele dormia em qualquer lugar — até mesmo na carteira da escola, a ponto de roncar.

Abriu as folhas da porta empenada do armário embutido, e deu um salto para trás quando uma aranha marrom pulou em seu braço. Chacoalhou-se todo e pisou na maldita, que diziam ser das mais venenosas. Sentiu o vento da janela soprar um pouco de teia em seu rosto e o esfregou com as mãos, aflito. Mais duas baratas usavam a parte de dentro do guarda-roupa como motel, o que significava que ele e Thales fariam um ataque químico pesado no embutido antes de colocarem as suas roupas e demais pertences lá dentro.

Fechou as folhas do melhor jeito que pode, com a fresta incômoda e desigual dividindo as duas. Observou-a por alguns segundos, tentando imaginar como se consertaria aquilo, e perguntando se conseguiria aprender sozinho com os vídeos do YouTube. Afinal, se lá havia tutoriais de como invocar espíritos com tábuas Ouija, também teria algo sobre marcenaria para principiantes. Seria legal resolver algo sozinho, para variar. Sua mãe talvez curtisse a ideia.

Então, ouviu um gotejar cadenciado, que parecia vir de lá de dentro. Abriu a porta novamente, e todas as outras. Não havia nenhuma mancha, e não conseguia ouvir direito de onde o ruído vinha. Avisou a mãe, que checou o guarda-roupa inteiro junto com ele.

— Não, não estou ouvindo — disse, fazendo uma careta comprida — Mas eu também tô meio surda ultimamente, as máquinas de costura lá na fábrica são muito barulhentas. Tenho que ir ao otorrino. Você ainda está ouvindo a goteira?

— Agora acho que parou.

— *Hm*. Deve ser uma das infiltrações que o seu Wagner comentou. Pode ser por trás da parede.

Caio concordou com a cabeça, fechando as folhas. Talvez fosse o caso só de avisar o proprietário e seguir em frente. Um aluguel barato daqueles não podia ser desperdiçado.

Quando deu as costas e saiu do quarto, Caio teve a impressão de ouvir o gotejamento recomeçar.

5

Era a primeira vez que mudavam para uma casa nova muito próxima à antiga, o que permitiu aos irmãos continuarem na mesma escola. Isso deu a Caio um inédito conforto, sabendo que manteria a rotina que já tinha se acostumado, e que isso não significaria ter que fazer novos amigos e passar por todo o constrangimento envolvido em novas escolas.

Em casa, Laura parecia mais cansada do que nunca. Há anos havia conseguido um trabalho na fábrica de tecelagem em Arvoredo, a cidade vizinha, e ele estava cada vez mais puxado. Muitas vezes, quando Laura chegava em casa, pulava o jantar para ir direto para a cama. Caio insistia para que ela comesse alguma coisa, e sempre que podia cuidava do jantar, mas mesmo assim ela preferia o travesseiro ao prato.

Já no quarto dos gêmeos, Caio garantiu o seu lugar perto da parede sem problemas, como havia previsto. Thales ficava na cama mais próxima ao guarda-roupa embutido, e também escutava o gotejamento que tanto irritava Caio — mas que ninguém conseguia encontrar a origem. Nos primeiros meses, passou a dormir de fones de ouvido escutando música. Acordava com a bateria do celular esgotada quase todos os dias, mas pelo menos não ficava com insônia. Thales dizia ter se acostumado com o barulho da goteira.

— Parece que me acalma um pouco, sei lá.

O apartamento não era exatamente o que Caio queria, mas era o que o dinheiro de sua mãe poderia pagar. Em breve poderia achar um emprego em algum lugar, nem que fosse como empacotador do mercado ou no lava-rápido do posto. Aí sim, poderia ajudar sua mãe. E quem sabe eles não iriam para uma casa aconchegante?

O prédio tinha quatro apartamentos por andar, mas os irmãos quase nunca encontravam ninguém nas escadas. Sabiam de alguns moradores solitários que saíam bem cedo para trabalhar e de idosos andares acima. Caio imaginava que as escadas deviam dificultar muito suas descidas, tanto que por várias vezes ouvia entregadores de aplicativos reclamando em ter que subir escadas. Não era a prática mais segura e nem o certo com quem entregava, mas ao mesmo tempo todos cediam ao ouvir a voz de alguém com mais de sete ou oito décadas de sobrevivência na Terra.

Um dia, quando Caio e Thales iam para a escola, saíram pela porta na hora que um homem de jaqueta e capacete levemente encaixado acima da cabeça discutia com o interfone. Ao seu redor, na calçada, meia dúzia de sacolas plásticas.

— Não dá, senhora! Eu tenho mais entregas para fazer. Se toda vez for assim, não dá!

— Mas eles já me conhecem! — dizia a voz de uma senhora, abafada pelo interfone antigo e ultrapassado, de botões amarelados e gastos. — Eu não consigo descer daqui, tenho oitenta e quatro anos e estou com o fêmur fraturado.

— Desculpa, madame — o motoqueiro dizia, resoluto. Caio e Thales se entreolharam, parados no limite da porta do prédio aberta. — Mas a senhora vai precisar combinar com alguém que venha buscar as compras. Ó! E esses guris, aqui?

— Quê? — a velhinha estrilou no interfone — Que guris?

Thales ergueu a sobrancelha e perguntou.

— Não dá pra você levar lá pra tia?

— Não rola — o motoqueiro disse. — Fui atropelado há três meses e coloquei pino na perna, eu nem devia estar trabalhando.

— Todo mundo tem problema no joelho nessa cidade?! — Thales indignou-se.

— Aqui é *Vale* dos Almudes, não *Planície* dos Almudes. É cheio de ladeira! — o motoqueiro disparou, colocando o capacete e dando as costas para as compras no chão. Ele ligou a moto e olhou para o celular no suporte de guidão, como se algum dos garotos tivesse concordado em levar as compras escadas acima. — Vão se acostumando. A hora dos seus joelhos vai chegar.

— Vamos levar pra ela, coitada — disse Caio, olhando para as sacolas do Supermercado Batalhão, que tinha como símbolo um grande rinoceronte fardado. O mundo das mascotes de comércio era um lugar divertido e aleatório, os gêmeos sempre discutiam. Thales suspirou, mas concordou.

— Vamos — e então seu rosto se iluminou. — Vai que ela dá uma gorjeta pra gente, hein!?

— *Ha*! — o motoqueiro fez, enquanto acelerava a moto e estalava o escapamento — Boa sorte nisso. Cinco anos levando sacola nesse prédio maldito e nunca ganhei um real. Apartamento 31, hein? Fui!

E foi mesmo.

Thales e Caio subiram as escadas com as sacolas vagabundas que não aguentariam mais muito tempo. Chegando no 31, Thales bateu na porta, animado, e ouviu o som de pantufas se arrastando no chão de taco. Pelo menos cinco trincos foram destrancados até o rosto enrugado da senhora aparecer no vão.

— Ah, que gentis! — disse ela, abrindo apenas uma fresta da porta e apontando para dentro de casa. Caio hesitou, e Thales tomou a frente, e percebeu que a passagem estreita era para que um gato alaranjado não escapasse para o corredor.

— Podem vir! Estou impedindo o Jorginho de fugir!

— Hã... licença, dona.

A porta fechou-se atrás deles, e Jorginho tornou-se apenas uma nuvem laranja antes de sumir em meio ao caos. Não conseguiram esconder o susto ao verem a casa mais bagunçada do mundo.

Milhares de coisas aleatórias empilhadas na mesa, na estante de uma TV empoeirada, nos sofás. Arranhadores para gato eram encontrados aqui e ali, e as caixas de areia que precisavam ser limpas deixavam tudo mais incômodo. Aquilo era o trabalho de vários gatos, mas que eram mais tímidos que o alaranjado que os recebera. Caio ficou imaginando onde a senhorinha se sentava para fazer uma refeição.

— Onde nós colocamos? — Thales perguntou, tão perdido quanto o irmão, absorto com o caos doméstico. A senhorinha arrastou uma pilha de revistas velhas da mesa, deixando menos de um metro quadrado para todas as sacolas.

— Pode colocar aqui, meu lindo.

— Não quer que a gente guarde num armário, na despensa..?

Ela parou de sorrir um pouco. Era como se tivessem mexido no brilho da tela de um celular e seu rosto escurecido de um momento para outro.

— Eu não tenho armários.

Era isso que incomodava Caio, e agora ele via com clareza: não havia nenhum móvel com portas na casa inteira. Havia algumas estantes com nichos, mas nada que os tapasse. Depois de depositarem as compras na mesa, ele deu uma boa olhada ao redor, reparando que o apartamento era quase idêntico ao seu, tirando a bagunça e a ausência de portas até mesmo no banheiro e no quarto. Nessa observação geral, outros dois pares de olhos amarelados surgiram entre caixas e pilhas de roupa. Caio e Thales não estavam preparados e deram um pequeno sobressalto sincronizado, mas acalmaram-se com o miado tão baixinho e inofensivo. Mais dois felinos pra conta.

— A propósito, meu nome é Joana — ela disse, tirando-os do modo absorto e voltando a sorrir. Era uma velhinha simpática, no final das contas. Talvez um pouco excêntrica, apenas. Caio não se arrependia de ajudá-la.

— Prazer, dona — disse Thales, os olhos um pouco arregalados ainda fazendo a leitura geral da casa. — Eu sou o Thales, e esse é o Caio.

— Receio que eu vá demorar a diferenciar os dois! — ela disse, e eles riram educadamente. — Vocês são novos no prédio?

— Alguns meses, já — Thales disse, colocando as mãos nos bolsos da calça do uniforme. — Moramos no 12.

Se momentos antes o rosto de Joana tivera seu brilho diminuído, desta vez era como se o seu rosto tivesse trincado, como a tela de um celular azarado caindo no chão de paralelepípedo.

— É hora de vocês irem para a escola — disse, séria, olhando fixamente para um ponto vazio entre os dois irmãos ressabiados. Agora, ela aparentava ser muito mais velha do que segundos atrás.

— Ah, certo — disse Caio, sem jeito. Thales já estava a caminho do hall do terceiro andar, tomando cuidado para que Jorginho, o gato laranja, não aproveitasse a brecha. Ele estava quase gritando para o irmão segui-lo, mas Caio sentia-se mal em sair rápido assim — Foi um prazer conhecer a senhora... é. É isso aí.

— Saia, por favor.

A única porta da casa bateu com força assim que Caio a ultrapassou.

— De nada, viu?! — gritou Thales, agora mais mal-humorado que assustado. Caio continuava educadamente assustado.

— Vamos. Deixa pra lá.

— Que mulher doida! Eu não queria julgar e achar que ela era uma véia dos gatos perturbada, mas ela é uma véia dos gatos perturbada.

— Ela deve ter algum mal-entendido com o seu Wagner — Caio conjecturou, enquanto desciam devagar pelos andares. — Tudo mudou depois que você disse ser do 12.

— E a gente tem algo a ver com treta de idoso?!

— Eu sei, eu sei. Deixa pra lá, mano.

Foram para a escola de bolsos vazios e as cabeças cheias de dúvidas.

6

Já estavam há alguns meses em uma rotina que era quase agradável para Caio. Ele gostava do caminho de casa para a escola, principalmente na companhia do irmão, e não estava indo tão mal nas matérias. A escola tinha um certo brilho e o terceiro ano estava sendo proveitoso, mas Caio não podia deixar-se enganar ou negar que muito de sua disposição com a escola tinha nome.

Emily. Uma das razoavelmente quietinhas, que sentavam nas carteiras do meio da sala. Não era nem tão bagunceira a ponto de tirar notas baixas, nem tão *nerd* a ponto de não saber falar de outras coisas que não fossem as lições e exames.

Caio já a conhecia desde o ano anterior, mas nunca teve coragem de realmente conversar com ela, puxar um papo, fazer uma piada. Apenas a observava, de seu lugar, sempre que a vista até ela mostrava-se desimpedida. Ela frequentemente ria das piadas de Thales, daquelas que até os professores riam.

E Thales sentava-se logo atrás do irmão.

— Tô vendo, maninho — ele cochichou para o irmão, em uma aula de Literatura.

— Vendo o quê?

— Pra onde você tá olhando, ué.

— Pra lousa? Parabéns. É pra lá que você devia tá olhando também.

Thales deu um peteleco na orelha do irmão, que apertou a própria boca para reprimir um palavrão.

— Meteu essa, Caio? — Thales sussurrou, achando graça — Por que você nunca me contou que curte a Emily?

— Quem é Emily? — Caio retrucou com outra pergunta, nada convincente. Thales respirou fundo, comicamente.

— Se você continuar se fazendo de sonso eu vou enfiar esse caderno aqui na sua bunda com espiral e tudo!

Ele apenas esqueceu de sussurrar essa parte, o que fez a classe toda explodir em risadas histéricas. O empolado professor Rogério, que escrevia no quadro, virou-se lentamente na direção dos gêmeos.

— Eu tenho certeza que esse não é um trecho de *O Ateneu*, Thales. Estou perdendo meu tempo aqui na frente? Vou precisar levá-lo para a Dona Aparecida?

— Desculpa, Rogê — disse Thales, reprimindo uma risada e fazendo um hang loose com cada mão para o resto da sala. — E foi mal, galera! Atenção no Rogério! Raul Pompéia é massa demais!

Quando as risadas passaram, Caio virou-se para trás, apertando os olhos para Thales, que desta vez sussurrou o mais baixo possível.

— Desculpa! Mas é que eu quero te ajudar!

Caio balançou a cabeça, sentindo-se provocado, vendo se Rogério estava distraído com os trechos do livro sendo copiados para o quadro.

— Tá. Ajudar como?

— Me dá seu boné.

— Meu cabelo tá feio.

— Ninguém liga. Me dá logo!

Hesitantemente, Caio passou o seu boné para o irmão, que o colocou e voltou a concentrar-se no quadro branco, sem mais explicações. Caio riu consigo mesmo, pois sabia que Thales iria aprontar alguma coisa. Observou o irmão com admiração, e foi aí que reparou que ele estava com círculos escuros debaixo dos olhos. Parecia estar dormindo pouco.

A aula de Rogério acabou e a próxima seria de Educação Física, na quadra. Thales levantou-se sem dizer nada, e saiu da sala bem na frente de Caio, que tirou o assunto da cabeça e foi dirigindo-se lá para fora enquanto conversava bobagens com outros colegas.

Ao chegar na quadra, Thales o puxou para trás do armário onde guardavam as redes e bolas, e afundou o boné de Caio de volta na cabeça do dono.

— Ai! Tá doido?

— Não, mas você vai ficar! Porque você acabou de marcar um sorvetinho com a Emily na sexta, às 14 horas, na sorveteria do Centro. Aquela com o Mickey feio na porta, mas que tem o sorvete de chiclete.

— Quê?

— De nada! — E saiu, pegando uma bola do armário e prontamente emendando uma caneta na professora de Educação Física.

Enquanto Thales era xingado, Emily passou ao longe e sorriu para Caio, que mal teve reação para acenar de volta.

Estudar era bom demais, e levantar cedo para ir para a escola se tornava cada vez mais fácil.

Thales, por outro lado, acordava cada dia mais cansado, mas dizia que era excesso de celular antes de dormir. Caio via a luz da tela na cama ao lado antes de dormir, mas acabava dormindo com música no fone e não tinha noção que o irmão continuaria ali por um tempão. Se ele já estava se achando por ter uma chance com a Emily, Thales tinha que lidar com diversas Emilys e muitos sorvetes depois das aulas.

Assim, foi péssimo para Caio ter se sentido triste quando sua mãe chegou toda feliz em casa, dizendo que havia conseguido inscrevê-los para uma prova em um Cursinho Preparatório de Vestibular. Ela contou ter feito horas extras para pagar as inscrições da prova e estava se sentindo muito bem por fazer algo que contribuísse para o futuro dos filhos. Thales, que sempre dizia que gostaria de ser fisioterapeuta esportivo — "tem emprego pra eternidade, porque jogador de futebol *sempre* vai se lascar e romper os ligamentos!" — pareceu levemente empolgado em fazer a prova. Ele andava com notas boas na escola, mesmo com pequenas advertências comportamentais e mesmo fazendo muitas outras atividades fora de lá, como esportes e até uma tentativa de banda com amigos. Mas Caio suou frio: ainda não sabia o que queria fazer e sequer imaginava que emendaria a escola com faculdade. Suas notas também não eram lá aquelas coisas, sendo que ele prestava muito mais atenção nas aulas do que o irmão, para ter notas sempre abaixo das dele. Quando sua mãe resolvia olhar seu boletim, sempre rasgava elogios para Thales... e sobrava apenas uma careta preocupada para Caio:

— Você tem que alcançar seu irmão, fazer um esforço! Não dá pra ir na marcha-lenta nesse período da vida, filho!

Ele sabia que ela queria seu melhor, mas também sabia o que ela pensava: "ele é lento assim mesmo". Thales dizia para ele não ligar, como sempre, e fazia inúmeros planos para quando fossem juntos para a mesma faculdade.

— Mas eu nem sei o que quero da vida, Thales!

— Não tem problema. A gente sorteia alguma coisa, faz uma enquete na internet.

Thales e Caio estudaram juntos para a prova, sem que a mãe precisasse insistir. Em alguns dias, voltavam da escola e ficavam estudando até tarde da noite, parando apenas para comer alguma coisa. Foram semanas cansativas para Caio, e ainda mais cansativas para Thales, que no dia seguinte sempre tinha mais olheiras. O dia da prova veio, passou, e só de conversar com o irmão, Caio entendeu que não tinha ido bem.

Resultado: Thales tinha uma bolsa integral para o cursinho, Caio não.

A decepção de Laura foi visível. Ela chegou em casa, perguntou sobre o resultado da prova e Thales respondeu com certa displicência, dizendo que aquilo não era grande coisa, e que estava pensando em não cursar. Ela deu os parabéns a Thales e o proibiu de faltar, sem nem olhar para Caio.

Naquele dia, Caio ouviu a mãe chorando antes de dormir.

Naquele dia, Thales disse que ficaria estudando na cozinha até mais tarde, mesmo já tendo feito a prova e conseguido a sua bolsa. Disse que não queria decepcionar a mãe, e que estava sem sono.

Naquele dia, o primeiro em que dormiu sozinho no quarto, Caio sentiu-se observado.

7

Conversavam sentados na beirada de suas camas, a janela aberta para deixar o sol da manhã entrar e afastar o frio inexplicável que às vezes aparecia nas noites de verão. Parecia coisa do apartamento, e não do clima da cidade.

— Você vai encontrar ela de novo hoje depois da escola? — Thales perguntou, esfregando os olhos por causa do sono que nunca era saciado.

— Vou. Eu tô meio nervoso — Caio disse, torcendo os dedos. — Você não pode ir no meu lugar hoje? Aí você descobre algumas coisas sobre ela para eu ter assunto... Tô sentindo que não vou ter coisas legais sempre para falar...

— Sim, e aí eu posso dar uns beijos nela e te contar como foi! — Thales disse, arregalando os olhos cansados, como se estivesse feliz da vida. Caio, nem tanto.

— Eu... bom, aí eu acho que é meio estranho...

— Você que é estranho, irmãozinho! — Thales disse, lhe dando um beijo na bochecha enquanto Caio tentava se desvencilhar. — E chega de palhaçada. Eu cavei a falta, e é você quem vai chutar!

— Certo. Chutar... haha.

Thales parou por um instante, o dedo indicador congelado no ar.

— Pera aí. Vocês ainda não se beijaram?

Caio balançou a cabeça em negativa, já antecipando o ataque de piadas do irmão.

— Certo — Thales respondeu, sem fazer graça. O que foi surpreendente. — Ela que não dá brecha ou..?

Caio não sabia como começar, mas apreciou o jeito que o irmão mostrou-se preocupado. Contou para Thales que nunca havia praticado muito daquilo, como se ele não soubesse, e que todos os seus beijos anteriores haviam sido nada memoráveis. Uma vez acabou dando uma narigada nos olhos de uma garota. Tinha medo de repetir a peripécia e estragar a sua amizade com uma garota tão legal e que genuinamente gostava de sua companhia.

— Então, você acha que vai ser um desastre completo? — Thales perguntou, sério, analítico. Caio deu de ombros.

— Sei lá. Eu tenho medo de não saber o que fazer com a língua e ficar lá, sabe? De boca aberta. Ou de dar uma lambida no olho da Emily e estragar tudo.

Thales ficou um tempo parado, pensativo, e por fim segurou o rosto do irmão, apertando suas bochechas até ele fazer um biquinho.

— É só fazer assim pra ela.

Os dois caíram na gargalhada, e o quarto pareceu ser menos velho e opressivo por alguns instantes.

— Cara, sei que você se cobra demais ultimamente — Thales disse, por fim, olhando pela porta para ver se dona Laura não estava por perto. — E sei que a mãe também. Eu sei porque ela faz isso comigo também...

— Eu não acho justo... você tá ficando cada vez mais cansado, sabe?

— Tá, mas eu sou outro assunto. Deixa eu falar: eu sei como as coisas estão te afetando, não tem nada de legal nisso. Eu queria poder falar com a mãe... e quero tentar, a qualquer hora. Mas você parece ter algo legal com a menina, aí. Que se dane o beijo, se você vai enfiar a língua no ouvido dela e deixá-la surda por uma semana...

— Que beleza, Thales...

— ...Mas você precisa ter alguém pra conversar, desabafar, fazer algo de legal que não envolva estudar e se preocupar.

— Mas eu sempre tenho você pra conversar — Caio respondeu, inocente demais. Thales sentiu a frase, e tentou esconder as lágrimas nos seus olhos.

— Claro que tem. E sempre terá. Mas sei lá, eu também tô ficando ranzinza ultimamente. Esse curso deve estar me consumindo. Tô mandando bem, acho... mas o custo é alto. Ando dormindo mal, com uns pesadelos bizarros. E não estou sendo um irmão muito legal.

— Você é legal até quando não tenta ser — Caio disse, dando um soco amigável no ombro do irmão, que devolveu o golpe de amor.

— E você não tenta ser nada do que você não é. Por isso a Emily vai ficar doidinha pra enfiar o nariz dela no seu olho, você vai ver. Confia.

Abraçaram-se, de um jeito espontâneo como nunca tinham feito antes, apesar de nunca terem tido problemas e serem afetuosos entre si.

Caio foi encontrar Emily naquele dia, de tarde. No caminho, não conseguiu pensar em nada "sedutor" para se dizer. Seguiu o conselho do irmão e apenas foi ele mesmo.

Ela estava sentada no banquinho do lado de fora. Havia chegado bem adiantada, e havia prendido o cabelo de um jeito diferente.

Nessa tarde agradável, Emily foi a primeira a ouvir as preocupações do amigo com a saúde de Thales.

8

Thales conciliava o curso com a escola aparentemente muito bem. Suas notas continuavam boas, mas sua vida social se tornava cada vez mais distante. Ele dizia o tempo todo que não podia fazer pouco do esforço de sua mãe, que ela trabalhava muito, e que ele precisaria de um emprego bom para mudarem para uma casa maior, um dia. Caio sentia-se frustrado e, querendo fazer mais por eles, arranjou um emprego de meio período no Supermercado Batalhão. Trabalhava de empacotador e panfleteiro, na esquina em que o supermercado ficava — o que havia diminuído consideravelmente seu tempo com Emily, ainda que não tivesse causado um verdadeiro mal-estar. Todos os dias, de dentro do mercado, Caio via seu Wagner tomando cachaça em um bar do outro lado da rua, mas o proprietário da casa limitava-se a observá-lo como um animal raro, cumprimentando-o com, no máximo, um leve aceno de cabeça.

Caio ainda se ofereceu para trocar de lugar com Thales em algumas aulas do cursinho. O gêmeo sentou na beirada de sua cama e negou solenemente, sem fazer piada alguma.

— Não dá. Tá muito puxado pra você cair de paraquedas. E eu não vou saber fazer o seu trabalho no mercado.

— O trabalho lá é simples, só ficar entregando o jornalzinho do Batalhão ou ficar colocando coisa nas sacolas... acho que você até descansaria um pouco, na verdade.

— Acho que não — Thales disse, mal-humorado. — Os professores passam muita coisa de uma vez, você ficaria perdido.

Caio não recebeu o comentário muito bem.

— Porque eu sou lento?

Thales deu um murro na própria perna.

— Cara, você sabe que eu não penso isso de você!

Ele nunca havia feito isso antes. Jamais tinha levantado a voz para o irmão mais do que fazia quando o xingava jogando pebolim ou videogame.

— Tá tudo bem, Thales. Não precisa ficar nervoso.

— Desculpa, eu... — Passou a mão pelo rosto, como se estivesse coberto de fuligem e ele precisasse enxergar o irmão direito. — Não queria ter falado assim. Acho que tô muito cansado, já acordo esgotado...

— Eu sei. Não quis dar uma de sarcástico também. — Caio sentou-se do lado do irmão na cama voltada para o guarda-roupa de portas empenadas.

Thales encarava a fresta entre as folhas, não o irmão.

— Eu acho que tô ficando meio doido. De verdade — disse, o olhar perdido dentro do vão. Caio percebeu que cada palavra dele pesava em seus ouvidos. Ele estava longe de ser o Thales leve, falante e empolgado.

— A gente pode falar com a mãe — Caio disse, passando o braço sobre os ombros do irmão. — Explicar que o cursinho tá sendo muito puxado. Vocês dois estão muito cansados, devem estar à beira de um *freakout*.

— *Burnout.*

— É, foi o que eu quis dizer.

— Você conhece ela. Vai ficar chateada comigo, mas vai descontar em você também. — Thales balançou a cabeça.

— Provavelmente vai dizer que se você também tivesse pego a bolsa, estaria me fazendo companhia como sempre e nenhum dos dois estaria tão cansado.

— É, consigo imaginar ela dizendo isso. Mas se for pra te ajudar, eu aguento.

Thales sorriu para o irmão. Cansado, pálido. Tinha até um pouco de amarelo-bile em sua pele, como se estivesse com uma doença do fígado.

— Você é meu melhor amigo, sabia?

— Vindo de você, é bastante coisa. Você tem uma coleção grande de amigos.

Ele riu, alto, e por um momento foi como se houvesse sol entrando no quarto à meia-luz.

— Mas nenhum deles toparia trocar de lugar comigo no cursinho. Ou levar a culpa por mim. Você sempre fez isso sem nem eu pedir.

Caio tentou pensar em algo engraçadinho sobre o assunto, mas a quem ele queria enganar? Ser espirituoso era parte do personagem de Thales. Resolveu mudar de assunto para falar de algo sobre Emily, quando percebeu que o irmão não estava prestando atenção.

— Ele está nos observando — disse, em um sussurro.

— Hã? — Caio olhou para os lados, e então resolveu seguir a direção dos olhos do irmão — Ele quem?

Thales olhava para a fresta.

— Do que você tá fa–

— *Shhhh.* Eu estou bem de frente pra ele. Daí você não consegue ver. Vem devagar.

— Cara, você tá me assustando.

— Ele também deve estar assustado... vem!

Thales arrastou-se um pouco mais para a esquerda da cama, e Caio deslizou para o seu lugar, sem saber o que deveria procurar no vão escuro de um guarda-roupa quebrado.

Mas toda a dúvida sumiu ao perceber um único olho amarelo encarando-o.

Caio prendeu o ar.

— Você tá vendo? — cochichou Thales. Caio disse que sim. Ou apenas pensou em dizer.

Um barulho forte ribombou pela casa e os dois pularam em sintonia, olhando para trás. Laura havia acabado de chegar em casa e havia batido a porta com mais força do que o normal. Ainda sincronizados, olharam novamente para a fresta, e foi Caio quem teve o ímpeto de escancarar as folhas da porta.

Viram apenas as camisetas e blusas nos cabides. Um botão de uma jaqueta jeans que ambos usavam refletiu-se brevemente contra a luz do corredor, e aquilo foi o suficiente para Caio.

— Nossa... meu coração deu uma travada aqui — disse, em meio a risos nervosos.

Thales continuava do mesmo jeito catatônico, como se ainda estivesse vendo o olho amarelo.

— Estava ali. Eu o vejo toda noite — murmurou, sombrio. — Mas nunca achei que você veria também.

— Era o botão da jaqueta, mano.

— E se não for? Eu ouço ele chorando, às vezes.

Com muita dor no coração, Caio estava prestes a dizer que ele também ouvia, mas que era a mãe quem chorava as noites. Porém, interrompeu-se ao ouvir os passos dela no corredor.

— Oi, meninos. Estão bem?

Caio olhou para trás e sorriu pra mãe. Ela deu um sorriso cansado e perguntou como foi o dia no cursinho.

Como só cabia a Thales responder aquela pergunta, Caio levantou-se, trocando o cabide da jaqueta de lugar antes de sair do quarto. Só por precaução.

9

Não era tão legal voltar para casa sozinho. Thales ia para o cursinho, se arrastando, e Caio ainda tinha algumas horas antes de ir para o mercado, então ele mesmo esquentava ou fazia o seu almoço para uma refeição na frente da televisão, vendo algum anime ou série.

Era assim que ele se encontrava quando ouviu vozes agitadas no saguão do prédio e nas escadas. Um lampejo vermelho lambeu as paredes da sala e, olhando pela janela, ele viu uma ambulância parada.

Abriu a porta do apartamento bem a tempo de ver os paramédicos descendo com uma maca com um homem preso a ela: cerca de quarenta anos, sem camisa, com máscara de oxigênio. Caio não o reconheceu, mas ouviu os enfermeiros dizendo que ele havia sofrido um princípio de infarto e que avisou um parente pelo celular. Pensou em como as pessoas eram tristes e isoladas no prédio e, no mesmo momento, viu uma figura parada no lance de escadas acima.

Era dona Joana, a velhinha do 31, apoiada em um andador. Mesmo com seus problemas no joelho, ela havia descido um lance de escadas para ver qual era a emergência no prédio. Quando Caio a percebeu, era como se ela já estivesse o encarando há vários minutos. Mas seu rosto não estava sombrio ou raivoso, pelo contrário.

Ela parecia encará-lo com pena.

Caio sentiu um calafrio com aquele olhar, então apenas deu um tchauzinho e fechou a porta.

Mas as estranhezas do dia não pararam ali.

Thales chegou mais cedo em casa, com um olho escurecido pela olheira e outro escurecido por um murro.

— O que aconteceu?! — Caio se alarmou, indo até o irmão que estava visivelmente alterado.

— Briguei.

— No cursinho?!

— Não, no puteiro! Claro que foi no cursinho, eu vivo dentro daquela bosta.

Caio não se sentiu profundamente ofendido. Mas também não fingiu não ter levado um coice.

— Desculpa, foi mal... — Thales disse, desabando no sofá. — E sabe o pior? A culpa foi toda minha.

— O que você fez?

— Fechei uma porta na mão de um cara.

— Você não viu ele?

— Pior que vi — ele cobriu o rosto com as mãos, envergonhado, e bagunçou o próprio cabelo. Estava vermelho só de relembrar o ocorrido. — Mas eu disse para ele fechar a porta e ele foi dar uma de esperto falando que era só pra deixar encostado. Aí chutei a porta com raiva...

— Você disse que tinha fechado.

— Fechei no chute, ué...

— Normal...

— ...e ele tava com a mão nela.

Thales claramente sabia ter agido errado. Tinha quebrado os dedos de um estudante e apanhado de dois amigos dele na mesma hora. Caio não sabia o que dizer, mas sentiu que algo não havia sido contado.

— Tem algo mais?

Thales hesitou. Demorou-se, olhando para o teto e só muito tempo depois para o irmão.

— Eu tenho visto os olhos amarelos. Em vários lugares. Sempre em frestas, portas entreabertas, vãos escuros de armários... Todo lugar.

— Você ficou impressionado naquele dia.

— Não fiquei. Ele está me cercando, me espreitando. Eu sei disso. Todos os dias ouço o gotejamento até nos meus sonhos, e acordo assustado porque não quero voltar para o pesadelo o-onde... — Ele fez uma pausa, tomou ar. Caio nunca havia visto seu irmão demonstrar medo. — Onde ele finalmente sai da escuridão e vem me pegar. Me estrangular, com mãos tortas, dedos compridos demais que quase dão a volta no meu pescoço... e a pele d-dele é úmida, asquerosa...

Caio segurou a mão do irmão, trêmula. Ele continuou.

— Eu acho que estou ficando louco por imaginar essas coisas do nada... mas eu também acho que *ele* pode ser de verdade. Que ele tá me torturando. Será que dá pra entender?

Caio não conseguia duvidar do irmão. Mas não podia reforçar a sua teoria de um monstro do armário. Sabia menos sobre psicologia do que sabia sobre parafusos, mas imaginava que o ideal ali era ir no caminho contrário, desconstruir a fantasia que ele estava criando para si mesmo.

Mas sabia o quanto ele precisava de apoio. De simples e puro carinho.

Caio deu um abraço em Thales e pediu para ele dormir um pouco. Na sala.

10

As semanas seguintes foram difíceis para Caio, mas nem chegavam perto do inferno que Thales estava passando. Seu corpo estava demonstrando sinais claros demais de esgotamento. Laura foi convencida a levar o primogênito até um psiquiatra, e o diagnóstico foi *burnout* e ansiedade. Ele estava prestes a quebrar, e a médica receitou alguns remédios pesados e vitaminas para complementar a alimentação. E então vetou as idas de Thales ao cursinho e à escola.

— Tem certeza? — Laura perguntou, com uma das mãos apoiadas nas costas do filho apático. — É um momento importante para ele e para o futuro... talvez se–

— Acredite, estou cuidando do futuro do seu filho — disse a doutora, resoluta, direta e sem brincadeiras. Caio gostou dela. Dra. Júlia (de acordo com o nome bordado em seu jaleco) arrancou a folha do bloquinho timbrado e a entregou à sua mãe, dispensando-os imediatamente.

Na volta para casa, Laura percebeu a insensibilidade em duvidar da necessidade de seu descanso, e pediu desculpas ao filho. Thales não disse nada a respeito, mas Caio ficou feliz em vê-la reconhecendo um erro. Por outro lado, sabia que o descanso do irmão em casa significava mais tempo pensando na tal da criatura do armário. Caio aproveitou para perguntar se ele gostaria de trocar de cama, e a resposta de Thales foi um tanto dúbia.

— Não é nada. Se é tudo da minha cabeça, eu vou parar de ver os olhos amarelos, né?

— É — concordou Caio, estranhamente incerto. Thales então deu um de seus soquinhos amorosos em seu ombro:

— Mas eu nunca deixaria você desprotegido perto do monstro, ouviu?

Naturalmente, os dias seguintes de Caio na escola o tornaram um tanto quanto popular, pois todos vinham perguntar se Thales estava bem, e o ouviam com atenção. Não com impaciência ou a contragosto. Aquilo era uma sensação inesperadamente boa causada por algo ruim, e ele não pôde deixar de sentir-se culpado no começo. Mas, em meio àquela sensação agridoce, ele estava feliz em ver as pessoas genuinamente preocupadas com o irmão, e não se importava em repetir quantas vezes fosse necessário de que ele estava em recuperação.

E foi assim todos os dias, até a fatídica manhã ensolarada em que Thales resolveu ignorar o atestado e ir para a escola. O quarto período seria o de História, e tanto Caio quanto Thales gostavam muito do professor Milton.

11

— Você não devia tá aqui — Caio murmurou para Thales, que finalmente sentou na carteira atrás da dele depois de uma maratona de cumprimentos e abraços dos amigos da sala. A única coisa boa, em sua opinião, é que ninguém foi desagradável para pontuar seu rosto marcado e exausto, seu corpo mais magro e amarelado.

— Não aguento mais ficar em casa — disse ele, também baixinho — e tem o trabalho de História do Milton pra entregar hoje. Não seria justo eu não fazer nada e receber nota, então deixa eu apresentar ele pra vocês!

Caio virou-se para trás, com uma falsa expressão de emoção.

— Caramba, como você é honrado... Só esqueceu que tem uma ordem médica para *ficar em casa*!

Thales retrucou que era ele quem estava sendo o Paladino Virtuoso, quando a professora Marta pediu para os irmãos Santiago cortarem a conversinha e enfim começou sua aula de Física.

Apesar de seus temores, tudo foi relativamente bem durante os três primeiros períodos e o intervalo. Em alguns momentos Thales pareceu mais retraído do que o normal, o que era compreensível. Quando a aula de História começou, o professor Milton deu-lhe as boas-vindas, e Thales o cumprimentou com um aperto de mão "jovial".

Os trabalhos em grupo eram sobre a Revolução Francesa e deveriam ser entregues impressos enquanto um representante fazia um resumo diante da sala, cinco minutos no máximo. Thales pediu para ler o trabalho enquanto os dois primeiros grupos se apresentavam e, de repente, transformou-se no garoto confiante que há meses não dava as caras.

— Não se preocupem, tá tudo sob controle — foi o que ele disse para o grupo ao levantar-se com uma piscadinha.

O Professor Milton foi para a sua mesa no canto direito da sala, enquanto Thales estacionava no meio do quadro branco. Ele começou com alguma piadinha que Caio não escutou, ficando apenas com o riso da sala. Milton também ria, sem sentar-se em sua cadeira, mas encostando-se no armário de ferro dos professores ao lado.

Quando ele encostou no armário, as portas entreabertas do armário bateram com o som de lata contra lata, e foi como se um címbalo interrompesse a fala de Thales, que olhou diretamente para Milton.

Na verdade, apenas Caio sabia: ele olhava para o vão na porta.

— Tudo bem, Thales? — perguntou Milton, as sobrancelhas erguidas ao perceber que o garoto olhava em sua direção, sem piscar. Talvez também sem respirar.

— Eu... — foi a única coisa vaga que Thales conseguiu dizer, e algumas pessoas da sala deram risada. Um dos amigos dos irmãos gritou dentro das mãos em concha:

— Piripaque do Chaves!

Muitos explodiram em uma única gargalhada — menos Thales e Caio, que começou a levantar-se atrás de sua carteira sem perceber. Seu olhar procurou Emily automaticamente, e ela o encarou com uma expressão sombria.

— Thales? — Caio disse, e o irmão o encarou por apenas um instante antes de perder-se novamente no vão. Tempo o suficiente para que ele reconhecesse o medo dilatando suas pupilas.

Thales caminhou na direção do professor, que mostrou as palmas das mãos com um sorriso sem-graça.

— Ok, ok! Se você precisar se sentar...

Thales o ignorou, e fechou os dedos em um peso de papel que estava na mesa de Milton. Caio queria se mover, mas estava paralisado diante da situação se desenrolando à sua frente. Milton ergueu os braços como se estivesse sendo assaltado, tentando chamar Thales à razão, tendo certeza de que o garoto estava prestes a atacá-lo. Caio viu o irmão erguer o peso de papel, como Thor erguendo Mjolnir. Ao invés de trovão, ele evocou os gritos estridentes de adolescentes, abafando o grito do caçula.

O reflexo de Thales quis arreganhar as portas com a mão livre, para flagrar o maldito olho amarelo e então acertá-lo com tudo, de surpresa. Milton segurou a mão do garoto, pensando que ele estava tentando segurá-lo para o ataque, o que apenas deixou Thales ainda mais nervoso, tentando tirar o professor da sua frente. Nisso, o garoto arranhou toda a lateral do rosto do homem, que na tentativa de empurrá-lo também acabou tendo o braço atingido pelo peso de papel.

Thales estava enfurecido, os olhos fixos no armário, e sua arma improvisada caiu. Engalfinhando-se com o professor, balançava os braços tão eufóricamente que nem percebeu arranhar ainda mais o seu rosto e quebrar os seus óculos. Tentando chegar no armário, fez Milton tropeçar e bater a cabeça na quina da mesa. Sangue espalhou-se pelo chão e Thales sequer notou, pois estava ocupado escancarando o armário e jogando todo o seu conteúdo para fora, como um cão procurando um osso escondido debaixo da terra.

— *Desgraçado! Cadê você?!*

Caio conseguiu sair do iceberg emocional em que estava congelado, atravessou os muitos quilômetros entre ele e o irmão, e o puxou pela cintura. Caíram sobre o sangue de Milton, que não se mexia. Os dois sujaram-se por inteiro. Alguns alunos filmavam a cena — isso que diziam ser amigos dos gêmeos — e outros correram pelos corredores pedindo ajuda. O professor Rogério da sala ao lado veio em socorro e tentou separar os irmãos, ainda sem notar Milton no chão, e também ganhou sua cota de sangue no rosto e na camisa, além de uma mordida de Thales em sua mão. Caio implorava para que o irmão parasse, e após dezenas de gritos em seu ouvido, o seu subconsciente obedeceu, e Thales desmaiou em seus braços.

A vontade de Caio era fazer o mesmo. Mas aquele seria o mais longo dos dias.

Agora

12

Rogério tinha apenas ferimentos superficiais, e foi atendido por enfermeiros no local. Foi preciso duas ambulâncias: uma para Milton, que iria direto para a UTI do hospital mais próximo, e outra para Thales — esta com uma desesperada dona Laura dentro, que mal se despediu de Caio quando o paramédico disse que só seria permitido um acompanhante maior de idade dentro do carro.

Dona Aparecida perguntou para Caio se ele gostaria de passar a noite em sua casa, com sua família, para que não ficasse sozinho. Mas ele apenas agradeceu, e disse que se viraria em casa.

— Vai ter algum adulto contigo? — perguntou Emily, ao lado de sua irmã, que trabalhava na secretaria.

— Vai, sim — mentiu.

— Certo — ela disse, um tanto desconfiada. — Me liga se precisar de algo, tá? A gente também mora perto do centro e a Fabi dirige.

— Mal, mas dirijo — Fabiana acrescentou, o que não foi de ajuda alguma. Emily revirou os olhos, e voltou-se para Caio novamente.

— Combinado?

O garoto apenas balançou a cabeça, sentindo-se cinco anos mais novo e duas vezes mais intimidável por garotas. Então, voltou a pé para casa.

Tomou um banho de quase uma hora — coisa que sua mãe repudiaria veementemente — e ainda assim não sentia-se limpo do sangue que impregnara suas roupas. Colocou todas na máquina com tira-manchas, do jeito que Laura fazia quando eles voltavam sujos demais para casa, e ligou a TV, sem prestar atenção em nada. Então, mesmo sem fome alguma, procurou por algo na geladeira que abrisse seu apetite.

Nada.

Decidiu lavar, secar e guardar as louças, para quando a mãe voltasse ter tudo organizado. Se bem que ele não sabia quando ela voltaria, ainda mais que ela andava há meses sem celular.

Enquanto guardava as louças, encontrou o velho martelo de carne da mãe. Olhou para ele por alguns segundos, pensativo, antes de levá-lo para o quarto e colocá-lo debaixo do travesseiro...

O travesseiro do irmão.

Mais tarde, foi ali que ele deitou. No lugar de Thales, olhando fixamente para a fresta do guarda-roupa. Se algo estava enlouquecendo o irmão, então agora teria que enlouquecê-lo também.

A goteira se fez ouvir poucos minutos depois de Caio se deitar, quando o sono começou a bater mais forte. Mas ele se manteria vigilante, a mão no martelo de carne debaixo do travesseiro. Era uma posição nada confortável, mas ele não esperava dormir.

Lembranças do dia começaram a rodear sua cabeça naquele tempo. As vozes dos estudantes surtando, os olhos cheios de medo de Emily, os gritos do professor Milton. Eles mantinham Caio em um estado suspenso entre dois mundos: não estava completamente acordado, mas também não estava sonhando. Conseguia ver o vão do armário. E quando vários olhos amarelos começaram a surgir na fresta, trêmulos e ansiosos, como se estivessem ávidos por algo e ainda assim cheios de medo, ele pensou ter finalmente adormecido. Estava influenciado pelos relatos do irmão, claro. O vão começava a ser preenchido por pupilas praticamente douradas, de diversos tamanhos. A umidez daqueles olhos realçava o tom doentio, podendo ser divisada mesmo por entre as frestas. Além de toda a estranheza, notou que cada olho era ocupado por duas pupilas...

O som de gotejamento ficou mais rápido, quase como uma torneira aberta minimamente. Seriam as... lágrimas daqueles olhos inquietos?

Caio puxou o edredom para cobrir seus pés. Não porque estava com frio, mas por um instinto inexplicável.

Ele estava sonhando, certamente. Mas tinha consciência da cama, da maciez do colchão, da solidez do martelo. Virou-se para o outro lado, tentando ignorar todos os ecos do dia e os medos transferidos de Thales para ele. Ignoraria tudo aquilo e sobreviveria à noite

(será?)

para provar a Thales que tudo ficaria bem. Era tudo coisa da cabeça

(e que cabeça teria tantos olhos assim? Uma aranha? Uma aranha com olhos humanos?)

deles

(Ele. Era como Thales o chamava, não? Ele. A coisa dentro do guarda-roupa. A coisa que vivia na escuridão das frestas, e para ela sempre voltava)

e tudo ficaria bem

(acho que não... O professor Milton está bem mal, talvez esteja morto a uma hora dessas da madrugada...)

novamente.

(não não não, nunca mais, já que Thales será considerado um assassino...)

Caio resmungou. Queria acordar para se livrar da própria voz, que tentava convencê-lo do contrário. Mas era difícil se mexer... era como se quanto mais ele se entregasse aos pensamentos de tristezas possíveis, mais seu sono ia se tornando confortável. Mais a goteira soava alto, embalando suas batidas do coração e

(você está diferente hoje! Nem parece você, Thales...)

"Quem disse isso?!", ele tentou falar, mas a pergunta resumiu-se em um pensamento temeroso. Ele apertou os dedos em volta do martelo de carne, e então sentiu a mente se aproximando mais da superfície, do despertar...

Água morna gotejou em seu rosto, em sua bochecha.

Caio gritou, levantando-se rapidamente com uma mão erguendo um martelo e a outra fechando a porta do armário, que estava bem mais aberta do que ele havia pensado. Foi um reflexo, como se para impedir que algo saísse

(mas e se eu já tiver saído?)

de dentro.

Então, lembrou-se da sensação de água no rosto, e levou a mão livre à sua bochecha. Estava molhada. Pareciam lágrimas, mas... não suas? Como seria possível? Seus olhos estavam secos.

Algo fez barulho na sala, como se a mesa tivesse sido arrastada um pouco. Havia apenas uma impressão de deslocamento de ar, de alguém deixando um lugar às pressas pouco antes de seus olhos se abrirem.

Caio pegou o celular, que marcava 2:11 da manhã. Ele usou a lanterna e mirou-a para o chão.

Ensopado.

Olhou para o teto, e não havia água acumulada ali. Verificou as próprias calças, a cama. Estava seca. Eliminou a hipótese de ter se molhado inteiro

(você não consegue mijar na própria cara, Thales!)

de tanto medo.

Seus pensamentos ainda pareciam altos demais... desconexos. E seus pensamentos pareciam estar o chamando de Thales? Balançou a cabeça. Talvez estivesse enlouquecendo por tabela durante todo esse tempo.

(Insanidade não é transmitida pelo ar, bobinho...)

Bateu no próprio rosto, para focar

(você quer se machucar, Thales? Bata com o martelo em seu rosto, então! A mão é leve! Com a mão você dá soquinhos amistosos. Use o martelo!)

os pensamentos. Então, encarou a porta do armário que tinha batido, erguendo o martelo, e o escancarou. As roupas estavam lá, como sempre.

Mas elas também estavam molhadas.

A cabeça de Caio girava. Ele não sabia o que havia sonhado, não sabia o que havia sentido, não sabia como aqueles pensamentos intrusivos podiam ser tão altos em sua cabeça... Talvez estivesse com a pior insônia de todos os tempos.

No entanto, aquela água era real, não?

"Ou talvez a água presa atrás dessas paredes tenha finalmente se libertado", pensou, desta vez por si mesmo, com calma.

Um som de panelas batendo o arrancou do lugar, junto com um apito agudo ao fundo. Caio não conseguiu segurar o grito que subiu por sua garganta. Seu coração estava mais acelerado do que nunca, e ele teve que ouvir novamente o som para entender que era o seu interfone, na cozinha.

Que nunca havia tocado até então.

E o som de panelas?

Ele foi para a cozinha de costas, passo a passo pelo corredor, ora olhando para o armário escancarado no quarto, ora olhando o caminho à frente. O interfone não parava de tocar, então ele apressou-se em seus passos desajeitados, sentindo o piso frio da cozinha nos pés descalços.

— A-alô.

— Feche todas as frestas em sua casa — disse a voz feminina e idosa, sem mais delongas. Era baixa, mas firme.

— Q-quem é?! — Caio perguntou, os olhos dardejando por toda a cozinha escura como quem procura por uma câmera escondida que revelasse a verdade: era tudo uma grande *pegadinha*. "Thales está bem, você está bem e ganhou duzentos reais!". Mas Caio sabia que não teria um *Silvio Santos Ex Machina* naquele momento. — É trote?

— Não. Eu ouvi seu grito. E foi às 2:11, como todos os outros.

Caio engoliu em seco.

— Todos os outros *quem*?

Antes que a voz respondesse, mais panelas caíram dentro do armário da cozinha. Era justamente de onde ele havia tirado o martelo de carne que agora empunhava como se sua vida dependesse dele. E talvez dependesse: Caio sentia-se observado, mas sua visão não estava ainda tão acostumada ao escuro do recinto. E o interruptor estava distante para que ele o alcançasse sem largar o interfone.

— Você tem que trancá-lo para fora, e evitar que ele alcance outra porta destrancada — a voz lhe orientou — Ele viaja entre frestas. Na escuridão entre as portas.

Aquela voz dizendo aquelas coisas estava o assustando mais do que o monstro do armário. Nem teve tempo de pedir mais explicações, pois seus olhos começaram a lacrimejar.

"Mas eu não estou com vontade de chorar!", pensou, largando o interfone quando os olhos passaram a arder. Muito, como se ele tivesse os coçado com pimenta. Apertava os olhos para tentar amenizar, mas quando os abria via tudo embaçado, os cílios carregados de lágrimas.

A voz no interfone parecia estar falando, mas agora ele estava pendurado pelo fio batendo contra a parede. As panelas desabaram pelo chão da cozinha, e mesmo com os olhos carregados de dor e ardência, Caio pode perceber algo sair de dentro do armário... desdobrando-se de dentro do nicho como um contorcionista, que naturalmente seria grande demais para aquele espaço.

Ele cambaleou para trás, até o interruptor, e percebeu que acender as luzes da cozinha só fizeram seus olhos arderem ainda mais. Caio estava desnorteado, e tinha uma forma humana vindo em sua direção. Parecia ser mais ou menos de sua altura, o encurralando contra a geladeira.

— Sai de perto de mim! — ele gritou, apontando o martelo à frente. Mas, nessa hora, a ardência em seus olhos arrefeceu levemente, e a sombra passou a tomar forma.

Seu coração desacelerou, apenas para acelerar de novo.

Era Thales.

— V-você... voltou?

Caio deixou os braços penderem ao redor do corpo. O martelo de carne caiu. Não sabia se havia sido pela ardência repentina, mas ele enxergava o irmão em tons de cinza, com uma inexplicável sombra amarelada em algumas partes dele... Não importava. Ele havia voltado, talvez fugido do hospital. Era a cara dele fazer isso.

— T-thales — ele balbuciou, e aí suas lágrimas foram verdadeiras. Abraçou o irmão, que continuou com os braços para baixo, tenso. Foi como abraçar uma árvore imóvel. Mas tudo bem, ele devia ainda estar abalado pelos últimos acontecimentos. — Eu fiquei com medo cara. Você tinha razão, Ele existe, e...

Thales não se mexeu. Caio afrouxou o abraço, e olhou nos seus olhos.

Amarelos. E cada um deles tinha duas pupilas, como duas gemas de ovos fundindo-se em uma frigideira untada à óleo.

Caio deu um passo para trás, e percebeu que ele era de fato da cor cinza, com aqueles sombreados amarelos inexplicáveis. Na verdade, ele usava a mesma roupa que Caio.

E também segurava um martelo de carne quase idêntico ao seu, só que cinza.

— Você não é meu irmão — disse, com firmeza, os lábios apertados.

Eles eram tão parecidos que, tomado pela emoção, Caio não percebeu logo de cara. Ele viu o que queria ver, e não percebeu se tratar de uma... cópia? Enquanto tentava entender o que estava acontecendo, o Caio Cinzento ergueu o martelo de carne para um golpe frontal, direto. Caio jogou-se para o lado, e o objeto estilhaçou o azulejo da cozinha.

O verdadeiro Caio começou a arrastar-se até o seu martelo, há cerca de um metro de seu alcance. Mas o Cinzento o agarrou pelas pernas e o jogou contra a geladeira, que chacoalhou sobre seus pés de suporte e abriu a sua porta. Caio sentiu uma de suas costelas doerem, talvez trincada com a batida. Caiu no chão novamente, e quando se deu conta, o Cinzento já armava outro golpe de martelo.

Sua reação foi impensada: deu um tapa no martelo a meio caminho de sua cara, e sentiu dois dedos serem pulverizados no impacto. Mas aquilo foi o suficiente para que seu clone errasse sua cabeça. Caio não gritou, não chorou.

Apenas atirou-se do jeito que pôde na direção de seu martelo.

O primeiro golpe foi no joelho do Cinzento. Ele também não gritou, mas, sem escolha, colocou o joelho ferido no chão. Caio levantou-se, rápido para quem estava ferido, e colocou toda a força que podia na sua mão boa.

O golpe fez um ruído levemente metálico. Havia algo de chocante em ver a própria mandíbula sendo arrancada e voando contra a parede da cozinha. Sangue amarelo jorrou nas roupas do clone e nos azulejos. Caio então voltou para um outro golpe com a parte de trás do martelo, pulverizando a têmpora do ser que se passava por ele.

A cópia desabou no chão e se liquefez em lágrimas e bile amarela. Sua mãe iria ficar possessa com aquela gosma na cozinha, foi a primeira coisa que pensou.

Então, de onde as panelas haviam caído, outra forma surgiu.

Andando aos tropeços, pigarreando, com os braços compridos arrastando pelo chão. Um lampejo de muitos olhos amarelos espalhados por lugares em que corpos normais não possuíam olhos. Respiração asmática, um engasgo contínuo no fundo da garganta e um grande e maldito olho que tinha dentes no lugar de cílios. Na verdade, era um olho dentro de uma boca escancarada, e isso foi tudo o que Caio conseguiu perceber enquanto *ele* correu como um animal desesperado até a geladeira aberta, trancando-se lá dentro.

E sumindo nas trevas.

Caio não tinha certeza do que havia visto. Mas certificou-se que ele havia sumido assim que a geladeira foi fechada. O maldito podia viajar entre frestas, como a voz no interfone havia alertado.

E isso o lembrou.

Cambaleou até o interfone pendurado, segurando-o com a mão que não estava ferida.

— Estou aqui.

— Graças a Deus!

— N-não me pareceu ter nada a ver com Ele, dona.

— Você está bem?

Caio olhou para os dois dedos arruinados de sua mão esquerda.

— Você tinha que ver o outro cara.

— Por favor, tranque sua casa e venha até aqui. Apartamento 31.

Caio respirou, colocando a testa no azulejo frio à frente e devolvendo o interfone no gancho. Claro. Dona Joana.

13

Vinte para as três da manhã, e Caio estava sentado à mesa de jantar de uma acumuladora de mais de 80 anos, com Jorginho, o gato laranja, aninhado em seu colo. Ela não tinha qualquer porta em sua casa, exceto a da frente, e improvisava um curativo em seus dedos quebrados de maneira surpreendente para sua idade.

— Eu nem sabia que dava pra ligar de interfone para interfone — Caio disse, olhando para a tala improvisada em sua mão. Dona Joana resmungou:

— Vocês jovens não sabem fazer nada que não esteja em uma tela de celular. Como está sua mão?

— Latejando, mas dormente. Vou precisar ir para um hospital, e... — o rosto de Caio se iluminou — eu posso ir para o mesmo que meu irmão estiver! Falar para todo mundo que ele não está completamente louco, e que tem realmente um monstro no armário que pode fazer cópias nossas...

Joana o olhou por cima dos óculos redondos de grau, e ele percebeu como aquilo tudo soaria ridículo em um pronto-socorro.

— Eu acredito em você, pois também já o vi. Mas acha que os outros acreditarão?

— Quando que a senhora descobriu ele?

— Há muitos anos. Meu marido ainda estava vivo. Ele estava saudável, era mecânico e trabalhava todos os dias. — Joana fez uma pausa. Olhou para a bagunça ao lado do *hack* da TV e contemplou por um instante uma caixa de ferramentas antigas ao lado de um arranhador para gatos bem maltratado. Provavelmente uma "parte" de Manoel da qual ela havia escolhido não se livrar. Ela continuou: — Teve toda a sua sanidade drenada e acabou morrendo em um hospital de saúde mental. Um manicômio. Eu não... acreditei nele de início, claro. Mas também não sabia o que fazer, congelei de medo e de tristeza. De dúvidas... Minha única atitude foi trazer para cá os três gatos que ele cuidava na velha oficina. — Ela olhou para Jorginho com ternura, como se ele de alguma forma a conectasse ao falecido marido. — Continuei aqui sem ação, incrédula, imaginando que os médicos estavam escondendo algo de mim. Então, tendo conseguido o que queria de meu amado Manoel, a maldita criatura começou a aparecer para mim. Foi aí que tirei todas as portas de minha casa. Creio ter sido por isso que ele foi infernizar outras pessoas deste prédio.

— Mais alguém sabe dele?

— Ah, sim. Os apartamentos vazios são prova de que os boatos correram. Lendas urbanas, histórias de assombração... Mas tem alguém que teve a vida mais desgraçada do que simplesmente ser proprietário de um apartamento assombrado.

Caio parou para pensar na frase, e então teve um lampejo.

— O seu Wagner.

Ela assentiu.

— Seu apartamento. O filho, que era policial militar, a nora e o neto de seu Wagner moravam lá, uns oito anos atrás. O garoto era bom, tímido. Como você. Se chamava Frederico, e tinha pouco menos que a sua idade. Ele passou a ter problemas de insônia, a gritar de medo...

Caio não tinha muita certeza de que queria saber. Mas continuou olhando para ela, para que continuasse.

— Ele passou tempo demais sendo visitado. Seu cérebro foi ficando cada vez mais danificado, e ele foi perdendo noção da realidade. Dizia que toda noite lutava com um demônio, e passou a dar nomes para ele.

"Até que um dia ele não aguentou a pressão e o fato de ninguém acreditar nele, nem os médicos, e roubou a arma do pai. Foi até a escola e começou a balear todos os armários do lugar, dizendo que iria acabar com o demônio. Bem — ela suspirou, olhando para o rolo de esparadrapo tristemente antes de dar os últimos toques no curativo —, uma bala ricocheteou em algum lugar, e ele foi atingido no pescoço pelo próprio disparo. Morreu na hora."

Caio engoliu ruidosamente.

— Ele estudava no Hermelino Lopes?

— Sim. Você estuda lá?

Caio ficou em silêncio antes de responder qualquer coisa. Maldita inspetora Lurdinha... ela havia comentado do acidente oito anos atrás que fez com que a escola colocasse câmeras de segurança. Ele era muito pequeno para se lembrar da repercussão disso, mas agora estava muito chocado em descobrir todas as coincidências ao redor do demônio.

— Sim. Estudo. Digo, estudamos! Meu irmão e eu.

— O seu gêmeo esquentadinho.

— O próprio — Caio disse, com um sorriso triste. — Estou preocupado com ele.

Dona Joana acabou o curativo e sorriu de uma maneira um tanto triste para o garoto.

— Ele vê a criatura há mais tempo que você, certo?

— Sim. Ele dorme mais perto da porta do guarda-roupa.

— Entendo. Se eu fosse adivinhar, diria que o demônio ainda não percebeu que vocês são duas pessoas diferentes.

— Tá... e?

— E eu acho que tenho uma ideia — ela disse, levantando-se e escavando arqueologicamente uma chaleira do meio das tralhas que entupiram a mesa de cozinha.

— A sua ideia é fazer um chá?

— O chá é para eu contar a minha ideia.

Caio assentiu, tentando manter-se na mesma frequência calma de Joana. Ela era a caçadora de demônios experiente ali, e ele um mero aprendiz.

O que o levou a pensar...

— Dona Joana, a senhora comentou que Frederico, o neto do seu Wagner, passou a dar nomes para a criatura... Como ele o chamava?

Joana acendeu o fogão, riscando um fósforo. À moda antiga. As chamas azuis brilharam em seus olhos enquanto ela olhava para o pequeno sobrevivente à sua frente e respondia à sua dúvida.

— *O Espreitador.*

10

A cabeça de Caio fervilhava com todas as informações, e ele não aguentaria esperar até o dia seguinte — até porque ele jamais conseguiria dormir após tudo o que tinha ouvido. Decidiu que não iria para a escola pela manhã e que, infelizmente, estragaria a noite de sono de Emily.

Eu 02:33
oi
tá acordada?

Emily 02:39
oi oi
n tava, mas qq foi?

Eu 02:40
dsclp, não qria te acordar

Emily 02:42
n tem problema, d vdd
eu me preocupo
vc ta bem?

Eu 02:45
me machuquei

Emily 02:46
😫
CAIO
TO INDO AI
to acordando minha irmã

Eu 02:49
nd grave, rlx
devo ter quebrado um dedo
ou 2
vc conseguem me levar no mesmo hospital que o thales está internado?
já aproveito p visitar meu irmão e falar com minha mãe

Emily 02:50
claro
nossa
vou me trocar e já chegamos ai
n mexe muito a mão

Eu 02:51
vlw dms

Emily 02:53
PARA DE DIGITAR!!!11!

Laura não havia voltado para casa, o que significava que devia estar ao lado de Thales o tempo todo. Isso seria outra coisa a lidar depois, quando estivesse lá.

Mas uma coisa que precisaria lidar de imediato era Dona Joana.

— A senhora não precisa ir comigo! — Caio disse, vendo-a iniciar a maratona de três andares usando um andador. Sua velocidade, no entanto, era impressionante.

— Você vai precisar de um adulto para dar entrada no pronto-socorro — disse ela, surgindo no corredor com uma bolsa de couro atravessada no peito. — É minha maneira de ajudar.

Vinte minutos depois, Caio seguia para o Pronto-Socorro Municipal de Arvoredo, a cidade ao lado, em um carro pilotado pela moça da secretaria da escola, na companhia de sua vizinha octogenária e da garota de quem gostava — que estava no banco da frente, mas não desgrudava os olhos preocupados dele, através do retrovisor. Fabiana fez inúmeras perguntas a Caio sobre sua mão, e Dona Joana se adiantava para responder todas, para que o rapaz descansasse a cabeça atribulada.

Depois de entrarem no hospital, levaram muitos minutos até chegarem na recepção da área de emergência. De início, os enfermeiros todos vinham até Dona Joana pensando se tratar de algo com ela, mas ela abanava as mãos, ranzinza, dizendo que era o garoto que precisava de cuidados.

Conforme prometido, ela colocou-se como o adulto responsável na hora de preencher a papelada, mas Fabiana tentou voluntariar-se em seu lugar.

— Eu posso avisar a escola e ficar no lugar da senhora!

— Estou perfeitamente bem, querida. Não sei se dá para perceber, mas sou maior de idade!

Ao som da discussão das duas mulheres, Caio foi levado para fazer a radiografia da mão e das costelas, e Emily aguardou do lado de fora da sala de Raio-X. Não havia muitos médicos de plantão, então o atendimento estava demorando mais do que o normal — o que para Caio era bom, uma vez que sua intenção era ficar no hospital até a madrugada seguinte. Ainda precisaria cumprir várias etapas até o ponto crucial de seu plano.

O dia raiou fora do hospital, e Caio ainda não havia acabado todos os procedimentos. Enquanto ele tomava medicamento para a dor em uma cadeira reclinável, Fabiana despediu-se dele e de Dona Joana, já que emendaria a madrugada em claro com o trabalho na escola. Caio não sabia o que dizer para expressar toda sua gratidão, mas ainda assim tentou.

Emily precisaria voltar com a irmã, mas pediu que ela fosse na frente, que já a alcançaria.

Dona Joana, esperta, saiu de perto dos dois.

— Espero que tudo dê certo com o Thales. E com você — disse Emily.

— Obrigado por me ajudar assim, no meio do nada.

Ela deu um sorriso apertado, preocupado, e olhou para a sua mão.

— Você vai me contar o que *realmente* rolou com sua mão?

Nem passou pela cabeça de Caio mentir. Apenas não sabia como explicar.

— Eu vou, com todos os detalhes, você acreditando ou não. Aí você pode até me chamar de doido e nunca mais sair comigo — ele disse, de uma só vez. — Mas isso pode ser quando eu voltar? Tomando um sorvete? Sem esse... clima de hospital?

Ela riu, e fez uma careta para o teto.

— É, eu odeio essas luzes brancas de hospital.

— Eu também.

— E vou acreditar em você. E provavelmente sair com você mais uma vez.

Caio estava com o rosto quente.

— Só uma?

Emily adiantou-se. Suave, confiante. Pressionou seus lábios com suavidade contra a boca de Caio, sem firulas, sem pressa. O garoto esqueceu a dor e a preocupação durante o tempo que ele jamais saberia quanto durou.

E ela estava com os olhos intactos, ele pensou, enquanto ela se afastava e seus cabelos roçavam o seu rosto.

— Sobreviva, e veremos — disse ela, o sorriso ofuscando as luzes brancas do pronto-atendimento, e então sumiu pelo corredor, sem saber que a sua frase tinha um peso diferente para Caio e os seus planos para aquela noite.

Dali em diante, Caio foi voltando para a realidade como um mergulhador alcançando a superfície e as coisas foram acontecendo burocraticamente, do jeito que as horas passam em hospitais tristes, até Caio ser liberado para ir para casa na hora do almoço.

Foi nesse ponto que Dona Joana, novamente no seu papel de guarda-costas e mestra, brilhou ainda mais, reclamando de dores severas pelo corpo e sendo levada para o atendimento preferencial. Ela piscou para Caio ao ser carregada para longe, em uma cadeira de rodas, abraçada à sua bolsa. Agora, ele estava por conta própria, mas com tudo o que precisava saber.

Esquecido pelos médicos, o garoto começou a se esgueirar pelo hospital. Descobriu onde o irmão estava e apareceu de surpresa no corredor do seu quarto, que seria compartilhado, mas que no momento estava ocupado apenas por Thales, deixando a outra cama desocupada.

Quando Laura viu o filho, de mão enfaixada e imobilizada, ela começou a chorar e o abraçou. Caio a acalmou, dizendo que havia sido um pequeno acidente, e fez carinho em seus cabelos. Ela não devia estar ali, passando por aquela situação. Laura perguntou como havia chegado até lá, e ele disse que o pessoal da Diretoria da escola veio com ele. Não mentiu.

Caio ficou ao lado do irmão, que estava completamente sedado, por muitas horas. Analisou o quarto, e viu que não havia nenhum armário grande nele. Apenas um gaveteiro ao lado de cada leito, com uma portinha minúscula, para que os acompanhantes deixassem seus pertences e ficassem mais livres. A bolsa de sua mãe estava ali dentro, e ele imaginou se o Espreitador conseguia se espremer por um lugar ainda menor que o armário de louças de sua cozinha.

Nas horas seguintes, Caio viu enfermeiros irem e voltarem, descobriu os horários de janta e checagem de sinais vitais, descobriu os horários de faxina e até onde guardavam os produtos de limpeza. Laura, que já ia para o segundo dia consecutivo no hospital, com as mesmas vestes e comendo refeições insossas, deu uma saída por esse tempo para avisar sua ausência no trabalho e comprar alguma troca de roupa, escova de dentes e o que mais pudesse ajudar por alguns dias até que Thales fosse liberado para uma casa de saúde mental, segundo ela.

— Ele provavelmente será liberado amanhã de manhã. Eu irei com ele na internação, e depois voltarei para casa para pegar algumas coisas...

Caio estremeceu, lembrando da história de Dona Joana e de seu marido Manoel. Ele precisaria agir naquela noite, antes que fosse tarde demais e Thales não tivesse forças para combater a loucura crescente que o Espreitador havia plantado dentro dele.

Uma vez no interior do hospital, ninguém questionou a presença do irmão gêmeo do paciente, mesmo ele sendo menor de idade. Difícil teria sido superar a burocracia na entrada, mas ele já estava lá dentro e todos os enfermeiros pareciam ter mais coisas a fazer do que se preocupar com credenciais de acompanhantes. Ainda mais um irmão gêmeo.

Conseguiu enganar a todos até cerca de oito horas da noite. Não foi atrás de mais notícias de Dona Joana, porque sabia que ela estava blefando com suas dores, e ele mesmo blefou quando sua mãe lhe pediu que voltasse para casa: trancou-se no armário de produtos de limpeza, aguardando em meio à embalagens extra-grandes de todos os produtos possíveis. Aninhou-se atrás de uma prateleira, o estômago roncando, as costelas e a mão doendo, a cabeça girando de tanto sono. Sentiu efeitos desnorteantes parecidos com os da noite anterior, com pensamentos intrusivos ecoando alto demais em sua cabeça, mas sabia que aquela era sua sanidade afetada pelo embate com o Espreitador. Pelo menos ali, no armário de produtos de limpeza, ele estava do lado de dentro e só via prateleiras. Não seria incomodado pelo viajante de frestas, e teria tempo de ler todos os componentes químicos de todas as embalagens possíveis para se distrair — ou enlouquecer de vez.

Em meio à sua recente deterioração mental, repassou tudo o que Dona Joana havia explicado, tentando não esquecer de nada.

15

1:58

Caio esgueirou-se para fora do armário de produtos de limpeza, carregando um esfregão com um cabo metálico particularmente resistente e um pote grande de algo que parecia ser muito abrasivo, de acordo com os muitos avisos na embalagem. *Desincrustante. Manter longe do alcance dos olhos.* Bem, parecia algo útil contra uma criatura que era só olhos. Incapaz de usar a mão quebrada, Caio colocou a embalagem debaixo do braço e partiu.

A ala de internações estava bem mais vazia àquela hora e Caio não teve problemas para voltar até o quarto de Thales. Sua mãe dormia em uma poltrona do lado de fora do quarto, para sua sorte, então ele passou para o lado de dentro do quarto, travando a fechadura com o cabo do esfregão. Verificou o irmão, que de tão imóvel parecia quase uma cópia cinzenta produzida pelo Espreitador.

Olhou para a bolsa de soro pingando lentamente para dentro do acesso em sua veia. Em alguns minutos, percebeu que o ruído de gotejamento estava ali, no quarto, e que não vinha da bolsa de soro.

"Quando ele ganha confiança de que sua vítima está realmente dormindo, ele sai de seu esconderijo para apreciá-la mais de perto. Até mesmo tocá-lo", Dona Joana havia dito. "Ele faz isso exatamente às 2:11 da manhã, e se algo pode ser feito contra ele, é apenas nessa hora".

Eram **2:08**, de acordo com o relógio na parede do quarto. Digital, para a tranquilidade de Caio.

Ele desconectou os soros dos acessos no braço de Thales e o sensor cardíaco de seu dedo. Com cuidado e também com um pouco de dificuldade, carregou-o na direção da outra cama desocupada no quarto.

2:09

Thales resmungou em seu sono embalado por drogas conforme era colocado na outra cama. Com a luz da lua entrando pela janela e refletindo em sua testa, Caio percebeu que ela estava completamente suada.

2:10

O gotejamento aumentou a ponto de se tornar insuportável. A cada gota, o coração de Caio martelava forte. Tremendo, destrancou a porta do gaveteiro, desrosqueou a tampa do desincrustante e entrou debaixo dos lençóis onde o irmão estava antes, tampando o galão de produto químico.

2:11

Thales choramingou baixinho do outro lado do quarto. Com todos aqueles remédios, seu sono não deveria estar leve. Mas seu corpo parecia reconhecer a hora em que o perigo se aproximava, e talvez a falta dos medicamentos estivesse surtindo efeito no sono.

A portinha abaixo de Caio soltou um rangido inconfundível.

Ele aguardou, cobrindo o rosto com o lençol branco.

Na luz tétrica da lua, ele viu os dedos surgindo pela fresta, banhados pela luz prateada. Suas falanges eram imensas, como aranhas estupidamente grandes vasculhando o ambiente antes de que a maior parte da criatura se desdobrasse para fora do armário. Caio não tentou contar quantos dedos haviam ali, mas sabia que era mais do que o normal para qualquer coisa humana. Pareciam mais raízes tortas do que as extremidades de um ser vivo.

Então, após os pés alongados experimentarem lentamente o piso frio, os joelhos vieram à tona, sugando toda a atenção de Caio: haviam olhos amarelos de pupilas duplas ali também, e eles lacrimejavam profusamente. Os cotovelos, os ombros... todos cobertos pelos olhos duplos que ele já testemunhara.

Caio estava tremendo, e temia que o chacoalhar de seus ossos espantasse o Espreitador antes da hora. E a criatura continuava saindo da fresta, naqueles movimentos de um contorcionista que decidira largar o circo para performar em rituais satânicos.

Então, Caio o viu. E o que era a parte de cima do Espreitador também viu Caio, pois ela era toda feita de um agrupamento de olhos amarelos de pupilas duplas. Como ovos de um inseto perigoso, prestes a chocarem.

Eles se arregalaram ainda mais ao perceberem o garoto acordado, e foi aí que Caio chutou o lençol para o lado e arremessou um jorro de desincrustante da boca de seu garrafão. O berro que veio do Espreitador foi completamente abafado por algo que impedia sua boca de gritar, e ele desesperou-se, cambaleando até a cama de Thales, do outro lado do quarto, batendo no metal com estrépito. Então, Caio lembrou-se que sua boca era selada com um grande olho amarelo de pupila única. Esse olho, o único "normal" da criatura, também secretava aquela substância ocular — pois chamar aquela gosma simplesmente de "lágrimas" parecia errado.

Caio desceu da cama e fechou a porta do armário, confrontando a criatura, que passava as mãos nodosas pelo seu corpo infernal, tentando limpar a substância que corroía o tecido escorregadio de seus muitos globos oculares. Caio sentia que simplesmente olhar para a criatura fazia com que todo o seu raciocínio escoasse por um ralo atrás de sua cabeça.

Ao mesmo tempo, o Espreitador parecia não entender como Thales estava tão forte, tão disposto a lutar... Ainda não havia entendido que os irmãos eram gêmeos, e que aquele na sua frente não era a sua vítima debilitada por toda a drenagem de sanidade que havia ocorrido ao longo de meses.

— Isso acaba aqui! — Caio disse, dentes cerrados, e jogou outro arco de desincrustante no ar, atingindo mais os pés do bicho do que seus olhos. O Espreitador emitiu os sons abafados ainda mais alto, e suas unhas arranharam a própria carne escorregadia.

Batidas na porta.

— Caio? Caio, o que está acontecendo?!

Laura tentava espiar por dentro da janela da porta do quarto, mas a verdade é que o ambiente havia esfriado consideravelmente, e ela estava embaçada.

— Vai ficar tudo bem, mãe — ele gritou, e acrescentou mais baixo, para si mesmo: — Vai ficar.

O Espreitador encolheu-se contra a parede, ainda sem notar Thales em cima da cama tão perto dele. O demônio estava demonstrando medo, e ocorreu a Caio que talvez ele apenas estivesse fingindo muito bem. Mesmo assim, ele gostou do que viu. Era bom variar. Era bom vingar o irmão.

Ele ameaçou avançar contra o monstro, sabendo que a sua carga de líquido ácido estava quase no fim, e viu o monstro retesar-se. Ele estava tentando fazer algo.

"Uma cópia cinzenta", Caio pensou, lembrando de Joana falando sobre seu plano.

"Ele faz cópias nossas para nos confundir. É uma espécie de sistema de defesa dele... nos deixa sem reação"

E quase havia funcionado com Caio na cozinha do apartamento, mas não funcionaria novamente.

"Ele está confuso em ver dois alvos, e está tentando nos reproduzir, mas precisa dos olhos desimpedidos para replicar seu alvo".

Caio jogou o resto do líquido, em cheio no grande olho da boca. Mas o efeito pareceu fazer os seus próprios olhos arderem.

Ele estava copiando. E *imprimindo.*

O ar tremeluziu, como se algo estivesse chegando naquele mundo de maneira ímpia, proibida. Era como ver o ar rutilar perto do asfalto em um dia quente demais.

A cópia cinzenta estava ali, entre Caio e o Espreitador. Ela não era um trabalho bem-feito, e parecia um apanhado geral do que a criatura lembrava de Thales e Caio. Ela havia tentado criar apenas de memória, e não com uma referência. Uma aberração esburacada, banhada em cinzas, com os cotovelos invertidos e muitos buracos por todo o corpo.

Em especial, um grande vazio oco que tomava quase todo o seu rosto.

Caio arremessou o pote vazio na cópia malfeita. Ele apenas bateu em seu ombro e caiu no chão. Laura gritava no corredor, e mais algumas vozes imploraram para que ele abrisse a porta. Alguém puxava e socava a superfície dela, e Caio ficou muito feliz por ter escolhido um esfregão com cabo metálico como sua trava.

— Sobreviva! — ele grunhiu para si mesmo, encarando os demônios com a força da palavra que saíra da boca de Emily.

Então, uma mão agarrou seu ombro com força.

O susto foi tamanho que Caio deu as costas ao Espreitador e o clone fracassado.

Ali estava outra cópia sua. Mas aquela era praticamente idêntica, ainda que ele soubesse as diferenças entre eles dois. Afinal, havia tido 16 anos para perceber o que os tornava diferentes.

Aquela era uma cópia perfeita, concebida pela Rainha Laura Santiago.

— Sai da frente, Caio — disse um ofegante Thales, de camisola de hospital, segurando o suporte metálico para soros do leito desocupado como se fosse uma lança. Seus olhos estavam fixos no outro lado da sala, no Espreitador e na cópia de rosto vazio.

Era apenas uma mão familiar em seu ombro, mas Caio sentiu-se abraçado. Ao invés de fazer o que o irmão mandou, simplesmente fechou os dedos da mão boa na haste fria do suporte.

— Agora sou eu quem está na sua frente, e não vou sair.

Thales sorriu e uma lágrima carregada de emoção escorreu pelo seu rosto antes de seus dentes se fecharem.

— *Agora!*

Como se fossem um, correram com a ponta do suporte à frente. Gritaram, juntos, e sequer perceberam a força que imprimiram em suas cordas vocais, em suas pernas, em seus ombros. Tanta força, que a ponta cheia de ganchos do suporte atravessou o estômago cinzento da cópia errada, e eles continuaram avançando até a parede, empalando também o grande olho do Espreitador.

Ele engasgou. Cuspiu suas lágrimas sujas, bile amarela. Tremeu e tentou alcançar os gêmeos com suas mãos tortas. Caio evitou os dedos, mas tomou um coice desesperado do Espreitador, que mesmo tendo pés minúsculos, o arremessou até o meio do quarto, escorregando na gosma dos muitos olhos e na bile amarela. Com as mãos imensas livres, seus dedos nodosos se fecharam ao redor de toda a cabeça e do pescoço de Thales ao mesmo tempo, sufocando-o.

— Não! — gritou Caio. E uma voz o chamou logo atrás, na direção da porta. A única que não gritava com ele.

Uma imensa chave-inglesa escorregou por baixo do vão da porta.

Ele correu para alcançá-la sem questionamentos, e viu a sombra de Dona Joana na janela embaçada da porta.

— Por mim. Pelo Manoel.

Olhou para a chave-inglesa, apesar de não saber qual era o nome daquela ferramenta. Ele tinha dificuldade com essas coisas. Mas não tinha nenhum impedimento na hora de proteger seu irmão.

Com uma sequência de golpes frontais e primitivos, cheios de angústia e fúria, Caio reduziu o aglomerado de olhos na cabeça do Espreitador à gosma, ectoplasma, seja lá o que corria nas veias daquela aberração fétida. Uma estocada perfurou o grande olho ávido e salivante dentro de sua boca, e Caio girou, torceu e retorceu a chave-inglesa, antes de voltar a bater nos restos da criatura. Aquilo era por Thales, por Manoel, por Frederico. A antiga ferramenta do marido de Dona Joana, trazida até ali dentro de uma inócua bolsa de couro de uma senhora nada inofensiva, acabou o serviço que a lança improvisada havia começado.

As grandes mãos nodosas dissolveram-se assim que a cabeça do Espreitador deixou de existir por completo, e Thales foi ao chão, os olhos brancos e pupilas reviradas. Caio largou tudo para abraçar o irmão, e uma onda de choque percorreu seu corpo ao senti-lo tão flácido em seus braços.

Alguém havia chutado a porta, e com a visão periférica viu um enfermeiro imenso correndo para dentro do quarto. Ele separou os irmãos com facilidade, e deitou Thales no chão. Sua mãe entrou em seguida junto com meia dúzia de enfermeiros, um deles a segurando. Joana observava do batente da porta, o rosto consternado, mas uma linha determinada e apertada substituindo a sua boca.

Ela sabia que um ciclo havia se fechado ali, mas não queria exatamente aquele desfecho.

Caio chorava, sentado em meio à sujeira deixada pelo Espreitador e pela cópia malfeita. Nada identificável havia sobrado. Nada para comprovar a existência das criaturas.

— Tragam o desfibrilador e oxigênio! — gritou o enfermeiro de voz potente. Caio olhou para o relógio na parede — **2:15** — e uma eternidade se passou até os equipamentos chegarem.

— Afastem-se!

Foi como nos filmes. O peito de Thales arqueava violentamente a cada choque do aparelho. Os enfermeiros se revezavam entre a tentativa de reanimação e a massagem cardio-respiratória. Eles persistiram, mesmo quando Caio já havia desistido de ver o irmão abrir os seus olhos.

Uma realidade sombria se avizinhava, uma em que ele viveria sem o seu melhor amigo. Uma realidade em que sua mãe o culpava pela morte de seu filho mais talentoso, uma vez que ela jamais acreditaria no Espreitador. Uma em que Caio viveria sozinho, até a sua velhice, em uma casa sem qualquer porta exceto a da saída. Afinal, o que poderia garantir que a criatura não retornaria com sede de vingança. A qualquer momento no meio de uma noite de sono, uma goteira se faria ouvir onde jamais...

— C-caio?

Thales estava com a máscara de oxigênio, e olhos semi-cerrados. Já era melhor do que olhos eternamente fechados. Caio se jogou em cima dele, e ouviu a mãe chorar de alívio. Ela abraçou os dois filhos, desajeitada, mas desimpedida de tocá-los.

Joana, na porta, afastou-se para deixar a família ter o seu momento. Ela também tinha lágrimas nos seus olhos, e não voltaria para buscar a chave de boca de seu amado. Aquilo estava resolvido.

Thales tentava se localizar. Parecia ter esquecido onde estava. Sua mão trêmula fez carinho nos cabelos de Caio, tão parecidos com o seu.

— Valeu por acreditar em mim.

— Sempre — ele respondeu, e foi tudo o que conseguiu pensar.

Thales acalmou Laura, e um enfermeiro começou a medir sua pressão enquanto ela estava no chão mesmo. Ninguém ousou separar as crias da mãe.

— Quanto tempo eu fiquei fora? — ele perguntou, baixinho, apenas para que Caio ouvisse. O irmão levantou o queixo brevemente e olhou para o relógio: **2:19**. Ele riu, pela primeira vez naquele dia.

— Eu diria que uns quatro minutos e treze segundos.

Thales também riu, e aquele era o som de alguém expelindo um veneno inoculado em seu corpo e mente por muito tempo.

Eles ficaram ali, unidos, mãe e filhos. Thales havia renascido, e Caio também. Laura poderia reparar erros passados, que nada mais significariam se não fossem repetidos. Que chance ela tinha em mãos, com filhos perfeitos em suas diferenças, e uma nova vida os aguardando! Havia estragos a serem consertados, mas que fosse. Os irmãos sabiam como enfrentar o que viria a seguir, e com quem gostariam de estar durante o tempo que lhes fosse permitido viver. Foi a vez de Caio perder a noção do tempo. Tudo estava bem, e Caio lembraria daquele momento por todas as vezes em sua vida em que se sentisse observado durante a madrugada. Não seriam poucas vezes, mas ainda não havia como ele saber disso.

Ali, entretanto, com os olhos bem fechados e abraçado aos seus, nenhuma fresta de luz passava.

Dia das Mães Maldito

FAMÍLIA Castro
Solange (governanta)
Danielly (babá)
Seu Gumercindo (caseiro)
Cookie (cachorra)
(ex-esposa)
Valdomiro
Marília
Otávio
Marta
Valentina
Cauã
Vicente

(bisavós)
(marido falecido)
Dona Edna
Tia Célia
Gilberto
Julieta
Rafael
Inês
Luíza
Enrico
Eloísa

1

— Mamãe, abre a porta... — disse o meu menino em voz chorosa. — Por favor, mamãe... abre a porta.

Mas eu não tinha como abrir. Eu jamais abriria. Não depois de tudo o que aconteceu.

Dizem que toda mãe daria a vida por seu filho. Porém, naquele final de semana, eu descobriria que é possível dar a vida por muito menos. Quão pouco vale a vida de uma mãe? E a quem cabe julgar esse valor?

— Mamãe, não vai. Fica comigo... — disse o meu menino na ocasião, quando o deixei na casa da avó.

— Ela tem que trabalhar — minha mãe respondeu a ele —, liga a televisão, que tá passando desenho. — Então se virou para mim: — Danielly, você vá, mas na segunda-feira volte direto pra cá. Nada de ir para casa de namorado, que eu também tenho mais o que fazer.

— Mãe, eu não tenho namo... ah, deixa pra lá. Só cuida bem dele, tá bom? Eu busco assim que me liberar do trabalho. Feliz Dia das Mães.

Ainda era sexta-feira, e o Dia das Mães seria só no domingo, mas eu não poderia telefonar no dia certo. Na fazenda para onde eu ia não tinha sinal de celular.

O trabalho era simples: ser babá de um grupo de crianças, a maioria já crescidinha, ao longo do final de semana comemorativo. Eram irmãos e primos, reunidos na fazenda da família. Eu tinha experiência, e lidar com as crianças seria fácil. O difícil seriam os adultos. Fui avisada pela doméstica da família sobre os conflitos entre os herdeiros do falecido Sebastião Castro, seus filhos, netos e agregados. Não seria minha primeira vez lidando com parentes difíceis. Porém, nada que ela dissesse me prepararia para a repugnância do que estava por vir.

O caminho foi longo. Primeiro, tomei o ônibus circular até a rodoviária. Depois, o intermunicipal. A cidadezinha não tinha nem dez mil habitantes, e ainda não era o destino final. Precisei pegar carona no ônibus escolar rural. Chacoalhando suas poltronas antigas e sem estofado, o veículo da prefeitura pegava as crianças na escola municipal após a tarde de estudos e as levava de volta para as granjas onde moravam com suas famílias, ajudando na lida no período da manhã. Era o transporte que mais se aproximava da fazenda onde eu iria trabalhar. Mesmo assim, não chegava até lá, e o último trecho precisei fazer a pé.

Minhas costas já doíam antes mesmo de iniciar o meu turno, em parte pelo desconforto do transporte e pela longa caminhada na estrada de terra batida, em parte pelo peso da mochila onde carregava meus pertences e o uniforme de babá.

As sombras já se alongavam com o pôr-do-sol quando, de longe, avistei o painel de madeira envernizada que formava um arco elegante sobre o portão, onde se lia: "Estância Castro". A propriedade era diferente das granjas que eu havia visto pelo caminho. Enquanto as granjas distantes eram lugares rústicos, de agricultura de subsistência, com seus casebres humildes e suas porteiras manuais separando a terra de fora da terra de dentro, a Estância Castro era um paraíso gramado. Na área mais elevada ficava a sede, uma mansão de três andares, pintada em um tom alaranjado alegre, forrada de trepadeiras ornamentais, dotada de uma enorme porta de entrada dupla e ladeada por uma piscina. Mais distantes ficavam outros pontos de interesse: o estacionamento coberto, a moradia do caseiro, um riacho. Tudo era cercado por um bosque, o que tornava impossível saber até onde a propriedade se estendia. Na frente, um caminho havia sido aberto em meio às árvores, formando uma entrada bucólica. O portão também diferia dos outros da região, pois era de metal e possuía motor elétrico ativado por controle remoto. Ao lado, havia um portão menor para pedestres.

Antes que me aproximasse mais, ouvi um barulho às minhas costas. O ronco passou por mim em alta velocidade, e tudo o que pude fazer foi me encolher. No instante seguinte, estava envolta em uma nuvem de poeira. Abanei a mão em uma tentativa inútil de afastar o desconforto do nariz e da boca e identifiquei quem havia levantado o poeirão: uma caminhonete Hilux preta com pneus enormes, equipada com um para-choque frontal extra, conhecido como "mata-cachorro". O motorista apertou o controle remoto o mais longe possível, de modo que o portão já estava aberto quando chegou, e não precisou ficar esperando. Fez uma curva aberta e adentrou a Estância Castro sem frear. Seguiu adiante, deixando o portão aberto atrás de si.

Mal a poeira havia abaixado, outros dois carros surgiram atrás de mim. O primeiro era um Porsche branco: um carro esportivo pequeno, ágil e conversível. O segundo, um jipe Land Cruiser vermelho: o completo oposto, um veículo robusto, feito para desbravar a selva. Ambos vinham em velocidade tão alta, que por impulso pulei para a beira da estrada, onde a terra dava lugar ao mato. Arbustos espinhosos envolveram minhas pernas, mas por sorte eu estava de calça jeans e tênis. Também por sorte saí do caminho a tempo, pois o jipe ultrapassou o conversível justo quando passavam por mim, e os dois veículos seguiram disputando a estrada como se não tivessem me visto, cada um correndo mais do que o outro rumo ao portão por onde era possível passar apenas um por vez.

Frearam no último momento, levantando ainda mais poeira com o derrapar das rodas, e cada carro parou diante de metade do portão. Uma vez parados, ficaram buzinando um para o outro e berrando, até que o Land Cruiser vermelho deu ré e o Porsche branco acessou a propriedade primeiro. Em seguida, o jipe também entrou e ambos seguiram rumo ao estacionamento, que não tinha paredes, mas possuía um telhado de amianto sustentado por colunas de madeira, onde a caminhonete já estava estacionada, ao lado de uma minivan prateada.

Retomei a caminhada. Quando cheguei ao portão, ele já havia sido fechado novamente, mas percebi que havia um interfone com câmera. Eu estava coberta de poeira da cabeça aos pés, e torcia para que o interior da mochila estivesse intacto. Meus cabelos eram castanhos, longos e lisos. Eu os havia prendido em um rabo de cavalo discreto, para dar a aparência profissional de quem está pronta para o trabalho, mas vários fios já haviam se soltado ao longo da viagem e despontavam para todos os lados da cabeça. Passei as mãos para alinhá-los da melhor forma possível, e apertei a campainha.

— Quem é? — soou uma voz metalizada pela estática do interfone.

— Sou a Danielly, a babá — respondi.

— Entre pela porta dos fundos. — Com um ruído, a tranca do portão de pedestres se abriu.

— Obrigada.

Passei pelo portão e caminhei pelo leve aclive rumo à mansão, enquanto a família descia das três caminhonetes.

— Continua dirigindo que nem uma mulherzinha! — caçoou um homem largo, com barba farta e camisa polo verde de mau gosto, descendo do Porsche.

— Dirijo melhor do que você, e isso que tenho um bebê e uma grávida a bordo! — retorquiu um loiro charmoso e sem barba, passando a mão pela cabeleira ao descer do Land Cruiser, trajando uma camisa social de tecido texturizado na cor grafite e mangas dobradas até o cotovelo de forma despojada e estilosa.

— Se os dois saíssem mais cedo, não ficariam comendo poeira todas as vezes — criticou o terceiro, um homem alto, de cabeça raspada, que vestia uma camisa branca lisa e séria, do tipo que cairia bem com um blazer por cima num escritório. Já havia descido da Hilux quando os outros chegaram.

— Ai, acorde às quatro da manhã! — debochou o barbudo. — Ai, tome banho gelado! Ai, coma apenas capim e estude enquanto eles dormem!

Enquanto os três motoristas zombavam uns dos outros, uma mulher saiu do Porsche e outra desceu da Hilux. À primeira vista, as duas pareciam iguais. Ambas tinham o cabelo platinado, vestiam a blusinha por dentro da calça estilo alfaiataria com um cinto por cima, usavam sandália rasteirinha e óculos de sol enormes. Foram uma em direção à outra da forma mais afetada possível e se abraçaram como se uma delas tivesse acabado de voltar da guerra.

— Amiga! — gritaram as duas.

Então foram juntas até o jipe e ajudaram a terceira mulher a descer do banco do passageiro. Essa era diferente: o cabelo não era pintado há meses, então as raízes escuras desciam até a altura das orelhas e as pontas estavam cacheadas. Não calçava sandálias, mas um chinelinho aberto para acomodar seus pés inchados. Não trajava blusa ou cinto, mas um vestido extremamente largo para dar conforto às coxas grossas e ao barrigão de grávida.

— Obrigada... — disse ela, com a voz fraca. Tinha uma das mãos na barriga fértil e a outra sobre os olhos para tapar a claridade.

— Amiga, como você está linda! — uma das loiras disse à grávida. — Seu rosto brilha com a alegria de quem está esperando!

A grávida tirou a mão dos olhos e sorriu, mas seu rosto estava tão inchado devido aos líquidos retidos na gravidez, que o sorriso saiu torto e esquisito. Em seguida, ela fez uma careta de dor, apertou o ventre e quase caiu no chão.

— Amiga! Está entrando em trabalho de parto?

Eu estava quase chegando à mansão quando aconteceu, e meu primeiro impulso foi o de sair correndo na direção dela. Porém, ouvi meu nome na mesma hora:

— Danielly!

Era a empregada doméstica. Seu nome era Solange, tinha por volta de quarenta anos e cabelo preso num coque com redinha. Usava um vestido preto e funcional, sobreposto por um avental branco e com tênis igualmente brancos. Tudo o que deveria ser preto estava um preto profundo e tudo o que deveria ser branco estava um branco imaculado, bem diferente de mim, que estava inteira coberta de poeira cinzenta e desbotada.

— Nem pense em ir até lá dessa cor! — disse Solange. — Vão te mandar embora, menina! Vem aqui. Vou te mostrar o chuveiro dos empregados.

Ao longe, a grávida explicou para as demais:

— Está tudo bem, são só contrações de treinamento. Não chegou a hora ainda.

Segui Solange pela lateral da casa, mas não sem antes lançar um último olhar em direção ao estacionamento. Quatro crianças agora também tinham desembarcado, mas sem tanto estardalhaço. Eram de idades variadas, e cada uma estava vidrada em seu próprio celular.

— Aqui tem internet? — perguntei.

Solange não escutou a minha pergunta. Ou fingiu não escutar.

— Você precisa saber quem é quem na família. A Dona Edna tem cinco filhos, quatro homens e uma mulher. O mais velho é o Seu Valdomiro, que é o dono da mansão. É o careca da caminhonete preta. Ele é casado com a Dona Marília e pai da Valentina, que tem 17 anos, e do Cauã, que tem 9. A Valentina é do primeiro casamento.

Para que os patrões não vissem o meu estado, demos a volta na casa pelo lado oposto ao do estacionamento. Passamos pela piscina, que era enorme e tinha um deque de madeira. Daquele lado, a casa se abria em uma grande varanda com área gourmet: um espaço com churrasqueira, pia e outras estruturas de cozinha, cercado por um balcão com banquetas altas, além de sofás, mesas e cadeiras. Tentei ir absorvendo a estrutura do lugar para não me perder depois, enquanto Solange continuou a explicar:

— Depois dele tem o Seu Gilberto, que tem barba e dirige o conversível branco. Ele é casado com a Dona Julieta e os dois são pais do Enrico, de 8 anos. É melhor não ficar muito perto do Seu Gilberto. Ou da Dona Julieta. Pensando bem, cuide das crianças, que dos adultos eu cuido.

Chegando aos fundos da casa, entramos atrás de um muro alto para acessar um pátio ao ar livre onde lençóis brancos estavam esticados em um varal. As roupas de cama secavam escondidas, de forma a não interferir no paisagismo da área de lazer.

— O homem mais novo é Seu Rafael, o loiro do jipe vermelho. Ele é casado com a Dona Inês, que está grávida de oito meses, e são pais da Eloísa, que acaba de completar um aninho.

Em seguida, passamos por uma porta que dava acesso à lavanderia equipada com máquinas de lavar e secar, e chegamos à enorme cozinha. Havia uma porta grande, que imaginei levar para a sala e demais locais de convivência da família, mas, em vez disso, viramos para a pequena porta lateral que dava acesso às dependências dos empregados. Ali os corredores eram estreitos e os cômodos, pequenos.

— Dona Luíza é bem mais nova do que os outros irmãos. Dona Edna já tinha uns cinquenta anos quando ela nasceu. Hoje tem quase oitenta, já é bem de idade. A Dona Luíza tem 25 anos e não é casada. Ela já está aqui na mansão desde ontem, foi quem trouxe a mãe e a Tia Célia na minivan.

Chegamos ao final do corredor.

— E é isso. — Ela apontou para três portas: — O seu quarto é esse aqui. Aquele ali é o meu. Vamos dividir esse banheiro. Agora tome banho, vista seu uniforme e apresente-se na sala de estar. Se precisar de alguma coisa, peça para mim. Não incomode os patrões. E seja rápida.

Solange deu as costas e ia voltando pelo corredor, mas eu a interrompi.

— Espera. Você disse que a Dona Edna tem cinco filhos, mas só citou quatro. Ficou faltando um.

Ela parou. Girou nos calcanhares lentamente e me encarou.

— Sim, faltou um.

Então ela deu as costas novamente e foi embora.

2

O QUARTO DESIGNADO A MIM ERA O MENOR QUE JÁ HAVIA VISTO. Cabia a cama de solteiro espremida entre duas paredes e um guarda-roupa de duas portas. Uma pequena janela se abria para um poço de luz, dando vista para várias outras janelinhas. Calculei que uma delas fosse do quarto de Solange, e outra era do banheiro.

Dentro do guarda-roupa, encontrei um lençol, um cobertor e um travesseiro, e coloquei tudo em cima da cama para abrir espaço para as minhas roupas. Retirei da mochila as várias trocas do meu uniforme de babá e as pendurei nos cabides, aliviada ao perceber que não haviam sido tocadas pela poeira. Eram todas iguais: um vestido com gola de camisa, manga de camiseta e saia na altura dos joelhos, semelhante ao que Solange usava, mas o dela era preto e o meu, branco. Era acompanhado por um avental da mesma cor, com bolsos, além de meias e tênis brancos.

Corri para o banheiro, tomei um banho de cinco minutos, refiz o rabo de cavalo e vesti o uniforme. Fiquei pronta tão rápido que, quando me apresentei na sala de estar, a família parecia ter acabado de entrar em casa.

A sala era ampla, com diversos ambientes separados por colunas de madeira, vários arcos internos e portas para todos os lados. Na parede sul ficava o acesso principal da casa, uma porta de folha dupla em madeira entalhada ao lado da qual havia um enorme relógio de pêndulo. Na parede norte, a porta que dava para a cozinha, ampla o suficiente para permitir a passagem de bandejas, e outra mais estreita que dava para um lavabo. A leste ficava a saída para o estacionamento e uma passagem ampla que levava a áreas de lazer e, a oeste, a parede era completamente tomada por uma porta de correr com múltiplas folhas de vidro, o que permitia abrir a parede inteira. Dava vista para a área gourmet, a piscina, o jardim e o riacho mais adiante. Havia, ainda, uma escada bem ao centro, que subia para os quartos e ajudava a dividir os ambientes.

A casa tinha uma arquitetura contemporânea, com grandes janelas envidraçadas, móveis de ângulos retos com superfícies livres, cortinas de cores claras que iam do chão ao teto, quadros de bom gosto pendurados nas paredes, almofadas, jarros e plantas, misturada com um toque de elegância antiga, como colunas e vigas de madeira e o relógio de pêndulo. O único elemento que destoava do restante era uma portinha baixa e estreita que ficava sob a escada. Era feita de várias tábuas escuras justapostas, em um visual rústico e até um pouco desgastado.

Solange foi comigo para me apresentar:

— Essa é a nova babá. O nome dela é Danielly.

Os membros da família estavam espalhados. As esposas caminhavam juntas lentamente, colocando a conversa em dia enquanto os homens carregavam as malas. Uma das loiras trazia no colo a sobrinha de 1 ano de idade. Os primos de 8 e 9 anos conversavam sobre o novo super-herói do cinema enquanto chutavam uma bola de futebol, e a jovem de 17 anos havia afundado em um dos sofás, mexendo no celular.

— O que houve com a outra? — perguntou a loira mais alta. Agora, mais de perto e sem óculos, pude perceber que tinha olhos azuis.

— Saiu de licença-maternidade — Solange explicou.

Gilberto, o barbudo de camisa polo, largou as malas no chão, colocou as mãos na cintura e disse:

— Essas meninas de família pobre não param de ter filho!

Em outra ocasião, eu teria abaixado a cabeça. Afinal, venho de família pobre e tenho filho. Engravidei nova, o que muitos acham burrice. Deveria ter ficado ofendida. Porém, a grosseria foi tão inesperada, e tamanho foi meu choque, que apenas permaneci imóvel.

A loira alta de olhos azuis abraçou-o:

— Não é bem assim, amado.

— Tô errado? — ele ergueu as palmas das mãos para o céu, como se desafiasse alguém a corrigi-lo. — Têm filho e por isso não conseguem mais trabalhar. E continuam pobres. E não conseguem pagar escola particular, então o filho acaba sendo pobre igual.

Olhei para o chão. Meu filho estudava em escola pública. Mas ele continuou falando, dessa vez para mim, o que me impeliu a olhar de volta para ele.

— Se quer um conselho, não tenha filhos.

— Tadinha, amor. Deixa ela. Vai espantar a babá no primeiro dia. — Então a loira olhou para mim. Era bem mais nova do que o marido. — Eu sou a Julieta, e aquele ali é o Enrico, meu filho. Cuide perto do rio e da piscina, que ele não sabe nadar. E eu vou estar bebendo.

A outra loira se aproximou trazendo a bebê no colo. Era mais baixa do que a amiga, tinha olhos castanhos e nariz grande.

— E eu sou a Marília. Sou nutricionista, mãe do Cauã. Ele é alérgico a frutos do mar. E essa aqui é a Elô. — Ela transferiu a bebê para o meu colo. Era uma menina linda, gordinha e cacheada, que olhou nos meus olhos com ternura e deu o sorriso mais fofo do mundo. Tinha uma simpatia que não se via nos outros membros da família. — Eloísa é filha da Inês e acabou de completar um ano. Ela já sabe caminhar.

— Di-di-di — balbuciou a pequena Elô.

— Dani — falei para ela. — Meu nome é Dani, vou cuidar de você.

— Dã-ná — falou Elô, tocando em mim.

— Dani — repeti.

— Dã-ni — ela acertou.

Sorri.

Solange já havia me adiantado quase todas aquelas informações sobre a família, mas achei melhor não interromper os patrões. Afinal, eu ainda precisava decorar quem era quem.

Inês, que estava grávida, veio até mim e entregou uma enorme bolsa cor-de-rosa claro.

— As fraldas estão aqui dentro. Não usamos lenço umedecido na Elô. Você precisa limpar com algodão e água. Ela não come nenhum tipo de doce, nem alimentos ultraprocessados.

— E aquela ali é a Valentina — disse Valdemiro, o homem mais sério e formal.

— Pai! — a menina ergueu os olhos do celular, incrédula. Tinha cabelo comprido, castanho e sem pintura, mas com o brilho de quem faz hidratação toda semana. Vestia-se de forma simples, camiseta branca e shortinho jeans.

— O que foi?

— Ai, amado... — disse Marília — A Valentina não é mais criança, né? Ela não precisa de babá.

E Valentina voltou a mexer no aparelho.

Enquanto as mães apresentavam as crianças para mim, os pais terminaram de trazer as malas para dentro. Gilberto se aproximou para me falar algo, mas uma comoção na sala fez com que se calasse. Todos olharam para a cabeceira da escada.

Três mulheres haviam surgido no andar de cima e começaram a descer. A mulher do meio era de longe a mais velha. Descia os degraus com dificuldade, amparada pelas outras duas: uma jovem e outra idosa.

— Mãe! — disse Valdomiro, aproximando-se.

Dona Edna nada disse, mas ergueu a mão encarquilhada em aceno e sorriu. Era franzina, encolhida pela idade, com o cabelinho ralo e curto penteado para baixo e o colo adornado por vários colares delicados. Faltava-lhe carne sob a pele do rosto, que se acumulava formando rugas nas extremidades. Faltava-lhe vigor. Apesar da riqueza, os anos pesavam mais do que deveriam, sugerindo que padecia de alguma enfermidade. Não parecia lhe restar muito tempo de vida.

Adivinhei que a jovem que a trazia pela mão era Luíza, sua filha mais nova. Usava o cabelo curto e pintado de roxo, óculos de aro grosso, vários brincos pequenos ao longo de uma das orelhas e tatuagens nos braços. A outra idosa era Tia Célia, irmã mais nova de Dona Edna. Tinha sessenta e muitos anos, mas o tempo lhe havia sido mais generoso. Exibia postura reta e uma boa quantidade de carne nos braços e nos quadris. O cabelo era grosso e prateado, puxado para trás em um coque elegante, mas deixando três caracóis pendendo na testa. Trajava um vestido verde, elegante e discreto, e uma única correntinha pendia de seu pescoço, com um pingente de recordatório — daqueles que, ao abrir, revelam uma pequena foto de alguém amado.

Como que realizassem um procedimento de alto risco, todos os presentes aguardaram em silêncio enquanto as três mulheres desciam as escadas. Logo que terminaram, a conversa voltou a aquecer:

— Mãe! — repetiu Valdomiro, e abraçou a matriarca.

— Veja só se não são os irmãos que têm carreira e filhos, e nunca podem ajudar a cuidar da mamãe! — disse Luíza, com seu jeito descontraído, para os três irmãos mais velhos.

Gilberto a abraçou:

— E aí, já arranjou emprego? Ou faculdade? Ou namorado? — disse ele, dando-lhe tapinhas nas costas.

Luíza revirou os olhos enquanto retribuía o abraço.

— Estamos trabalhando nisso.

De longe e de maneira muito mais formal, Valdomiro reforçou a cobrança:

— Os negócios da família precisam de sucessão. O pai não durou para sempre, e eu também não vou durar.

Luíza ia abraçando cada uma das loiras platinadas, e respondeu ao irmão de longe:

— Ainda bem que a família tem a Valentina. Será a sucessora perfeita.

Valentina ergueu a cabeça para ver o que estava acontecendo. Luíza aproveitou a atenção da sobrinha, que tinha quase sua idade, para perguntar:

— O que está fazendo nesse celular?

Valentina nada disse, apenas mostrou a tela para Luíza. Estava em um aplicativo de aprendizagem de idiomas.

— Estudando inglês? — perguntou Luíza.

— Mandarim — respondeu Valentina. — Inglês já sou fluente.

Luíza então olhou para Valdomiro e deu uma piscadela:

— Bom trabalho.

E o irmão mais velho sorriu e parou de implicar.

Tia Célia não deu atenção a toda essa conversa. Após descer as escadas e entregar Dona Edna nas mãos de Valdomiro, contornou vários dos membros da família, parando para cumprimentar os que estavam pelo caminho apenas quando não o fazer fosse soar muito rude, e foi até Rafael.

— Bênção, tia — Rafael já estava esperando por ela com as mãos juntas.

— Deus te abençoe, meu querido — Tia Célia cobriu as mãos deles com as suas. Então soltou-as e o envolveu inteiro em um abraço. Era alta apenas se comparada à minguada Dona Edna, porém bem mais baixa do que Rafael. Ao abraçá-lo, afundou a face no peito dele, que retribuiu com afeto.

Quando os dois se soltaram, Tia Célia abraçou Inês e tocou-lhe o barrigão:

— Sente-se, querida. Quer uma água?

Os dois meninos cruzaram a sala correndo atrás da bola e quase esbarraram em Inês, então ela achou melhor se sentar. Imediatamente, Solange surgiu trazendo uma bandeja com copos para todos e uma jarra de água, e começou oferecendo para a grávida.

— Cauã, pare de correr! — demandou Marília, a loira baixinha. — Sente no sofá.

— Mamãe, posso ir buscar a Cookie? — respondeu o menino.

— Agora? Deixe pra depois... — disse a mãe.

— Aaaaaahhh! — disseram Cauã e Enrico juntos.

— Dá para ser agora, sim — interveio Julieta, a loira alta. — Eles estão de férias, precisam gastar energia.

Marília prestou atenção no que Julieta dizia, e então anunciou para os meninos:

— Tudo bem, então podem ir.

— Eeeeeeeê! — eles comemoraram e saíram correndo pela porta que levava para a piscina.

Apenas observei enquanto todos os membros da família terminavam de se cumprimentar. Não importava o quão próximos ou distantes, cada membro da família deu um abraço e um beijinho em cada um de seus parentes, o que levou algum tempo, considerando a quantidade de pessoas. Quem mais recebia atenção de todos, no entanto, era Dona Edna:

— Mãe, como andam as articulações?

— Mãe, foi ao cardiologista?

— Mãe, a Luíza está cuidando bem de você?

— Bonitos colares, mãe.

— Mãe, quer uma água?

A idosa respondia à maioria das perguntas com sorrisos e acenos de cabeça. Nos raros momentos em que decidia falar, todos faziam silêncio para ouvir sua vozinha combalida:

— Deus proteja as crianças... — disse, passando a mão na cabeça de Valentina, depois que a jovem soltou o celular e veio cumprimentá-la.

Valentina deu um sorriso amarelo, mas não decepcionou:

— Amém, vó.

— Amém — disseram todos os outros.

— E a outra menina? — lembrou Tia Célia, virando-se para mim. Ela então pegou a pequena Eloísa do meu colo e levou-a até Dona Edna, para que também fosse abençoada.

Nessa hora, Cauã e Enrico entraram correndo, seguidos por uma cachorrinha malhada, com focinho achatado e cheia de pelancas macias na cabeça e no corpo. Tinha rabo curto e orelhas de morcego, e ninguém precisou me explicar que era de raça. As tetas estavam inchadas e a barriga, volumosa.

— Mamãe, a Cookie está que nem a Tia Inês! — berrou Cauã, empolgado. — Olha a barriga dela, vai ter filhotinho!

— É mesmo, meu filho? — Marília observou, boquiaberta. — Como isso foi acontecer?

— Mandei vir um macho — explicou Valdomiro. — Sabe quanto vale um filhote de buldogue francês? Agora essa cadela vai valer o investimento. Fizemos ultrassom, e ela está prenhe de cinco. Um é do dono do macho, mas os outro quatro são nossos.

— Obaaaa! — Cauã comemorou, e então virou-se para Enrico e berrou: — Os outros quatro são nossos! — e os dois meninos fizeram carinho na cachorra.

— Au-au — falou Elô.

Valdomiro não se deu o trabalho de explicar que os filhotes seriam vendidos. Em vez disso, ergueu o queixo e contemplou todos que estavam na sala. Era o mais alto e o mais velho de sua geração, e seu olhar sobre os demais tinha ares de patriarca.

— Estamos todos aqui? Então já podemos jantar.

Um dos muitos ambientes da enorme área comum era uma sala de jantar. A mesa de madeira de lei era comprida e já estava posta, com doze pratos fundos, cada qual pousado sobre doze pratos rasos, que por sua vez estavam sobre doze sousplats decorativos, cercados por doze conjuntos de talheres e doze copos, além de um conjunto de pratos e talheres de bebê. Apesar de tanta prataria, a mesa era tão grande que não estava inteira ocupada, deixando ainda três cadeiras vazias.

A família inteira se virou na direção da sala de jantar, mas ninguém teve a iniciativa de se aproximar primeiro. Ficaram apenas observando imóveis, enquanto um silêncio desconfortável se prolongou.

Foi Gilberto quem quebrou o silêncio, com sua delicadeza habitual:

— Estamos todos aqui, sim... considerando que o irmão assassino não vem.

Um lamento se espalhou por toda a família:

— Ai, meu Deus! — choramingou Tia Célia.

— Amado, não fale assim do seu irmão — Julieta abraçou o marido.

— Maninho sempre com os comentários mais agradáveis... — Luíza deu de ombros.

E os demais comentários saíram misturados e incompreensíveis.

— Falei alguma mentira? — Gilberto deu de ombros. — Se o Otávio não tivesse matado a esposa e o filho, estaria aqui hoje.

Cauã arregalou os olhos:

— É por isso que o tio não vem?

Marília atravessou a sala e abraçou o filho:

— Não dê atenção ao Tio Gilberto. — E então ela lançou ao cunhado um olhar fulminante: — Ele sempre fala o que não deve.

— Você não contou para o Cauã? — Gilberto perguntou a Marília. Então se virou para Valdomiro: — Você tem que contar essas coisas pro seu filho, ou ele vai crescer mariquinha. O Enrico sabe de tudo.

Valdomiro abriu a boca para argumentar, mas foi surpreendido com o pequeno Enrico, que quase nunca falava, entrando na conversa:

— Ele matou o Primo Vicente primeiro, cortou toda a cara dele — explicou a Cauã. — Depois enfiou uma faca na barriga da Tia Marta e puxou as tripas dela pra fora.

Cauã arregalou os olhos ainda mais, e Marília o abraçou mais forte e colocou as mãos sobre os ouvidos dele para que parasse de escutar.

— Olha só o que você fez! — ela repreendeu Gilberto. — Agora ele não vai conseguir dormir!

Julieta deu de ombros, evidenciando o bronzeado de seu corpo monumental.

— Ai, amiga... uma hora ele iria descobrir — disse ela. — É bom que escute da própria família em vez de ficar sabendo pelos amiguinhos da escola.

— Mas... — Marília não soube o que dizer. — Mas...

— Ele já está grandinho — Julieta continuou. — Ele vai entender.

Marília olhou para o próprio marido, mas Valdomiro não soube o que dizer. Ela então deixou os braços penderem, sem força, ao redor do filho.

— Acho que é isso... — Valdomiro prosseguiu. — Vamos jantar, então.

Ele lançou a Luíza um olhar significativo, e a irmã mais nova se levantou e puxou a fila até o ambiente da sala de jantar. Todos começaram a se mover, ficando Marília e Cauã para trás.

Discretamente, Valentina se aproximou do meio-irmão. Eu me aproximei também, pois estava tão espantada quanto ele e queria escutar o que ela tinha a dizer.

— Isso tudo é só suspeita da polícia — ela falou baixinho para Cauã e Marília. — Ninguém sabe direito o que aconteceu, só que o primo e a tia foram encontrados mortos. Estamos esperando o Tio Otávio aparecer e contar a versão dele da história. Ele sumiu naquele dia. Espero que esteja bem. Eu gostava dele.

Ela então me deu um olhar reprobatório. Não precisou dizer nada e eu já entendi a mensagem: "fique fora disso". E, apesar de ser mais nova do que eu, ela era patroa e eu obedeceria. Não que eu quisesse me envolver.

Valentina deu dois toques nos ombros do meio-irmão e da madrasta e fez sinal para que seguissem para a mesa de jantar. Os três se foram em clima de luto. Somaram-se às várias pessoas em pé ao redor da mesa, incertas sobre onde se sentar agora que havia três pessoas a menos: os lugares habituais de cada membro da família precisariam sofrer ajustes.

Enquanto os demais se decidiam onde se sentar, Gilberto voltou a se aproximar de mim, perto do sopé da escada, e explicou qual mala era de quem:

— Essas quatro aqui no quarto do Valdomiro, aquelas três no do Rafael e as outras três no meu quarto.

Dizendo isso, foi se juntar ao grupo na sala de jantar.

Olhei para as dez malas espalhadas, me perguntando quantas viagens eu teria que fazer e, mais importante, como descobriria qual quarto era de quem.

Ao mesmo tempo, Tia Célia exclamou na sala de jantar:

— Ih! Esse bebê está recheado.

Os parentes ao redor deram risadinhas. Com Eloísa nos braços, Tia Célia abriu caminho em meio ao grupo, veio até mim e, com um sorriso amável no rosto, depositou-a no meu colo. A graciosa Eloísa cheirava a cocô.

— Cáca — disse ela.

Eu assenti com a cabeça.

— Limpar com algodão e água — eu disse.

Tia Célia sorriu mais uma vez.

— Aprende rápido. Você tem criança em casa?

Meus olhos dardejaram para o resto da família no outro ambiente e de volta à Tia Célia. Ela falava baixo, e eu também respondi de forma reservada:

— Tenho, sim. Um menino — foi impossível não sorrir.

— Um menino! Que bacana. Eu também teria um menino, mas perdi.

— Sinto muito — apressei-me a dizer.

— Oh, não se preocupe. Isso foi muito tempo atrás. Meu coração foi preenchido pelos meus sobrinhos. Vantagem de ter família grande. Mas diga-me, seu filho vai passar o Dia das Mães com...?

Olhei para o chão.

— Com a avó.

— Imaginei. Olha, não ligue para o Gilberto, tá? É difícil para ele ser o segundo filho, competir com o Valdomiro, que é tão... eficiente. Mas nem todos na família são desagradáveis.

Ela então tocou o recordatório que trazia no pescoço. Abriu-o para mim. Dentro, havia uma foto pequena, preto e branca, em formato oval: o rosto de Rafael. Depois que vi, ela sorriu e o fechou. Colocou um dedo em riste diante dos lábios para fazer sinal de silêncio.

— Isso fica entre nós.

Assenti com a cabeça e olhei para a Eloísa em meu colo. A pequena também era um docinho. Ao mesmo tempo, Inês veio ao nosso encontro.

— Pensando bem, não vou comer — disse, com cara de cansada. — Só consigo pensar em erguer as pernas.

— Tudo bem, querida — disse Tia Célia. — Quando soube que você viria, convenci Valdomiro a mandar preparar a suíte master especialmente para você dessa vez. Mas, pensando bem, talvez não seja uma boa ideia ficar subindo dois lances de escadas. Se quiser, posso trocar por um quarto do primeiro andar.

— Oh, de jeito nenhum! — Inês subiu o primeiro degrau. — Muito obrigada, tia! Vou aceitar os paparicos de grávida. Valdomiro pode ter o quarto dele de volta depois que eu parir. Enquanto isso, quero aproveitar aquela vista.

Inês subiu as escadas e a Tia Célia foi atrás, ajudando-a a manter o equilíbrio. Quanto a mim, hesitei ao segui-las, já que as dez malas continuavam espalhadas pelo ambiente de sala de estar e eu estava com a bebê no colo.

— Você não precisa subir tudo isso — disse Solange ao passar por mim carregando uma bandeja da cozinha para a sala de jantar.

— É só decorar qual é de quem e instruir o Seu Gumercindo depois. Ele é nosso caseiro, daqui a pouco ele aparece.

Agradeci, mas ela continuou:

— Troque logo esse bebê e volte aqui para me ajudar — e seguiu para a mesa.

Subi depressa os degraus e alcancei Inês e a Tia Célia.

A casa possuía diversas áreas sociais no térreo, desde sala de estar e jantar até uma biblioteca e um salão de jogos, todas separadas por aberturas amplas e desprovidas de portas, para compartilharem luz e ventilação. Isso sem contar a grande varanda com área gourmet. Também no térreo ficavam as áreas de serviço, com cozinha, despensa, lavanderia e quartos para os empregados, onde dormiríamos Solange e eu. Seu Gumercindo, o caseiro, tinha sua própria cabana, nos fundos da propriedade.

No segundo andar ficava um longo corredor que dava acesso a cinco suítes, e Tia Célia me explicou quem ocuparia cada uma:

— Nessa aqui, dessa vez ficam Valdomiro e Marília. Nessa outra, é sempre Gilberto e Julieta. Edna e eu dividimos a seguinte. Essa porta aqui é só um armário. Luíza e Valentina ocupam a suíte que fica depois da curva no corredor. Os meninos costumavam ficar junto com as meninas, mas agora está todo mundo crescido, né? Como Otávio não vem, Cauã e Enrico vão ficar na suíte que era dele, a última antes da escada.

Anotei tudo mentalmente. Ainda bem que minha memória era boa.

A escada que ia para o último andar ficava ao final do extenso corredor em curva. Enquanto subíamos, ela prosseguiu:

— Rafael, Inês e a pequena Eloísa vão ficar no andar de cima.

No último andar ficava apenas uma suíte, mas era a maior que eu já tinha visto na vida. Tinha uma cama king de frente para uma televisão que cobria grande parte da parede, um closet gigantesco cheio de cabides desocupados e um banheiro imenso, com banheira de hidromassagem, box separado para o chuveiro, uma privada quadrada e um balcão comprido com duas cubas. A suíte era tão grande, que adicionaram um berço que não fazia parte do projeto original, e mesmo assim não faltou espaço de circulação. Era maior do que o apartamento onde eu morava com meu filho.

Ao entrar no quarto, a primeira coisa que Inês fez foi escancarar as duas portas de madeira que abriam para uma sacada. O céu já estava quase todo escuro, mas uma pequena faixa avermelhada ainda resistia próxima ao horizonte.

— Os quartos mais de baixo já não veem mais a luz — disse Inês, apoiando os braços na amurada.

— Quer se sentar, querida? — perguntou Tia Célia.

— Não, obrigada. Só quero um minuto em silêncio.

Dali era possível ver a piscina. A sacada ficava logo acima da ampla porta de vidro que dava acesso à sala. Por essa razão, também era possível escutar as vozes de adultos e crianças dois andares abaixo brigando entre si, rindo e fofocando. Porém, não passava de um murmurinho indistinto. Uma lembrança de que estavam fora daquele ambiente intenso. O último andar propriamente dito estava silencioso, cercado por uma paisagem distante composta por campos e bosques igualmente serenos. A granja mais próxima ficava a quilômetros. A Estância Castro era um lugar reservado, e o último andar oferecia ainda mais privacidade.

Enquanto Tia Célia e Inês relaxavam, tratei de fazer o meu serviço. Coloquei Eloísa no chão e fechei a porta para evitar que ela rolasse da escada. Ela saiu cambaleando pelo quarto com seus passos de bebê, puxando a colcha da cama e passando o dedinho na fenda sob o rodapé. Abriu o rack e passou a puxar tudo para fora: livros, fotos, discos blue ray, controles da televisão e do ar-condicionado. Colocou um dos controles na boca. Ao mesmo tempo em que ela explorava o ambiente, eu explorei o conteúdo da grande bolsa cor-de-rosa e comecei a colocar para fora tudo o que iria precisar. Fralda. Pomada. Saco de algodão. Havia também um trocador portátil, uma espécie de colchonete dobrável que serve para forrar o local onde o bebê será deitado para a troca de fralda, que com certeza eu iria usar.

De repente, ouvi um clique. Dei um pulo e, antes que soubesse o que estava acontecendo, corri instintivamente até a porta e a fechei.

A pequena Elô abriu um berreiro.

— O que tá acontecendo? — gritou Inês para ser ouvida, tendo sido subitamente perturbada em seu momento de sossego.

— Desculpe, Dona Inês — eu disse, tentando pegar Eloísa no colo, mas ela se sentou no chão e chorou ainda mais alto e magoada, emitindo o timbre atordoante que só bebês sabem fazer. — Eu fechei a porta, mas acho que a Elô... abriu!

Enfim consegui pegá-la e passei a embalar a bebê no colo.

— Ah, tá — disse Inês.

Saquei um molho de chaves de brinquedo que estava na bolsa cor-de-rosa e ofereci à Elô, que logo o aceitou, parou de chorar e se distraiu enfiando-o na boca e mordendo-o.

— Ela acabou de aprender a abrir portas e agora quer fazer isso o tempo todo — explicou Inês. — Fica brava quando não deixamos.

— Isso é um perigo! — disse Tia Célia. — Você vai ter que trancar a porta na hora de dormir.

Inês deu de ombros.

— Trancar a porta à noite? Pode ser. — Então ela olhou para mim: — Mas, de dia, você precisa cuidar para que ela não se machuque.

— Com certeza, Dona Inês. É para isso que estou aqui.

Satisfeita, ela voltou a se debruçar na sacada e mirar o horizonte. Porém, o vermelho crepuscular já havia ido embora, deixando no lugar o azul cinzento das nuvens distantes que nos acompanharia por toda a noite.

Troquei a fralda de Elô com a rapidez de quem tem bastante experiência. Quando terminei, fui até a varanda avisar as duas mulheres.

— Vocês podem descer — Inês falou à Tia Célia e a mim, o que incluía a Elô. — Vou ficar aqui em cima e descansar um pouco. Meus pés estão inchados.

Era comum que grávidas ficassem com os pés inchados, e não acreditei que descansar debruçada na sacada ajudaria em alguma coisa.

— Sim, senhora — eu disse. Não iria discutir.

Porém, antes que saíssemos do quarto, algo chamou nossa atenção.

— O que é aquilo? — Inês apontou para alguma coisa lá fora.

Tia Célia e eu nos aproximamos. No início, vi apenas a atmosfera cinzenta e triste, com seus bosques escuros e seus campos desabitados, tudo imerso em um silêncio sepulcral.

— Não vejo nada, querida — disse Tia Célia.

— Ali! Perto do horizonte! — Inês voltou a indicar. — Aquela nuvem não estava ali antes.

Observei com mais atenção.

— É uma nuvem de poeira — eu disse. — É um carro vindo para cá.

Inês e Tia Célia se entreolharam, o horror estampado no rosto das duas.

— Ele não faria isso! — disse Inês.

— Quem mais seria? — perguntou Tia Célia.

— A estrada termina no nosso portão. Não tem mais nada pra cá — Inês falou o óbvio.

— Vou lá embaixo olhar — disse Tia Célia. — Ele estranharia eu não estar lá.

— Pois eu fico aqui — rebateu Inês. — Ele não vai sentir falta.

Tia Célia saiu andando pelo quarto, abriu a porta e saiu para as escadas.

— Vai junto! — disse Inês. — Deixe Elô aqui.

Entreguei a bebê nos braços da mãe e desci atrás de Tia Célia. A idosa descia os degraus agitada e tropeçando, então corri para ajudá-la. Às minhas costas, ouvi Inês fechar a porta e trancá-la.

Os parentes já estavam acomodados à mesa. Na cabeceira ficava Valdomiro, dono da casa. À sua direita ficava sua esposa, à sua esquerda ficava sua mãe e, na cabeceira oposta, sua filha e sucessora. Essas posições eram imutáveis. Irmãos, cunhadas, sobrinhos e todos os outros se espalhavam pelas posições de menor prestígio ao longo da mesa e, após tanta comoção, as mudanças desencadeadas pela ausência de Otávio e sua família eram mínimas, com apenas Gilberto, Julieta e Enrico indo se sentar mais próximos a Valdemiro.

Quando chegamos, Solange servia a entrada com pãezinhos, manteiga e várias opções de patê.

— Ele está aqui — Tia Célia anunciou sem preâmbulos.

— O quê? — perguntou Valdomiro em nome da família inteira. — Quem?

— Otávio.

Marília se engasgou com o pão e Gilberto deixou a faca cair. O tinido ecoou pelos vários ambientes da casa.

— Como assim? — disse alguém.

Ouviram o barulho do portão elétrico se abrindo.

— Não acredito.

Vários se levantaram ao mesmo tempo e saíram tropeçando e se acotovelando. Lá fora, um ronco de motor de moto (não de carro, como eu havia suposto) percorreu a estradinha entre o portão e a frente de casa, e ali parou. Todos se aglomeraram na sala de estar diante da entrada principal e ficaram encarando a porta dupla como quem espera o surgimento de um fantasma, Valdomiro à frente.

O motor silenciou. Ao longe, o portão fez barulho de fechamento. Passos duros avançaram pela calçada. A maçaneta girou e a dobradiça rangeu lentamente. Quando a porta se abriu, surgiu um homem de cabelo despenteado, barba por fazer e com olheiras, mas nem por isso menos bonito. Tinha ombros largos, usava camisa xadrez e calça jeans, e contemplou a família amontoada com frieza.

— O que foi? Até parece que viram um assassino.

De trás da multidão, Cauã surgiu correndo e pulou no colo do tio.

— Tio Otávio! Que bom que você veio! Agora vai poder se explicar.

Otávio segurou o menino nos braços e ergueu as sobrancelhas para ele. Não respondeu. Em vez disso, virou-se para a outra pessoa que veio lhe receber:

— Meu filho! — disse Dona Edna, puxando-o para baixo. Ele se abaixou e ela lhe pousou um beijo na bochecha. — Você veio.

Ele enfim sorriu, mas foi um sorriso só com os lábios. O olhar manteve-se alerta.

Ressentido.

Feroz.

— Claro. Não perderia o Dia das Mães por nada. — Dizendo isso, tirou um pequeno embrulho do bolso da calça e entregou-a para a mãe.

Dona Edna sorriu. Abriu o pacotinho. Dentro, havia um colar de contas coloridas. Ela logo mostrou para Luíza, que a ajudou a colocar em torno do pescoço. Não combinava com a roupa que estava usando, mas o presente a fez feliz mesmo assim.

— Vamos jantar — disse ela, com a voz rouca.

— Sim, mãe.

Cauã comemorou e a família inteira voltou para a sala de jantar. Porém, no momento em que Otávio havia puxado o presente do bolso, os homens da família não deixaram de notar que ele estava armado.

3

— E ENTÃO, É VERDADE O QUE DIZEM SOBRE VOCÊ? — PERGUNTOU Gilberto.

Todos já estavam de volta à mesa, desfrutando o prato principal, que incluía medalhão de filé-mignon com arroz à piamontese. Gilberto estava de bom humor porque Otávio havia aceitado uma cadeira qualquer à mesa em vez de reivindicar seu lugar próximo à cabeceira.

— Vocês acreditariam se eu dissesse que não? — perguntou Otávio.

— Por Deus, querido! Nós não acreditaríamos se você dissesse que sim! — disse Tia Célia.

— Falei para vocês que ele não fez isso! — berrou Cauã. Não berrava de propósito, simplesmente era sua forma habitual de se comunicar.

— Cauã, coloque a cachorrinha no chão, ok? — insistiu Marília, não pela primeira vez. — Não trazemos animais à mesa.

O menino fez um muxoxo e tirou Cookie do colo.

Rafael degustou o vinho tinto que acompanhava o jantar.

— Mas então o que aconteceu com os dois? A polícia não soube explicar — perguntou ele distraidamente, enquanto girava o copo nos dedos e avaliava a espessura da bebida.

— A polícia não sabe de nada — Otávio grunhiu, olhando de esguelha para os cantos da casa. Então seus olhos frios pousaram na garrafa de vinho e se voltaram para Solange, que usava uma grande colher para servir os pratos das crianças. — Tem algo mais forte?

Solange se sobressaltou.

— Tem, sim senhor — e olhou ao redor, atarantada, procurando onde pousar a colher.

— Deixe que eu faço isso, querida — disse Tia Célia, levantando-se. Então sorriu para Otávio: — Eu sei exatamente o que você quer beber.

Ela saiu da sala de jantar e Solange continuou a servir a família.

— Sem dúvidas existe uma explicação plausível — disse Valdomiro. — A verdade será descoberta e os culpados pagarão por seus crimes.

— Uau — Rafael moldou o belo rosto em uma careta de dúvida. — Isso é uma mensagem de apoio ao nosso irmão ou é uma ameaça?

— Bom... isso vai depender dele — Valdomiro limpou a boca com o lenço de tecido e manteve o ar solene.

— Amado, sempre tão inteligente! — Marília acariciou-lhe a nuca escalvada.

Luíza revirou os olhos e serviu mais vinho.

Por um momento a conversa pareceu morrer, mas então o próprio Otávio mudou de assunto:

— Pelo visto, todos estão bastante por dentro da minha vida. Mas e vocês, como andam? Alguma novidade?

Olharam uns para os outros.

— Vamos lá, algo de novo nessa família?

O olhar de Otávio percorreu todos os parentes e parou em mim. Eloísa estava sentada no cadeirão infantil, após Rafael tê-la buscado no quarto contra a vontade de Inês, e eu a alimentava com uma pequena colher. Eu estava próxima à mesa, mas não o suficiente para parecer que fazia parte da família, e o lugar de pouco prestígio que ele havia aceitado o colocava bem de frente para mim.

Ao sentir o olhar pesado dele, abaixei a cabeça. Mesmo sem vê-lo, algo me dizia que continuava me olhando, esquadrinhando da cabeça aos pés como se procurasse algum defeito ou falha de caráter.

— Ontem caiu um dente meu! — disse o agitado Cauã. Então ele enfiou um dedo dentro da boca e arreganhou o lábio para o lado. — Aqui, olha!

Otávio desviou o olhar de mim e mirou o menino. Marília sorriu encabulada:

— Ele ainda está na fase de troca de dentes.

— Mais alguma coisa? — Otávio adereçou a mesa novamente.

Rafael pousou a taça e fitou o irmão:

— Você deve saber que Inês está grávida. É para semana que vem. E Eloísa aprendeu a andar.

Otávio assentiu, satisfeito.

— E Valentina passou no vestibular! — Valdomiro indicou a filha, orgulhoso.

Valentina não sorriu, mas fez sinal de vitória.

— Relações Internacionais na USP.

Luíza deu um sobressalto.

— Como não me contou? Parabéns! — vibrou, dando tapinhas nas costas da sobrinha.

— Uau! — Julieta abriu um belo sorriso com seus dentes perfeitamente brancos.

— Olha aí, o orgulho da família — Gilberto falou em tom dúbio entre o elogio e o deboche. — De onde herdou essa genialidade? Do seu pai é que não foi. Marília, só pode ter sido de você.

Marília sorriu e abanou a mão em sinal de modéstia.

Otávio sorria, mas era um sorriso artificial, do tipo que se faz para incentivar um diálogo. Então os olhos ferozes pesaram sobre mim mais uma vez.

— E você, babá? Como começou a trabalhar aqui?

Todos se viraram para mim.

— Eu... ahh... estou substituindo a Carminha.

— Entendo. — Disse uma única palavra e esperou que ela pesasse e desse espaço a um silêncio constrangedor. Então completou: — E o que você fez para sumir com a Carminha?

— Otávio! — Luíza o repreendeu.

Mas ele manteve o olhar fixo em mim, sem nem piscar.

— Eu... não fiz nada.

Ele continuou me olhando.

— Eu... só conheço a Carminha de nome.

Ele continuou a olhar.

Abaixei a cabeça.

— Otávio, vai assustar a babá — Rafael balançou a mão no ar para chamar a atenção do irmão. — Nós gostamos de ter uma babá.

Nesse momento, Tia Célia retornou com uma garrafa nas mãos. Ela surgiu pela portinha rústica sob a escada, que então percebi dar acesso a uma adega subterrânea.

— Acho que vai gostar disso aqui — ela levou a garrafa até Otávio. Era um whisky escocês 18 anos.

— Tia Célia sabe escolher! — Rafael sorriu e a tia sorriu de volta.

Otávio apenas ergueu o copo e deixou que ela o servisse. Então saboreou a bebida forte. Olhou novamente para mim.

— Babá, você conhece a história dessa casa?

Um lamento se alastrou pela mesa.

— Ah, não, Otávio! — Luíza passou a mão pelo cabelo curto. — Vai falar daquilo de novo?

— É uma festa de família, Otávio — disse Valdomiro. — Estamos aqui para celebrar coisas boas — e tocou a mão de Dona Edna, que apenas escutava a conversa.

— É uma notícia boa que você comprou essa casa e reformou! — Otávio rebateu. Então mirou seus olhos intensos em mim mais uma vez. — Mas nem sempre ela foi assim.

— História de fantasma! — Cauã comemorou.

— Todo mundo morre no final — Enrico falou baixinho.

Otávio prosseguiu:

— Na era pós-colonial, isso aqui era um latifúndio de café. Essa mansão onde estamos foi construída sobre as fundações de um antigo casarão. Claro que foi modernizada, com piscina e energia elétrica, mas, se você descer até a adega, vai ver arcos de pedra centenários. Inclusive, a adega aqui foi tombada patrimônio histórico oficial do município.

Tia Célia sorriu para mim:

— Outra hora eu te levo ali embaixo para ver. É lindo.

Otávio continuou:

— E foi nessa mesma adega que o senhor de engenho queimou vivos dezesseis escravos rebeldes em 1888, apenas quatro dias antes da abolição da escravatura.

Eu teria cuspido a bebida se estivesse consumindo alguma. Concluí que não queria conhecer a tal adega.

Cauã se ergueu na cadeira:

— E, desde então, a casa é assombrada por fantasmas!

— Porque todo mundo morreu de forma horrível — Enrico completou com olhos arregalados. — E eles eram todos da mesma família.

— Obrigada, Otávio. Acabo de perder o apetite — disse Luíza.

Otávio sorriu com desdém:

— Mas agora está tudo bem, porque Valdomiro reformou a casa e Tia Célia usa a adega para guardar vinho e whisky de boa qualidade.

— Tem bom gosto, Tia Célia — Rafael reforçou. Sentada ao lado dele, Tia Célia sorriu dengosa e deu dois tapinhas carinhosos no dorso da mão do sobrinho favorito.

— É, estou sabendo, Tia Célia... — disse Gilberto. — Desenvolveu esse bom gosto para agradar o namorado.

— Namorado? — Marília deixou o queixo cair.

— Gilberto! Era segredo! — Julieta repreendeu o marido.

— Namorado com essa idade? — Marília insistiu.

Tia Célia se encolheu, encabulada, mas Luíza deu de ombros:

— E desde quando existe idade para namorar?

— Veja só. E quem é o felizardo? — Valdomiro perguntou sem emoção.

— Ah, vocês não conhecem... — Tia Célia respondeu. — É alguém que conheci na internet.

— Na internet? Veja só — Valdomiro repetiu.

— Nossa, muito romântico! — Valentina, que costumava ficar calada, de repente se interessou pela conversa. — E quando vocês vão se casar?

— Ah, minha querida... na minha idade, a gente nem pensa mais nessas coisas — respondeu a tia. — Casamento é para jovens como você.

Valentina murchou:

— Eu não penso em casar. Sou jovem demais, preciso pensar primeiro no meu futuro.

— Faz bem! — concordou Luíza. — Casamento limita as opções da mulher.

— Tem razão — Gilberto apoiou. — Ficando solteira, tem a opção de não fazer nada da vida.

— Claro, porque eu não faço nada, né? — Luíza rebateu. — Não cuido da mãe. Não cuido da tia. Não cuido da casa. Quem você acha que contratou a babá substituta?

Voltei a me encolher. O olhar de Otávio mais uma vez pesou sobre mim e desejei que parassem de me incluir na conversa.

De repente, todas as luzes se apagaram.

Todas as vozes se calaram.

Após um momento de hesitação, gritos ecoaram pela sala de jantar.

Gritos infantis.

— Aaaaaaaaaaahhhhhhhhhhh!

Ao longe, Cookie uivou.

Em seguida, ouviram-se pedidos de calma:

— Shhhhh. Cauã, está tudo bem. Só faltou luz — disse Marília.

— Enrico, mamãe está aqui do seu lado — disse Julieta.

Eloísa começou a chorar no cadeirão de bebê e segurei a mão dela para acalmá-la. Ao mesmo tempo, ouvi Rafael falar do outro lado do cadeirão:

— Elô, está tudo bem. Papai está aqui.

— Pa-pai — soluçou Eloísa.

Então uma fraca luz se acendeu em uma das cabeceiras da mesa. Era Valentina com a lanterna do celular.

— O que aconteceu? — perguntou ela.

Faces assustadas circundavam a mesa se entreolhando, e não havia muito mais que se pudesse ver das pessoas além do rosto em meio à escuridão. Com isso, passou o primeiro momento de espanto das crianças, e elas passaram a rir e se divertir com a escuridão.

— É comum ficar sem luz aqui? — Valdomiro perguntou a Solange.

— Não, senhor — ela respondeu. — É a primeira vez que vejo.

Um badalar repentino. Otávio se levantou de sopetão.

— Ôa! — Valdomiro protestou. — É só uma falta de luz. Calma!

— Esse som! — disse Otávio.

— É só o relógio de pêndulo — insistiu Valdomiro. — Bateu nove horas. Ele não precisa de eletricidade para funcionar.

Otávio olhou ao redor, perscrutando os vários ambientes imersos em trevas.

— Otávio! Está assustando as crianças! — disse Marília.

Otávio não olhou para ela nem respondeu. Em vez disso, manteve-se observando os arredores.

Várias pessoas se levantaram e pegaram seus próprios celulares, aumentando a quantidade de fontes de luz. Solange sumiu para a cozinha e voltou trazendo uma caixa de fósforos e um pacote de velas. Peguei Eloísa no colo para acalmá-la.

— O que pode ter causado isso? — Valdomiro falou para Solange.

— Não sei dizer, Seu Valdomiro.

— Onde está Seu Gumercindo? Ele precisa resolver isso.

— Ih, Seu Valdomiro... O Seu Gumercindo não apareceu hoje o dia inteiro. Não sei onde ele se meteu.

Valdomiro e Gilberto se entreolharam.

— É, vamos ter que resolver nós mesmos — disse Valdomiro.

Gilberto anunciou para os demais:

— Vamos os homens, ficam as mulheres e as crianças.

— *Não se separem!* — berrou Otávio.

Cauã começou a chorar.

— Pelo amor de Deus, Otávio! Pare com isso! — Marília pegou Cauã no colo, apesar de já ser pesado demais para ela.

Ao lado dos dois, Enrico olhou para Julieta e perguntou calmamente:

— Mamãe, nós vamos morrer?

— Vocês não estão entendendo — insistiu Otávio. — Ninguém deve ficar sozinho nessa casa!

Gilberto fez uma careta de desagrado e coçou a pança.

— É só ninguém ficar sozinho *com você*, que vai dar tudo certo.

Otávio fechou o punho diante dos lábios para evitar falar algo do que se arrependeria e manteve-se em estado de incerteza, sustentando o peso do corpo ora em uma perna, ora na outra.

Rafael acenou para mim com Eloísa no colo, sugerindo que eu era responsável por ela, e falou para os irmãos:

— Vocês conseguem lidar com isso sem mim. Eu vou atrás da minha mulher, porque ela, sim, está sozinha. — Dizendo isso, dirigiu-se para a escada com o celular iluminando o caminho.

Valdomiro traçou um plano com Gilberto:

— Vamos olhar o disjuntor na cozinha, porque pode ter só caído uma chave. Se não for isso, vemos o PC de luz lá fora.

Solange foi na frente e acendeu uma boca do fogão. Os dois homens abriram a caixa de luz e confirmaram que os disjuntores estavam todos ligados, então saíram para o ar livre rumo ao portão, onde ficava o posto de controle que conecta a rede da companhia de energia à instalação elétrica da propriedade. Para sua admiração, perceberam que, apesar de ter feito um dia bonito de sol, a noite estava tomada por uma neblina fina. Mesmo assim, se foram, desaparecendo em meio à névoa enquanto Otávio, as mulheres e as crianças permaneceram dentro de casa.

Com o passar dos minutos, as crianças se acalmaram. As risadas e choros então deram lugar ao silêncio entediante de quem está apenas esperando.

— E se a luz não voltar nunca? — perguntou Cauã. — E se tiver acabado a luz no mundo inteiro?

— Aham — respondeu Marília, já cansada de responder perguntas, empurrando para longe o prato de comida fria.

Dona Edna já havia saído da mesa, levada por Luíza e Solange para um sofá mais confortável no ambiente ao lado. Tia Célia e Valentina as seguiram, assim como eu, levando Eloísa. Julieta se levantou e alongou os braços e as pernas, enquanto Enrico a observava sentado na cadeira, com os pés balançando. Todos estavam distraídos, exceto Otávio, que se mantinha em alerta constante.

— O que é aquilo? — falou de repente, apontando algo às costas de Julieta.

— É só uma cruz, Otávio! — disse Julieta, sobressaltada. — Quer me matar do coração?

Julieta trocou olhares com Marília, arrependida de ter usado com o cunhado uma expressão sobre morte. Otávio fingiu não reparar. Em vez disso, foi até a cruz. Era um símbolo simples, de madeira, fixada no lugar com um prego.

Estava de ponta-cabeça.

— Veja — disse ele, apontando para o símbolo religioso.

— Otávio, é só uma cruz e mais nada — Julieta foi até lá e tentou girar o objeto. Não conseguiu. Ela então removeu a cruz da parede e a colocou de volta, dessa vez na posição correta. — Pronto. Resolvido. Sem motivo para alarde.

Ele não respondeu, apenas caminhou pela sala procurando outra ocorrência que o incomodasse. Um vulto passou correndo atrás de suas pernas, mas ele não se incomodou. Sabia que era

Cookie. Ninguém viu de onde veio, mas a cachorrinha cruzou a sala com o rabo entre as pernas e pulou no colo de Cauã.

— Cookie! — sorriu ele. — Se nunca mais tiver luz, você me protege? Vai me guiar com seu focinho?

A cachorrinha deitou no colo dele e virou o barrigão para cima, inofensiva.

— Eu acho que ela não é lá muito feroz — disse Enrico.

Cauã pensou por um momento. Então respondeu:

— Tudo bem, Cookie, eu projeto você! — disse, fazendo carinho na barriga dela. — Você e os seus filhotinhos.

Como mágica, a luz retornou.

— Oh! Deus seja louvado! — exclamou Tia Célia.

— *Viva!* — gritou Cauã. — Só precisamos ter coragem e tudo dá certo, não é, mãe?

— É sim, filho.

— Na verdade — disse Enrico —, é preciso ter o papai e o titio para ir lá fora religar a luz.

— Não deixa de ser coragem, oras. E o meu pai é mais corajoso que o seu!

— O meu é que é!

Com a volta da luz, os adultos começaram a se preparar para subir para os quartos. Apaga uma vela aqui, recolhe um celular ali, ajuda Dona Edna a se levantar. Solange pôs-se a levar os pratos sujos para a cozinha, mas não sem antes oferecer:

— Sobremesa?

— Acho que já está um pouco tarde... — disse Julieta.

— Tem razão — Marília concordou.

— Mas, mãe! — choramingou Cauã.

— Hora de dormir, filho — Marília encerrou a conversa e direcionou o filho para a escada.

— A Cookie pode dormir comigo? — perguntou ele.

— Eca! — disse Enrico. — Cachorro é sujo.

— Claro que não! Ela toma banho... — Cauã olhou para a cachorrinha. Vivendo na fazenda, ela tinha as patas cheias de terra e alguns carrapichos grudados no pelo curto. — ...acho! Deve tomar alguma hora.

Por coincidência ou não, nesse exato momento Cookie pulou do colo do menino e começou a rosnar, encolhendo-se em um canto da sala.

— O que aconteceu? — disse Julieta. — Ela estava tranquila até agora. Ficou brava de repente?

— É hora da cachorrinha voltar para a casinha dela — decretou Marília.

Vendo toda a cena, Luíza atravessou a sala até Cookie e a pegou no colo, fazendo carinho para acalmá-la.

— Está tudo bem, ela só ficou assustada com esse vai e volta da luz. Podem deixar que eu levo para a casinha.

A cachorra recolheu as orelhas e aceitou o carinho, olhando para Luíza com olhos grandes e indefesos. À distância, Otávio observava tudo sem nada dizer. Quando Luíza saiu por uma das portas da casa, Valdomiro e Gilberto entraram pela outra.

— Bom trabalho! — Julieta piscou para os dois.

Marília foi até Valdomiro e lançou os braços ao redor da nuca dele.

— Como é bom ter um homem de verdade em casa! — Ela o puxou para baixo e estralou-lhe um beijo na bochecha. Porém, em vez de dar atenção à esposa, Valdomiro trocou um olhar desconcertado com Gilberto.

— Esse idiota não fez nada. Nem eu, pra ser sincero. Ficamos só olhando o relógio de luz — Gilberto admitiu. — Ela voltou sozinha. Coisa de fazenda, eu acho.

Espreitando de um canto, Otávio travou os dentes e tocou a arma. Foi discreto, mas não o suficiente para passar despercebido.

— Pelo visto o assassino da família não matou ninguém na nossa ausência — disse Gilberto. — Ou matou? Cadê a Luíza?

Julieta riu. Marília revirou os olhos. Tia Célia ajudava a irmã mais velha a subir as escadas e não deu ouvidos.

— Vamos para a cama, então — disse Valdomiro. — Mas nossas malas ainda estão aqui?

— Seu Gumercindo não apareceu — disse Solange, durante seu movimento de ir e voltar da cozinha com bandejas e travessas.

— É mesmo? — disse Valdomiro, e então olhou para Marília: — Tudo bem. Temos homens de verdade aqui em casa. Podemos subir as malas nós mesmos.

Valdomiro e Gilberto puseram-se a erguer as malas mais pesadas, enquanto Marília e Julieta transportaram as mais leves, e até Cauã e Enrico levaram algumas bolsas.

— Enrico e Cauã — chamou Julieta. — Como o Tio Otávio veio, vocês dois vão ter que voltar para o quarto com a Valentina e a Tia Luíza.

— Aaaahhhh... — os dois meninos fizeram um muxoxo.

— Ah, não! — Valentina lamentou-se também.

— Isso mesmo, criançada! — Gilberto falou para os três. — Tio Otávio precisa dormir em uma cama confortável... enquanto pode.

— Meu Deus, Gilberto! — disse Julieta. — Deu dessas brincadeiras, né?

Ele encolheu os ombros.

— Só estou falando... É bom aproveitar...

Otávio rosnou para o irmão.

— Fiquem com o quarto — rugiu para os dois sobrinhos. — Vou dormir aqui na sala. — Tocou a arma mais uma vez. — Vou ficar de vigia. Tranquem as portas.

— Deixa disso, Otávio — disse Julieta.

Otávio a encarou como uma fera encurralada pronta para dar o bote.

— Tá, faça o que quiser — Julieta deu as costas e subiu as escadas. — Venha, Enrico.

Enrico a seguiu, assim como Gilberto, Marília, Cauã e Valdomiro. Dona Edna e Tia Célia já estavam no andar de cima, e cada qual foi para o próprio quarto levando as próprias malas. Quanto a mim, peguei duas bolsas de Inês, que era o que conseguiria transportar ao mesmo tempo em que levava Eloísa. Restariam duas malas que eu teria que buscar em uma segunda viagem.

— Eu levo para você — Otávio se ofereceu.

Pensei em recusar, mas não quis ofendê-lo.

— Obrigada.

Subimos juntos até o último andar e entregamos a bebê e as malas para Inês e Rafael.

— Oi, Otávio, que bom vê-lo — Inês cumprimento-o sem muito entusiasmo, e não prolongou a conversa mais do que isso. — Obrigada por trazer as malas. Até amanhã.

Então Otávio e eu começamos a descer as escadas. Ele ia à frente. Estávamos no meio de um dos lances quando ele parou e fez sinal para que eu também parasse. Virou-se para mim e fez sinal de silêncio.

— Está ouvindo isso? — sussurrou.

Fiquei calada. Busquei escutar algo fora do normal. As crianças brincavam em um dos quartos. Os casais falavam baixo, preparando-se para o que quer que pretendessem fazer à noite. Luíza havia já voltado e escovava os dentes em seu banheiro. Não escutei corujas nem grilos nos arredores da casa. Apenas um uivo persistente de Cookie em seu canil.

— A cachorrinha? — arrisquei.

— Exato. Por que ela está uivando?

Arrisquei mais uma vez:

— Está uivando para a lua?

— Não. Isso é mito.

Assenti. Esperei. Ele continuou parado em silêncio, ouvindo Cookie uivar. Esperou por algum tempo, como se algo estivesse prestes a acontecer.

Nada aconteceu. Voltou a descer as escadas, e eu também.

— Solange arranjou um quarto para você? — ele perguntou, inesperadamente.

— Sim, senhor — respondi, e chegamos ao térreo. — Inclusive, sei que não é o ideal, mas a ala dos empregados tem quartos desocupados. Se quiser, podemos preparar uma cama para o senhor.

Ele riu, mas não foi um riso nem de alegria e nem de desdém. Foi um riso de irritação consigo mesmo.

— Agradeço, mas vou ficar na sala.

— Sim, senhor.

— Pode me chamar de Otávio. Qual é o seu nome?

— É Danielly... senhor.

Ele deu mais um de seus risos sarcásticos.

— Danielly, eu quero que você vá para o quarto que a Solange preparou para você e tranque a porta. Só abra de manhã.

— Sim, senhor. Otávio.

Fui para o quarto e fiz o que ele mandou.

4

Meu quartinho tinha a janela virada para um poço de luz. Se por um lado isso significava que havia pouca ventilação, por outro lado os barulhos lá de fora não podiam ser ouvidos dali. Assim, tive uma noite tranquila. Sabendo que haveria pouca luz solar, programei meu celular para despertar às 6:40 da manhã. Porém, fui despertada de outra maneira.

— Danielly. Danielly. Acorde.

— Quê? — balbuciei.

— Acorde, Danielly.

Era Solange quem me chamava. Ela já estava completamente vestida, com seu uniforme preto e branco, e o cabelo preso no coque com redinha. Olhei para o celular. Eram 6 horas.

— Minha escala só começa às sete. As crianças devem estar dormindo ainda — falei.

— Você não está entendendo! Acorde! Venha me ajudar!

Só então reparei o quanto ela estava exaltada. Tinha os olhos vermelhos de choro e as sobrancelhas retraídas de nervosismo. Seus olhos dardeavam para todos os lados, hesitantes.

— Vem logo!

Sentei-me na cama alarmada.

— Aconteceu alguma coisa? Otávio...?

— Não sei! Não sei! Pode ter sido qualquer um! Ou um bicho! — ela agitou a cabeça e saiu andando pelo corredor. — Venha me ajudar, não consigo fazer isso.

Levantei da cama e fui vestir meu uniforme.

— Vem assim mesmo! — Solange me pegou pelo pulso e saiu me arrastando pelos corredores. Eu vestia apenas um shortinho cinza de pijama, camiseta branca e chinelos. — Depois você se troca.

Em vez de me levar através da cozinha até a área comum da casa, ela me conduziu para o lado oposto. Passamos pela lavanderia e então saímos para o quintal. O sol da manhã me ofuscou por um instante.

— Onde estamos indo?

— Você vai ver.

Atravessamos o amplo gramado em direção à cabana do Seu Gumercindo. Era uma casa simples, de parede branca e porta de alumínio, composta só por quarto, banheiro e cozinha, a julgar pelas proporções externas. Valdomiro estava lá, do lado de fora. Vestia bermuda de tactel, camiseta regata, tênis de corrida e uma faixa esportiva ao redor da careca. Devia ter acabado de encerrar uma sequência de exercícios matinais, mas não transparecia o bom humor habitual de quem termina um treino. Batia à porta do caseiro de forma insistente. Sem resposta, bateu à janela. Chamou o nome de Seu Gumercindo, mas ninguém abriu.

— Acho que vou ter que arrombar — disse ele a Solange assim que chegamos.

— Pode deixar que eu faço, senhor. Trouxe isso — Solange sacou uma chave de fenda do bolso do avental. — Danielly vai cuidar da outra coisa.

Ele assentiu para ela e falou para mim:

— Por aqui, Gabrielly.

— É Danielly, senhor.

Demos a volta na casa. Nos fundos, havia um cercado de arame entrelaçado, com um portãozinho aberto. Dentro dele, uma casa de cachorro grande, feita de alvenaria. Valdomiro entrou e fez sinal com a mão para que eu olhasse lá dentro.

Se eu estivesse mais acordada, teria entendido antes mesmo de olhar. Teria lido as expressões. Teria sentido o cheiro. Porém, ainda atordoada por ter sido arrancada da cama sem nem ao menos a chance de lavar o rosto, entrei no canil sem saber o que esperar.

Cookie estava deitada de lado. Estava dormindo.

Não, não dormindo.

Primeiro, senti um gelo no coração. Ela não estava respirando. Seu focinho estava seco. As patas, endurecidas em rigidez cadavérica. Seus olhos escuros, arregalados pela eternidade. As crianças ficariam devastadas.

Depois, veio a repulsa. Um cheiro de podridão pervertia o ambiente. Moscas voejavam ao redor, e pousavam na pelagem malhada em busca de onde botar seus ovos. Um líquido estranho saía da barriga da cachorra e se arrastava pelo chão, parecendo clara de ovo manchada de sangue.

Por fim, o desencanto:

— Livre-se dela — disse Valdomiro.

— O quê?!

— As crianças não podem ver isso. Suma com ela.

— Eu?

— Seu Gumercindo desapareceu e Solange não consegue. Tem que ser você.

Olhei mais uma vez para a cachorra. Assenti.

— O que eu faço com ela?

— Enterre — disse ele. — Ou coloque no contêiner de lixo lá fora. Sei lá. Leve para algum lugar onde as crianças não vejam.

Assenti mais uma vez.

— Sim, senhor. Vou buscar um saco ou algo assim.

Saímos juntos do canil e retornamos para a frente da casa bem quando Solange terminou de remover a fechadura da porta. Temendo o que poderia encontrar, ela deu um passo para trás e deixou que Valdomiro abrisse a porta.

O interior da casa era o esperado. Um ambiente humilde com uma geladeira pequena, um fogão de quatro bocas, uma mesa pequena com apenas duas cadeiras, uma cama de solteiro bagunçada e diversos pertences espalhados: roupas, panelas, ferramentas, cartas de baralho, restos de comida. Seu Gumercindo não estava lá.

— Onde o vadio se meteu? — Valdomiro resmungou, e então puxou algo de dentro da casa e deu nas minhas mãos. Era um saco de estopa. — Para a cachorra.

Assenti pela terceira vez.

— Vá lá — disse Solange. — Eu cuido das crianças. Não deixo elas virem pra cá.

Os dois se afastaram através do gramado em direção à mansão. Valdomiro foi se perguntando se teria que voltar para a cidade em pleno sábado para reportar o desaparecimento do caseiro e denunciar a presença de seu irmão foragido, ou se o caseiro reapareceria e o irmão iria embora.

— Justo na véspera de Dia das Mães! — ranzinzou.

Solange não emitiu opinião.

Fiquei sozinha com o saco de estopa em mãos. Respirei fundo. Voltei para o canil.

A nuvem de moscas havia assentado, mas a pestilência ainda pesava no ar. Sai de novo, enchi os pulmões e entrei novamente. Virei o saco do avesso e enfiei as mãos no que seria a parte de fora. Não queria tocar o cadáver. Usando o saco como se fosse uma luva, segurei as patas de Cookie e a ergui, a fim de vesti-la com a estopa.

Péssima ideia.

A fazer isso, senti um solavanco e os órgãos internos dela caíram para fora. Espalharam-se pelo canil. Enxovalharam a almofadinha que ela costumava usar de cama. Ao mesmo tempo, a massa de moscas que havia pousado se ergueu, voando em círculos desordenados, zumbindo, ameaçando entrar em meus ouvidos. Contive um grito. Larguei o corpo de forma instintiva e corri para fora.

Minha respiração estava acelerada e lágrimas começaram a escorrer. Quase levei as mãos ao rosto, mas interrompi o movimento bem a tempo, ao perceber que estavam úmidas. O saco de estopa não havia sido suficiente para impedir meu contato com os restos mortais da bulldog francesa. Eu deveria ter ido buscar um saco de plástico.

Ofeguei ainda mais. Passei o braço nos olhos para espantar as lágrimas e busquei me recompor.

— Foi só um susto — falei para mim mesma. — É só um bicho morto. Nada vai acontecer. Você consegue fazer isso.

Espiei dentro da casinha de cachorro. Ali havia apenas o corpinho Cookie, caída no chão de forma desajeitada, cercada por insetos. Nada fora da realidade do mundo. Tirando que, agora eu percebia, seu ferimento era extremamente grave. Ao ser movida, os órgãos se espalharam porque havia um imenso corte longitudinal que começava no pescoço, descia pelo tórax e barriga e terminava nas genitálias do animal.

Mas havia algo ainda mais estranho.

Vários órgãos estavam espalhados, e eu não saberia dizer o que era cada um deles. Mas tinha algo que era óbvio demais para não perceber: os cinco filhotinhos que ela levava no ventre não estavam ali.

Senti um sabor acre no fundo da garganta e me segurei para não vomitar. Segurei o saco de estopa com mais força. Meu filho me esperava na segunda-feira, e ele precisava de leite, de sapatos novos, de cadernos para a escola. Eu precisava daquele emprego.

Decidi entrar na casa de Seu Gumercindo. Vasculhei armários e gavetas até encontrar um saco de lixo preto bem grande. Respirei fundo mais uma vez, enfrentei a nuvem de moscas no canil e ensaquei o corpo do animal com plástico. Certifiquei-me de recolher todas as partes do animal. Porém, mesmo através do saco, pude sentir que a pelagem cheia de rugas, outrora macia e quente, agora estava dura e fria.

Tentando não pensar muito, coloquei o saco preto dentro do saco de estopa, para reforçar. Fiquei em dúvida quanto ao que fazer com Cookie depois. Por algum motivo, não me pareceu certo enterrar na propriedade como quem esconde um corpo.

Na verdade, seria literalmente esconder um corpo.

Também não quis jogar no lixo como se fosse um resto de comida qualquer. Parecia uma ofensa à memória da cachorra. E também anti-higiênico.

Revirei a cabana do caseiro mais uma vez até encontrar a lixeira grande da cozinha, onde havia um saco com latas de cerveja, maços de cigarro e um papel amassado. Amarrei a boca dos dois sacos de lixo: um com a cachorra e outro com os resíduos secos, e atravessei o quintal carregando ambos, além da própria lata de lixo. Os resíduos do caseiro eu coloquei dentro do contêiner. O cadáver, dentro da lixeira, ao lado do contêiner. Na segunda-feira, quando eu voltasse para a cidade, poderia ligar para a prefeitura, para que fossem buscar. Por fim, usei uma mangueira, uma vassoura e desinfetante para lavar o canil, e as moscas finalmente foram embora.

Depois disso precisei tomar banho, só assim consegui me sentir limpa. Joguei fora meu pijama. Era quase hora do almoço quando finalmente me apresentei para o trabalho devidamente uniformizada, mas ninguém reclamou.

A família estava reunida na área gourmet e ao redor da piscina. Os homens e as idosas estavam sentados em cadeiras estofadas junto a uma mesa quadrada que ficava próxima à churrasqueira. Jogavam algum tipo de carteado. A exceção era Rafael, que estava atrás do balcão preparando um drinque para sua irmã, Luíza. Sua esposa gestante estava mais afastada, espalhada em um sofá macio, com a bebê brincando com uma pequena boneca sentada no tapete. As demais mulheres, incluindo Valentina, estavam de biquíni, deitadas em espreguiçadeiras perto da água, tomando banho de sol. Todos buscavam relaxar, apesar de haver certa atmosfera de incômodo mudo.

— Que bom que você chegou! — disse Inês ao me ver. — Eloísa está aqui. Ela já comeu e já fez cocô. Agora é só cuidar para ela não engolir nenhuma porcaria encontrada pelo chão. Com licença, vou aproveitar para ir fazer um xixi.

Ela se levantou sem ajuda e escapuliu para dentro da casa. Eu me sentei no tapete junto à bebê para brincar com ela.

— Sorte da Elô, que já comeu — disse Gilberto. — Estou com fome!

— Você pode comer também — respondeu Luíza. — Tenho aqui comigo, especialmente para quem não sabem esperar, uma deliciosa papinha de bebê!

Valdomiro respirou fundo.

— O brunch já vai ficar pronto. Só está atrasado porque Seu Gumercindo sumiu e a Solange teve que fazer algumas tarefas que eram dele. Mas daqui a pouco ela já serve a comida.

— Que tipo de tarefa é mais importante do que a comida? — perguntou Gilberto.

Valdomiro fechou a cara:

— Nem ideia.

Enquanto isso, Rafael terminou de fazer o drinque de Luíza e trouxe suco de laranja para a mãe e a tia.

— Obrigada, querido — disse Tia Célia.

Cauã e Enrico chegaram correndo. Julieta se sentou na espreguiçadeira e ralhou:

— Meninos, nada de correr ao redor da piscina!

— Tá bom, mamãe — respondeu Enrico, e Julieta voltou a se deitar.

— Tio Rafael, queremos suco — pediu Cauã, e Rafael pôs-se a servir mais dois copos.

Então todos se calaram. A enorme porta de correr de vidro estava recolhida ao máximo, deixando um enorme espaço aberto, que tomava quase toda a parede. Por ali surgiu Otávio. Estava com a mesma roupa da noite anterior, com o cabelo ainda mais bagunçado e olheiras ainda piores. Ao vê-lo, Gilberto imitou a voz dele:

— Vou ficar acordado a noite toda. Olha, sou machão! — Então riu. — Otávio, você é humano que nem nós. Deixe de inventar moda. Sabia que você ia acabar dormindo no sofá!

Otávio não se deixou abalar pelos comentários. Esticou as costas doloridas e informou, com a voz hostil de sempre:

— Só dormi depois que o sol já tinha nascido.

— Ah, então quer dizer que você é machão, *mesmo!* — Gilberto arrematou, com falsa admiração.

Otávio ignorou. Esfregou os olhos para se sentir mais acordado, contraiu as sobrancelhas ante a luz do dia e contemplou todos ao redor.

—Estão todos bem? — falou calmamente, dando tempo para alguém responder, mas ninguém se prontificou. Então tive a impressão de que olhou diretamente para mim, e disse: — Aconteceu alguma coisa estranha de ontem para hoje? Algo... desconfortável?

Quis abaixar a cabeça e brincar com Eloísa, mas meus olhos foram atraídos para os de Valdomiro, que me encarava de volta. Otávio percebeu e olhou para o irmão, e então para mim. Abaixei a cabeça, por fim.

— Sim, tem algo muito estranho acontecendo — disse Inês, surgindo de repente. — O brunch está atrasado! Onde já se viu? Uma grávida precisa comer!

— Eu também! — insistiu Gilberto. — Estou... quase grávido — e passou a mão pela própria barriga protuberante.

Rafael terminou de servir suco para os meninos, que mais uma vez passaram correndo perto da piscina.

— Posso buscar algo para você, amor — disse ele.

— Não! Não! Pode deixar que eu vou! — Luíza se intrometeu.

— Você? — ele ergueu uma sobrancelha para a irmã.

— Sim! Muito em breve, vou abrir meu próprio café. Então já é bom eu ir me acostumando a lidar com os desejos da clientela — ela deu de ombros, orgulhosa.

— Um café? — Valdomiro repetiu. — Mais um negócio para você falir? Primeiro, o estúdio de tatuagem. Depois, a galeria de arte. Agora, um café. Por que você não vem trabalhar nas empresas da família em vez de ficar torrando a herança que o papai deixou no seu nome? Uma hora ela vai acabar!

Ela fez uma expressão de sofrimento.

— Irmãozinho, você consegue me imaginar num ambiente corporativo?

Todos olharam para ela. O cabelo curto e roxo. Os braços tatuados. Os piercings. Todos se calaram em concordância silenciosa.

— Eu consigo! — Valentina se sentou na espreguiçadeira. — Quem disse que o trabalho depende de ter certa aparência? O importante é sua capacidade de entregar resultados.

A família inteira continuou calada. Luíza sorriu.

— Sobrinha do meu coração, agradeço por me defender, mas não é sobre aparência. É sobre personalidade. Eu me sentiria presa. Meu lugar é explorando o mundo. Criando. Vivendo. Construindo um lugar onde as pessoas vão ir para tomar um bom café, ter uma boa conversa e apreciar uma boa música.

Dizendo isso, ela foi para dentro da casa, em busca de algo para Inês comer.

De repente, um som de algo caindo na água espantou a todos. Valentina ficou de pé em um salto e, com outro salto, mergulhou na piscina. Antes que os demais entendessem o que estava acontecendo, ela emergiu com Enrico no colo. Ele tossiu, arfou e começou a chorar.

— Meu Deus do Céu! — berrou Julieta, ficando em pé. — Enrico, eu disse para não correr. Quer se matar?

Valentina se aproximou da orla e transferiu o menino para o colo da mãe. Em seguida, ela mesma saiu da água e se secou com uma toalha. Uma vez em segurança, o choro de susto do menino aos poucos diminuiu até se tornar uma manhazinha.

— Benza, Deus! — murmurou Tia Célia, falando por todos ali.

Ou quase todos.

— *Piscina!* — Cauã gritou e se atirou na água.

Água respingou em Marília, que deu um gritinho de desgosto.

— Oras, se temos uma piscina, acho que é para usar, né? — disse Rafael.

Julieta suspirou e olhou para Gilberto:

— Tudo bem, mas é perigoso as crianças ficar sozinhas na água.

Gilberto ponderou por um momento. Então deu de ombros, descartou o baralho e se levantou.

— Vamos lá, então.

Ele tirou a camiseta e os sapatos e entrou na piscina de calção. Cauã e Enrico comemoraram.

— Enrico, fique só no raso, tá? — disse Julieta.

Valdomiro reuniu as cartas e as guardou de volta na caixinha enquanto Tia Célia se levantou para esticar as pernas. Dona Edna apenas esperou, pacientemente, tomando um gole de suco de vez em quando. Rafael manteve o copo dela cheio.

— Essa história toda me deu vontade de fazer xixi — disse Inês, e voltou para dentro da casa.

— De novo? — perguntou Valentina.

— Ah, minha querida — disse Julieta. — Quando se está grávida, é assim mesmo.

— É verdade — concordou Marília.

Durante todo o episódio, Otávio se manteve inabalado. Sequer olhou para a piscina. Com uma frieza quase tangível, não tirou os olhos de mim. Apenas desviou o olhar quando Tia Célia se aproximou de onde eu estava.

— Está se sentindo melhor, querida? — ela me perguntou.

Por um instante, não soube o que responder. Então, imaginei que Valdomiro ou Solange tivesse dado alguma desculpa para minha ausência. Não poderia entregá-los.

— Sim, senhora. Bem melhor. Obrigada.

Mas é claro que isso despertou o interesse de Otávio.

— Melhor do quê? Você teve algum problema? — ele disse.

Eu não soube o que dizer. Não fazia ideia de qual era o problema inventado. Mas Tia Célia deu um risinho e respondeu por mim:

— Meu querido, é coisa de mulher.

Antes que ele perguntasse mais alguma coisa, Rafael apareceu trazendo dois copos. Um deles continha um drinque cor de rosa, com muito gelo, pedaços de morango e meia rodela de abacaxi.

— Esse é para você — ele ofereceu para mim.

— O que é? — perguntei antes de aceitar.

— Clericot.

— É alcoólico?

Ele riu.

— Claro que é — e moveu na minha direção para que eu pegasse.

Olhei para Eloísa e depois para ele.

— Obrigada, mas... eu não bebo em serviço.

— Ah, claro — ele pareceu triste. Bom, e esse aqui é para você — estendeu a Otávio um copo de whisky.

Otávio continuava com o olhar cravado em mim, e aceitou a bebida sem olhar para ela ou para Rafael. Não agradeceu.

Rafael saiu do espaço gourmet e foi até a beira da piscina, onde Valentina já havia voltado a se deitar. Ela tirou os fones de ouvido para poder escutar quando ele lhe ofereceu o clericot.

— Quer?

Marília se intrometeu:

— Rafael, ela é menor de idade!

Valentina olhou para a madrasta, transtornada.

— Só faltam dois meses para eu fazer dezoito!

— Só isso? — disse Julieta. — Deixa, Marília. Não seja estraga-prazeres.

Marília olhou para Valdomiro, protegido do sol na área gourmet. Ele deu de ombros. Sem qualquer apoio, ela cedeu:

— Tá... acho que não tem problema.

E a adolescente recebeu seu primeiro copo de álcool.

Mas nem isso foi capaz de desviar a atenção de Otávio. Nada seria. Ignorando as platitudes familiares, deu um gole no whisky, enquanto balança a cabeça de um lado para o outro:

— Coisa de mulher...

Quando o peso do olhar dele beirava o insuportável, Solange surgiu na porta.

— Danielly, pode me dar uma mãozinha?

— A comida *ainda* não está pronta? — protestou Rafael, retornando da piscina.

— Está sim, senhor. Só preciso que ela me ajude a trazer algumas coisas para cá.

Eloísa agora brincava com um cubo de encaixar peças coloridas. Estava tranquila, sem muita necessidade de uma babá.

— Pode ir — disse Tia Célia. — Eu olho a bebê.

Sentindo um alívio indescritível, levantei e segui Solange para dentro da casa. Chegando à cozinha, ela confessou:

— Era só para te tirar de lá.

Levei as duas mãos ao peito e fechei os olhos.

— Obrigada!

— Agora, finja ser útil. Vá levando esses pratos lá para fora.

Seguiu-se um longo período em que levei para fora pratos, copos, talheres, guardanapos, galheteiro e toda sorte de apetrechos culinários, apesar de que a área gourmet já dispunha de tudo isso. Cada vez que eu surgia na varanda, os membros da família estavam sentados em locais diferentes, falando sobre assuntos diferentes.

Primeiro:

— ...então falei para ela investir aquele dinheiro em derivativos, porque no fundo está perdendo o valor — ia dizendo Valdomiro. — Mas ela me escuta? É claro que não.

— Mas aí o problema é dela, né? — disse Gilberto.

— Mas me dá nos nervos ver o dinheiro parado! — Valdomiro se defendeu.

Rafael se enfiou entre eles, abraçando os dois irmãos ao mesmo tempo em que segurava um drinque para cada um.

— Relaxa um pouco, Valdomiro. A vida não pode ser levada tão a sério. Deixa fluir... Não é, mamãe?

Dona Edna apenas sorriu.

— E quem é que vai sustentar tudo isso aqui? — Valdomiro indicou a mansão ao redor.

Então voltei para dentro da casa.

Depois:

— ...a vista é linda! — disse Inês. — Valdomiro sabe o que é bom.

— Nem vá se acostumando — Valdomiro sorriu.

— Vou ter que engravidar mais vezes! — Inês riu de volta. — Com licença, vou ao banheiro de novo.

Ela entrou na casa, rumo ao lavabo, e eu entrei rumo à cozinha.

Depois:

— Cancun! — Marília comemorou. — Sempre fui louca para conhecer! E ele me prometeu que vamos no ano que vem.

— Sendo sincera, amiga... Cancun nem é tão legal assim — disse Julieta. — Aruba é mais.

— É mesmo...? — o sorriso murchou do rosto de Marília. — Será que devo mudar os planos?

— Eu, se fosse você, pensaria bem a respeito — Julieta disse, se levantando. — Esqueci o filtro solar. Vou ali em cima passar mais um pouco e já volto.

E Julieta entrou na casa e subiu as escadas, deixando Marília com seus pensamentos. Eu retornei para a cozinha mais uma vez.

Depois:

— Casar, *eu?* — Luíza deu um sobressalto.

— Não quer? Nunca? — Valentina insistiu. Falava um pouco alto demais, levemente embriagada pelo pouco álcool que havia consumido. — Você tem algo contra casamento?

— Nada contra, só não quero. Prefiro mandar no meu próprio nariz, sem ninguém querendo controlar o que faço, ter meu próprio dinheiro e, no fim, deixar minha herança para o sobrinho que eu mais gostar, que nem a Tia Célia com o Rafael.

Um constrangimento perpassou toda a família. Tia Célia levou às mãos à boca para esconder um risinho. Rafael abaixou a cabeça, encabulado. Todos emudeceram.

— O que foi? — disse Luíza. — Não finjam que não sabiam!

Valentina deu uma risadinha:

— É que todo mundo disfarça, né? Ninguém precisa falar em voz alta que a tia prefere o sobrinho loiro bonitão.

Rafael ficou ainda mais encabulado.

— Eu só nasci na hora certa.

E voltei para a cozinha.

Depois:

— Ah, desculpa — disse Inês.

— Desculpa eu — respondeu Valdomiro.

Os dois haviam se trombado no entra e sai da casa. Esperei os dois passarem primeiro, e eu cruzei a porta por último.

— Eu comeria no seu restaurante, minha querida — Dona Célia disse a Luíza. — Tem um restaurante onde eu gosto de ir, o atendente é sempre um am... Valentina!

Valentina estava vomitando no gramado próximo à piscina.

— Ah, não! Ha ha — Rafael saltitou até ela. — Primeira lição da maioridade: não beba de estômago vazio.

E voltei para a cozinha.

Todos os membros da família jogavam conversa fora, exceto Otávio. Ele apenas observava calado. Ora escrutinava os parentes, ora o ambiente ao redor, ora eu. Apenas interrompeu sua cansativa análise do ambiente quando Cauã foi até ele, pingando da água da piscina e carregando uma bola, e disse:

— Tio, tá tudo bem. Vão encontrar a Tia Marta e o Vicente.

Otávio olhou para o sobrinho com compaixão e dor:

— Obrigado pela torcida... mas os dois já foram encontrados.

— Eeeê! — o menino saiu correndo e pulou de volta na piscina.

Ouvir a conversa dos dois me fez estacar. Fiquei parada com uma bandeja vazia nas mãos, tentando não me perguntar o que faria se perdesse meu próprio filho.

Vendo-me parada, Marília me chamou:

— Danielly, se tiver terminado de ajudar a Solange, busca uma coisa pra mim?

— Sim, senhora! — respondi de imediato.

— Lá no meu quarto, dentro da mala roxa, você vai encontrar um estojo de óculos azul e outro branco. O que eu quero é o branco.

— Sim, senhora — pousei a bandeja e fui buscar o que ela pediu. Era um alívio receber uma tarefa, por mais simples que fosse.

No caminho, espiei para dentro da cozinha e avisei Solange que já voltava. Então pus-me a subir os degraus. A escada era de madeira. Sua estrutura parecia ter sido substituída na última reforma, e os degraus eram igualmente novos, de madeira polida e envernizada, bem diferente da portinha de madeira rústica que ficava embaixo da própria escada. Por algum motivo, esse contraste me deixou pensativa e distraída. Cheguei ao topo da escada sem me atentar que subia cada degrau. Caminhei pelo corredor. Foi então que ouvi.

Chiados.

Suspiros.

Algo batendo.

Meu coração gelou. Os pelos do braço se eriçaram. Lembrei da cachorra morta e meu corpo inteiro se preparou para correr ou lutar.

Mas eu precisava saber o que estava acontecendo. Sem raciocinar direito, caminhei pelo corredor lentamente e espiei para dentro do quarto de onde vinham os sons.

E então eu vi Valdomiro e Julieta espremidos contra uma parede fazendo coisas que só adultos fazem.

Observei por um tempo, feito uma palerma, enquanto o cérebro digeria a informação. Demorei mais do que deveria para recuar de volta para o corredor e me recompor. Não soube o que fazer em seguida. O estojo de óculos que Marília queria estava naquele quarto. O quarto onde seu marido a traía com a cunhada.

Desci as escadas bem devagar. Não tinha pressa em reencontrar a patroa.

Quando estava quase chegando ao térreo, Gilberto entrou pela porta de vidro. Estava molhado dos pés à cabeça, com o calção pingando pela sala. Veio na minha direção.

— Com licença — disse ele, e tentou passar por mim e subir as escadas.

Mas eu permaneci parada na frente dele.

— Precisa de alguma coisa, Seu Gilberto?

— Sim — ele olhava ora para mim, ora para o topo da escada, um tanto sem entender o motivo da minha obstrução. — Preciso de uma toalha.

— Pode deixar que eu pego. Levo para o senhor na piscina.

— Mas e os óculos da Marília?

— Não encontrei — apressei-me em dizer. — Vou procurar mais um pouco e aproveito para pegar a toalha.

Gilberto olhou para si mesmo e para o rastro molhado que estava deixando.

— Certo. Obrigado — e voltou para a área externa.

Respirei fundo, sem a menor ideia do que estava fazendo. Subi as escadas ainda mais lentamente do que havia descido.

Dessa vez, a porta do quarto dos amantes estava fechada. Passei reto e fui até o centro do corredor, onde uma porta lateral dava acesso a um armário de vassouras tão grande que lembrava o banheiro da minha casa. Dentro dele ficava uma prateleira com as toalhas de piscina, e não foi difícil encontrar uma adequada. Porém, me delonguei de propósito. Quando senti que não podia enrolar mais, saí para o corredor.

Então alguém tampou a minha boca e me empurrou para um canto.

— Shhhhh — disse Otávio. — Está tudo bem, só quero conversar.

Busquei me acalmar e fiz que sim com a cabeça, e então ele me soltou.

— Seu Otávio, não precisa disso tudo.

— *Que inferno!* — deu um grito sussurrado. — Se você tivesse visto o que eu vi, entenderia.

— O que o senhor viu?

Ele se calou por um momento, como se ponderasse quanto ao que dizer.

— Garota... — continuou com cautela. — O que eu vi, não quero pra você. Nem pra ninguém. Muito menos pra minha família. Mas não consigo resolver tudo sozinho, preciso de ajuda. Preciso de informações.

Ele fez uma pausa para que suas palavras pesassem sobre mim, e então completou:

— O que aconteceu de estranho hoje de manhã?

Hesitei.

Tentei desviar os olhos do dele, mas ele estava muito perto, me encurralando contra a parede. Não havia para onde fugir. Então, balbuciei:

— Foi... a cachorra. Cookie. Amanheceu morta.

— E o que mais?

Ele me segurou pelos ombros e me chacoalhou.

— *O que mais?!*

Fechei os olhos com força.

— Os filhotinhos não estavam com ela.

— Os fetos?

— É.

— E onde está a cachorra agora?

— Ao lado do contêiner. Numa lata de lixo. Dentro de um saco.

Ele me largou e saiu pelo corredor, quase correndo. Valdomiro abriu a porta e saiu de seu quarto falando uma coisa qualquer:

— O que está havendo?

Marília surgiu na escada, e Otávio quase a atropelou. Empurrou-a para o lado e seguiu apressado e bufando. Julieta saiu do quarto também, sem se importar com discrição, e ficamos nós quatro assistindo a ele sumir de vista.

— Otávio está cada vez mais estranho. Precisamos tomar cuidado com ele — disse Julieta, e então se virou para Marília: — Amiga, você está bem?

— Estou sim, obrigada — disse Marília, agradecida pela atenção e alheia à traição que sofria.

Marília pegou os próprios óculos e eu levei a toalha de Gilberto. Retornamos para a área gourmet, onde Solange tinha acabado de colocar a mesa e os familiares se secavam, vestiam saídas de banho e reuniam-se em torno da comida.

— O que aconteceu? — perguntou Tia Célia, vendo que Otávio atravessava o gramado e nós quatro havíamos surgido com caras assustadas.

Rafael gritou para Otávio, sem saber se ele escutaria:

— Pelos céus, Otávio! Vai matar a babá do coração! Olhe como ela está pálida.

Otávio continuou andando ainda mais rápido, sem dar qualquer sinal de escuta.

— Onde... onde ele vai? — perguntou Valdomiro. Ele então olhou para mim. Primeiro, eu abaixei a cabeça. Depois, fiz que sim. Sim, eu havia revelado nosso segredo. Sim, Otávio sabia da cachorra. Sim, estava indo buscá-la. Pensando rápido, Valdomiro se virou para as crianças: — Cauã e Enrico, vão lavar as mãos no banheiro lá dentro. Valentina, leve os dois. Leve a Eloísa também.

— Eu? Mas, pai...

— Agora.

Valentina se calou. Pegou Eloísa no colo e ralhou com os dois meninos para que a seguissem.

Otávio foi até o contêiner. Encontrou a lata de lixo. Examinou--a. Pegou-a e trouxe até a área gourmet.

— Pelo amor de Deus, Otávio! Vai estragar nosso apetite — Valdomiro reclamou.

Otávio pousou a lata de lixo no chão e empurrou-a com o pé para que tombasse. Ela tombou. A tampa saiu rolando. E o interior estava vazio.

5

O QUE ERA PARA SER UM ALEGRE BRUNCH EM FAMÍLIA SE TORNOU um almoço atrasado e com ares de velório. Após a comoção gerada por Otávio, Valdomiro precisou explicar para a família que Cookie havia morrido em circunstâncias misteriosas.

— Quando a encontrei, já estava morta — ele disse. — Eu não sou veterinário, não entendo de cachorro. Só sei que não queria um bicho morto no canil, então pedi para as empregadas darem um jeito.

— Só que os filhotes tinham sido arrancados da barriga! — bradou Otávio. — É ou não é, Danielly?

Apenas me encolhi e gesticulei que sim. Todos se espantaram.

— Quem faria uma atrocidade dessas? — perguntou Tia Célia, fazendo o sinal da cruz.

— *Quem será, não é mesmo?* — Julieta perguntou para Otávio em tom de acusação.

— Ah, *claro!* — ele devolveu a ironia. — Só pode ser o homem que dilacerou o próprio filho e extraiu os órgãos da esposa, não é mesmo?

— Convenhamos que o histórico não é dos melhores — acrescentou Gilberto.

— Chega dessas brincadeiras de mau gosto, Gilberto — disse Luíza. — Você não deve acreditar mesmo que o Otávio fez tudo isso.

— Vai defender ele agora? — Marília interveio. — É porque você não sabe o peso que é saber que isso aconteceu com uma criança. Você nunca vai entender, já que lésbica não vira mãe!

— Como é que é? — exaltou-se Luíza.

— Vai negar agora? — Marília desafiou.

Cada novo berro saía mais alto do que o anterior.

— Então é isso? — perguntou Valdomiro.

— Amiga, nada a ver! — Julieta rejeitou.

— Pare de diminuir tudo o que eu digo! — Marília deu de dedo na cara de Julieta. — Você pensa que está certa em tudo!

— Não encosta na minha mulher! — Gilberto enfiou-se entre Marília e Julieta.

— Quem pensa que é para falar assim com a minha? — Valdomiro empurrou Gilberto para afastá-lo da esposa.

— E você, por que escondeu a cachorra? — inquiriu Gilberto.

— Porque sou eu quem faz tudo nessa família enquanto vocês só coçam! — Valdomiro descarregou.

— Além de lésbica, é desempregada! — Marília aproveitou o ensejo.

— Pelo menos eu tenho personalidade, ao contrário de você, que só repete o que os outros dizem! — Luíza rebateu.

— Parem com essa mesquinhez! — Otávio tentou gritar mais alto do que todos os demais. — Tem muito mais em jogo!

Valentina retornou trazendo as três crianças, que não entenderam o motivo do tumulto. Cauã saiu correndo e se meteu no meio das três mulheres:

— Não briguem!

Só que o caos já estava instaurado.

Enrico chorou.

E Luíza, do fundo de sua amargura, olhou nos olhos de Marília e provocou:

— Por isso que é corna.

Marília deu um berro incompreensível e voou no pescoço de Luíza. As duas rolaram para o chão, derrubando Cauã e Julieta. Gilberto e Valdomiro vieram em auxílio das esposas e logo estavam se socando.

De repente, rugiu um trovão.

O retumbar foi tão agressivo que ensurdeceu a todos por um instante, vibrou dentro da caixa torácica. Tão hostil e invasivo, que todos interromperam o que estava fazendo. Atordoados pelo susto e estirados pelo chão, olharam ao redor e perceberam que nuvens carregadas chegavam por todas as direções.

— Mas a previsão era de sol! — disse Julieta.

Rafael, que ficara de fora da briga, veio correndo até onde todos estavam espalhados. Só então perceberam o que havia acontecido. Em meio à confusão, Dona Edna havia se aproximado para tentar remover o inocente Cauã.

A matriarca da família estava caída na calçada, inerte.

— Mãe! Mãe! — clamou Rafael.

Todos arregalaram os olhos. Tia Célia parecia que ia desmaiar.

Então Dona Edna se moveu.

— Mãe, graças a Deus! — Rafael ajudou-a a se sentar no chão lentamente.

Mais um trovão, e um bando de pássaros alçou voo do bosque próximo e fugiu grasnando de pavor.

Eloísa, que costumava ser uma bebê tranquila e fácil de cuidar, ao ver as nuvens agourentas se aproximando começou a berrar. Ela se jogou no chão e esperneava, com a boca salivando e os olhos vertendo lágrimas. Tia Célia pegou-a nos braços, atravessou a varanda e depositou-a no colo de Inês, dizendo:

— Leve-a para dentro, querida. Aqui tem muita gente exaltada.

O choro da bebê era alto, estridente e desconcertante, e o rosto de Inês ficou completamente pálido. Depois de um momento de incerteza, ela atravessou a varanda, refazendo o caminho de Tia Célia no sentido contrário, e colocou a filha no meu colo.

— Cuide você.

Dizendo isso, Inês entrou na casa e subiu as escadas, com Tia Célia a seguindo e insistindo:

— Querida, ela precisa da mãe. Onde você vai? Leve a bebê com você!

Girei a bebê para que ela ficasse deitada no meu colo e pus-me a embalá-la, falando baixinho com ela:

— Está tudo bem... Foi só um susto... Estou aqui com você...

Rafael ajudava Dona Edna a se levantar, quando uma lufada de vento repentina fez voar o baralho que os homens haviam usado para jogar com as idosas. Cartas se espalharam pelo assoalho da área gourmet, pelo gramado e pela piscina.

— Era só o que me faltava — Gilberto levantou e saiu catando as cartas.

As nuvens se aproximaram por todos os lados, estrangulando a estância, e então ficou claro que não eram apenas nuvens, mas sim um nevoeiro.

Sem se falar, Marília e Julieta passaram a juntar seus pertences: toalhas, chinelos, celulares, taças, óculos, chapéus. Solange começou a levar para dentro a refeição intocada sobre a mesa.

— Vai cair o mundo — Julieta disse a Gilberto — Deixe essas cartas pra lá.

— Estou quase... — disse Gilberto, esticando-se para alcançar uma carta que flutuava na piscina.

— Mãe, o que é isso? — Cauã mostrou a Marília uma pequena pedra que encontrou perto do local da briga.

— É uma pedra, meu filho. Larga isso e vamos pra dentro.

— Tem uns risquinhos nela.

Otávio correu até o menino e deu um tapa na mão dele, fazendo-o derrubar a pedra no chão.

— Para dentro! — gritou. — *Agora!*

Gilberto quase alcançava a carta na piscina. Seus dedos a tocavam de leve... Mais um trovão, e foi como se uma bomba de tinta explodisse dentro d'água. Uma mancha vermelha surgiu no centro e se espalhou. Gilberto deu um grito e puxou a mão bem a tempo de não ser tocado pelo líquido que parecia sangue.

— *Aaaaaaaaahhhhhh!* — as crianças berraram e todos corremos para o interior da casa. O nevoeiro já estava sobre nós.

A porta de vidro era longa e de fechamento complexo. Assim que entrou, Otávio pôs-se a fechá-la, enquanto alguns de seus parentes ainda passavam por ela. Ele esperou até que os últimos passassem, Rafael e Dona Edna, antes de fechar a passagem, trancando-a em seguida.

— O que foi aquilo? O que foi aquilo? — repetiam vários membros da família. Porém, ao olharem novamente para a piscina, ela estava de volta à cor normal, como se nada tivesse acontecido.

O som de clique da chave foi abafado pelo estrondear de mais um trovão, e então começou a chover. O aguaceiro súbito e violento passou a açoitar as janelas em ângulo oblíquo, intercalando qual lado da casa era mais atingido, conforme o vendaval mudava de direção.

Os parentes se espalharam pelos ambientes, alguns se atirando nos sofás enquanto outros se encostavam pelas paredes, tentando assimilar a briga, a virada no tempo, a miragem na piscina. Todos calados, com exceção de Eloísa, que berrava. Todos imóveis, escutando o fustigar da tempestade, com exceção de Otávio, que trancou cada porta e janela do térreo.

— Vou fechar as janelas dos quartos — avisou Solange, e saiu correndo escada acima.

Fui para a cozinha com Eloísa no colo. Coloquei água para ferver, misturei com leite em pó e chacoalhei a mamadeira, tudo isso segurando a bebê com apenas um dos braços. Mergulhei a mamadeira em um recipiente cheio de gelo, e logo a mistura voltou à temperatura ambiente. Em algum momento durante o processo, Elô se distraiu prestando atenção no que eu fazia e parou de chorar.

— Mamá — disse ela.

Quando voltei para a sala com a bebê em uma das mãos e a mamadeira na outra, os ânimos pareciam controlados. O aborrecimento, no entanto, persistia. Marília, Luíza e Julieta estavam sentadas cada qual em uma sala diferente, recusando-se a olhar umas na cara das outras. Marília estava acompanhada por Valentina. Luíza, por Rafael e Dona Edna. Julieta, por Gilberto. Os meninos Enrico e Cauã estavam sentados lado a lado no primeiro degrau da escada, mas calados e de cabeça baixa. Valdomiro não estava à vista. Quando cheguei, Otávio se dirigiu a todos eles:

— Parem com isso! Não é hora de brigar! Algo está vindo atrás de nós. Vocês não viram a água da piscina?

— Algo? — perguntou Cauã, com a voz miúda.

— Sim — disse Otávio. — Aquela pedra que você encontrou é uma runa. Há uma... *coisa*. Indescritível. E ela está prestes a atacar.

Um relâmpago resplandeceu quando disse as últimas palavras e as luzes da casa piscaram. Todos estremeceram. Eloísa gritou.

— Otávio, para com isso! — disse Julieta, do outro lado da sala dividida em ambientes. — A situação já não está chata o suficiente?

— Não me venha com teoria da conspiração! — Luíza concordou, levantando-se de onde estava ao meu lado e pondo-se a caminhar sem rumo por entre os móveis, tapetes e salões. — Tenho certeza de que existe uma explicação para tudo.

Marília assentiu.

Otávio pegou uma faca que estava sobre a mesa e deu para Gilberto, mas o irmão lhe respondeu com um olhar de reprovação.

— Parabéns, Otávio — disse Gilberto. — Conseguiu unir a família de novo... contra você.

Passos iam de um lado para outro no andar de cima, provavelmente de Solange correndo pelos quartos para fechar as janelas.

— Vou lá ajudar — disse Luíza, passando por entre Cauã e Enrico ao subir as escadas.

— Fique aqui! — disse Otávio, mas ela não lhe deu ouvidos e sumiu para o andar de cima.

Valentina se levantou.

— Acho que a luz vai cair de novo. Onde será que a Solange guarda as velas? — e se dirigiu para a cozinha.

Mas Otávio bloqueou o caminho.

— Não devemos nos separar! Vamos chamar os outros. Juntos temos mais chances — disse ele, colocando uma faca nas mãos dela também.

Valentina não soube o que responder diante do surto do tio.

Lá fora, a chuva continuava a cair pesadamente sobre o gramado, agitava a água piscina, escorria para as áreas mais baixas, misturava-se ao riacho. A torrente se transformava em enxurrada, e as nuvens cinzentas cobriam o sol completamente, trazendo uma escuridão que transformava o dia em noite.

— Pelo amor de Deus, deixe a menina ir buscar velas! — disse Gilberto. — Estamos presos aqui, tendo que aturar uns aos outros pelo pior final de semana da história. E olha que o Dia das Mães é só amanhã, ainda vamos ter que sorrir e fingir que nos amamos. Não precisamos, além de tudo, ficar no escuro.

Sentei-me ao lado de Dona Edna em um dos sofás, deitei Eloísa no meu colo e dei a mamadeira para ela tomar. Elô aceitou o bico e pôs-se a mamar com intensidade, como se a sucção fosse capaz de aliviar a ansiedade e o desconforto que sentia. Dona Edna sorriu, apesar da desavença entre seus filhos e noras, e passou a mão na cabeça da bebê.

— Cara do pai — disse, com sua voz trêmula.

Ao lado dela, Rafael sorriu também. Porém, isso só serviu para deixar Otávio ainda mais exaltado.

— Vocês não conseguem entender! — ao dizer isso, deixou Valentina passar, mas ficou espiando o que ela fazia através da porta da cozinha. Nesse momento, Luíza, Tia Célia e Valdomiro vinham descendo pela escada. Os três estacaram a meio caminho, percebendo a tensão que se instalava na sala. Otávio olhou para eles, e então para Rafael: — Vejam os sinais! A cadela morta. As runas. As brumas. Já viram um nevoeiro que persiste apesar da chuva? — Todos olharam pelas janelas. Mal conseguiam ver o portão da fazenda, dada a espessura da neblina. Na verdade, a névoa começava a se erguer no interior da casa. — Marta e Vicente estão mortos. E agora todos nós estamos marcados para morrer. Alguém quer o fim dessa família. Alguém que está aqui.

E as luzes se apagaram.

Um uivo se ergueu pela escuridão e foi impossível distinguir se era o vento ou a cachorra morta.

Abracei Eloísa ainda mais. Menti para mim mesma que fazia aquilo para acalmá-la. Na verdade, tentava acalmar eu mesma.

E foi então que escutamos. Era uma vozinha assustada, de quem busca um colo no qual possa encontrar aconchego e amor. Uma voz infantil.

— Mamãe...?

Valentina acendeu uma vela. Seu rosto, assim como o de todos os presentes, se virou para a portinha rústica sob a escada.

— Mamãe, cadê você? Abre a porta... — disse a voz infantil, atrás da portinha que dava acesso à adega subterrânea.

Cauã se levantou de um salto.

— É o Vicente! — disse o que todos os parentes já estavam pensando. — Ele não morreu! Ele está aqui!

Cauã saiu correndo. Antevendo o que iria acontecer, Otávio correu ao mesmo tempo e o agarrou pouco antes que o menino alcançasse a porta.

— Não é ele! — berrou, erguendo Cauã e o imobilizando. — Não é o Vicente! Não é o meu filho! — berrou, espumando de ódio e de dor.

Crianças muitas vezes agem por impulso. Cauã era um menino agitado, e correu para abrir a porta sem pensar duas vezes. Porém, foi impedido pelo tio. Isso conteve um mal imensurável...

Ou quase, pois Cauã não era a única criança na sala.

Antes que Otávio tivesse chance de agir, antes que qualquer um dos adultos pudesse constatar que o timbre de voz que estavam ouvindo era uma impossibilidade, o tímido Enrico deslizou até a porta da adega e abriu um vão.

Otávio largou Cauã, correu até Enrico e o empurrou para o lado. Não deu ouvidos às queixas de Julieta, mãe superprotetora, que assistia à cena de longe. Apenas tentou fechar a porta. Mas era tarde demais. Emergindo da escuridão do subterrâneo, uma mãozinha de criança surgiu e segurou a porta aberta. Otávio empurrou a madeira com o peso do corpo inteiro, mas a mãozinha nem se abalou.

— Meu Deus, é a mão de Vicente! — disse Tia Célia, olhando do topo da escada. — Tem as mesmas pintinhas!

A mão infantil então se esticou para fora da porta, revelando um braço, um tronco, um corpo inteiro de criança, que se espremeu para passar pela abertura. Eu não conhecia Vicente, não sabia como ele era. Porém, ao julgar pelo espanto de seus tios e tias, era ele. Ou, ao menos, era muito parecido. Até as roupas. Até o cabelo. Mas, quando todos já haviam aceitado a semelhança, vislumbraram o rosto.

Ou melhor, a falta dele.

Na frente da cabeça do suposto menino, não havia olhos. Não havia boca. Não havia nariz. Apenas a pele vazia de expressões, retalhada em carne viva.

A criança deu um empurrão na porta, e Otávio foi arremessado para trás. Deslizou estirado pelo piso, e o revólver que trazia na cintura rolou para longe.

A criança deu os primeiros passos para o ambiente parcamente iluminado pela única vela, e um grito em uníssono aflorou da garganta de Marília e Julieta.

Cauã tropeçou e caiu. Gilberto se levantou do sofá, empunhando a faca que Otávio lhe havia dado.

Então a criatura se transformou diante de todos. Patas de crustáceo emergiram da parte de trás da cabeça, articuladas e pontiagudas, dilacerando o crânio. Depois das patas, brotaram músculos ensanguentados, que formaram duas pernas, quatro braços e vários tentáculos cobertos de carapaça. O material continuou saindo da cabeça, muito mais do que seria possível caber dentro dela, e formou um tronco gigantesco, conferindo à criatura três metros de altura e a obrigando a ajoelhar para caber dentro da casa. Quanto ao corpo da criança, foi içado no ar por um tentáculo que terminava em seis garras. Tornou-se inerte, balançando cada vez que o monstro se movia, como se fosse a isca luminosa de um peixe abissal. Logo abaixo de onde o corpinho pendia, o monstro abriu quatro olhos demoníacos e, de dentro de uma bocarra esquelética, fez surgir um longo e hediondo ferrão.

Valentina derrubou a vela no chão.

Sob a luz bruxuleante da vela caída, a criatura deu o bote com o tentáculo que sustentava o corpo de Vicente, e agarrou a cabeça de Enrico com as garras sextavadas. Otávio se arrastou para trás, procurando pelo revólver. Gilberto correu berrando na direção do monstro com a faca erguida. Julieta correu ao lado dele, desarmada. Os demais apenas gritaram de ojeriza, paralisados pelo horror. O monstro derrubou Enrico. Gilberto cravou a faca no tentáculo e a puxou para fora, ainda berrando. O sangue da criatura jorrou. Porém, não era sangue de verdade, mas uma substância vermelha e viscosa que escorria de forma não natural e exalava um fedor intolerável. Gilberto golpeou de novo e de novo, e o fluido se espalhou pelo piso, pelas paredes, por Julieta e pelo próprio Gilberto. Julieta agarrou o tentáculo com as unhas e mordeu-o. As unhas se dobraram. Os dentes despedaçaram. Ela berrou ainda mais alto. O monstro espremeu a cabeça de Enrico até o crânio se partir. O grito de Julieta se transformou em um choro de desolação incomensurável. Otávio alcançou o revólver e, ainda estirado, atirou na aberração.

Por destreza ou sorte, o primeiro tiro acertou um dos olhos vermelhos e brilhantes. A criatura estremeceu. O segundo acertaria ao lado, mas ela moveu uma das patas articuladas bem a tempo e defletiu o projétil. Antes que Otávio fizesse o terceiro disparo, o monstro chicoteou um dos tentáculos e acertou-lhe as mãos. O revólver foi arremessado de novo, mais longe, e Otávio rugiu de dor.

— Levanta! — berrou Rafael para mim. — Precisamos correr!

Só então percebi que eu estivera gritando esse tempo todo. No meu colo, Eloísa berrava também. Emudeci. Tentei raciocinar, mas meu cérebro não conseguia formular qualquer pensamento que fizesse sentido. Eu só queria fugir. Levantei do sofá com Eloísa, e ao meu lado Rafael pegou a franzina Dona Edna no colo.

Fumaça negra se misturou à estranha névoa pálida que tomava o interior da casa, e o ambiente ficou mais iluminado. O fogo estava se alastrando da vela para um tapete e para a toalha da mesa de jantar. Marília passou correndo ao lado de onde a briga acontecia, mas não parou para ajudar Gilberto e Julieta. Em vez disso, disparou até Cauã, arrancou-o do chão, passou por Luíza e Tia Célia e se encontrou com Valdomiro no topo da escada. Ela, o marido e o filho desapareceram para o segundo andar, deixando o resto da família para trás.

O monstro soltou o crânio esmigalhado de Enrico e voltou a se erguer no ar, trazendo junto o corpo pendente de Vicente. Porém, o corpinho foi se transformando. Os membros mudaram levemente de proporção, o que restava do cabelo nas laterais da cabeça destroçada trocou de cor e até a roupa se transformou. A isca terrível que se parecia com Vicente se metamorfoseou por completo. Tornou-se uma réplica imperfeita, mas ainda assim espantosa, de Enrico. Quando falou, a cópia da voz do menino saiu impecável:

— Mamãe... Mamãe, me dá um abraço?

Julieta deixou-se cair sentada para trás, em meio ao sangue e aos restos mortais do próprio filho, e balbuciou:

— Ele... Essa coisa...

— Mamãe, você me ama?

Lágrimas corriam sem parar dos olhos de Julieta. Olhos vidrados pela loucura de ter visto o filho morrer horrivelmente.

— Ela só está... carente.

Gilberto tentou enterrar a faca nas patas articuladas do monstro, mas sequer arranhou a carapaça. Então continuou golpeando os braços e tentáculos. Pela primeira vez, o Carente virou seus olhinhos brilhantes para ele, fazendo com que congelasse no ato. Então, com um único golpe certeiro, o monstro brandiu uma das patas rijas e acertou-o no pescoço, decapitando-o.

A cabeça rolou para um lado e o corpo caiu para o outro, mas Julieta já estava cansada demais para sequer gritar. Apenas observou, com olhos arregalados e chorosos, quando o Carente se aproximou com a paródia de mau gosto de seu filho içada ao ar. A criatura estendeu dois tentáculos sobre ela e pousou-os em seus ombros. Porém, os tentáculos possuíam espinhos, que cravaram-lhe a pele. A partir de então, ela estava completamente presa. A próxima lágrima que escorreu por sua face não era transparente, mas vermelha como sangue pestilento.

— Mamãe, você me ama? — repetiu a criatura.

— S-sim... — Julieta respondeu, delirante.

Otávio finalmente alcançou de novo o revólver. Porém, o fogo se espalhava ao redor de Julieta, encurralando-a junto ao monstro.

— Mamãe, me dá um abraço...

O Carente ergueu o ferrão e cravou-o no ventre de Julieta. Ela retesou todos os músculos, mas manteve-se horrivelmente desperta. Todos pudemos ouvir um som hediondo de sucção à medida que a aberração se pôs a sorver os órgãos internos.

Luíza e Tia Célia subiram as escadas. Olhei para Otávio através das chamas, incapaz de chegar aonde ele estava.

— Vamos! Traga minha filha! — berrou Rafael mais uma vez, e rumou para a cozinha carregando Dona Edna. O batente da porta estava em chamas, formando um arco fumegante. — Mexa-se! — berrou para Valentina ao passar por ela.

Otávio fugiu pela porta de vidro. Rafael, Dona Edna e Valentina correram para a cozinha. Porém, quando eu estava prestes a me juntar aos três, uma viga de madeira cedeu ante o incêndio e tombou em diagonal na porta, atravancando minha passagem e erguendo poeira e cinzas.

Cambaleei para trás, protegendo Eloísa, e brasas arderam em meus braços. As flamas se espalharam pela madeira, e Rafael gritou um palavrão.

— Passe Eloísa para mim! — ordenou ele, se aproximando da passagem em chamas.

Tentei afastar Eloísa do meu corpo e entregá-la para o pai, mas ela berrava de medo e se agarrava ao meu pescoço. Rafael esticou os braços através das labaredas e a manga da roupa se incendiou. Ele recuou e bateu com a mão para apagar o fogo. Não se feriu, mas ficou claro que seria impossível passar Eloísa por ali.

— Vá atrás de Inês no último andar — disse ele. — Vou dar um jeito de encontrar vocês.

Ele se foi e eu fiquei sozinha. Apenas eu, Eloísa, Julieta e o Carente na sala, além dos cadáveres. Engoli em seco. Tentei não encarar a criatura, mas era impossível desviar o olhar. Tentei não gritar, mas Elô chorava no meu colo. Ao menos, a fumaça se avolumava e turvava a visão, os móveis estalavam ao serem consumidos pelo fogo e abafavam outros ruídos. Sem alternativa, dei a volta na monstruosidade, deslizando o mais rápido possível, mas não tão rápido a ponto de chamar atenção. Seja lá o que fosse aquilo, estava ocupado se empanturrando, e graças a essa distração consegui chegar até a escada, subir os degraus e alcançar o corredor no andar de cima.

Julieta permaneceu calada, cercada pelos corpos do marido e do filho, sendo sorvida pela criatura do inferno.

Não sei quanto tempo levou para ela morrer.

6

A ÚNICA FONTE DE LUZ NO ANDAR DE CIMA ERAM AS CHAMAS do andar de baixo. A luz oscilante entrava pelo vão da escada, alcançando os primeiros metros de corredor, mas enfraquecendo à medida que se afastava.

Fui até a primeira porta, que dava para a suíte de Valdomiro e Marília, girei e empurrei a maçaneta. Porém, para meu espanto, a fechadura inteira saiu do lugar. A porta se abriu, mas a maçaneta ficou na minha mão e o trinco caiu aos meus pés. Fiz um esforço para enxergar na penumbra, e com horror percebi que os parafusos haviam sido removidos.

Ouvi um barulho no andar de baixo que parecia muito uma pessoa tombando no chão, e imaginei que o Carente tivesse soltado Julieta. Um segundo ruído lembrou a carapaça de um crustáceo batendo contra madeira. O monstro começava a esticar seus membros, se espalhar pela casa. Ergueu-se um fedor insuportável de carne queimada, indicando que ele passava através do fogo.

O próximo passo seria subir as escadas.

Disparei pelo corredor, testando as demais portas. Suíte de Gilberto e Julieta: maçaneta bamba, saiu igualmente na minha mão. Suíte de Edna e Tia Célia: apenas um buraco no lugar da fechadura. O corredor fazia uma curva adiante, e eu quis avançar o mais rápido possível para tentar as demais portas. Porém, com uma rápida olhada para trás, vi a monstruosidade surgir pelo vão da escada e adentrar o corredor.

Um dos olhos demoníacos estava ferido, mas os outros três se cravaram em mim com prazer sádico. Eloísa deu um grito e os tentáculos se eriçaram em antecipação e deleite. O corpinho de Enrico pendia do alto como se fosse uma criança morta, mas era algo ainda pior: uma cópia grosseira, com o pescoço torto e uma das mãos contendo dedos demais. As muitas patas tateavam o piso, as paredes e o teto, como se caminhasse em todos os eixos ao mesmo tempo, ignorando a gravidade. A existência daquela atrocidade era inadmissível. Ondas de calor vindas de baixo tremulavam e tornavam a visão ainda mais horrenda, desafiando o limiar entre o suplício do mundo real e o pesadelo de um outro mundo inexplicável.

O monstro era grande demais para o corredor estreito, e imaginei que demoraria a percorrer a distância entre nós. Talvez eu pudesse virar o corredor e verificar as portas seguintes antes que me alcançasse. Em outra ocasião, eu teria feito isso. Porém, o instinto de sobrevivência me arrebatou em um estalo de lucidez. Em vez de correr, abri a porta do armário de vassouras e me enfiei dentro dele antes mesmo de assimilar o fato de que a maçaneta estava intacta. Um segundo antes de bater a porta com força, assisti à criatura atravessar o corredor inteiro em um único impulso e aterrissar diante de mim. Bati a porta a tempo, mergulhando eu mesma e Eloísa na completa escuridão.

Eloísa chorava e trovões retumbavam lá fora. Esperei pela porta ser despedaçada, por fragmentos de madeira choverem sobre minha cabeça, por tentáculos espinhosos furarem minha carne. Mas nada disso aconteceu. Em vez disso, seguiu-se um momento de quietude em que se ouvia apenas o som da chuva caindo lá fora. Então, a vozinha de Enrico falou do outro lado da porta:

— Mamãe? Estou com frio... abre a porta.

Eloísa parou de chorar. Prestou atenção à voz do primo. Esticou a mão na direção da maçaneta.

— Ri-co — disse ela.

Apesar de escuro, senti ela se mexendo no meu colo e a impedi de abrir a porta. Abracei-a, embalei-a e fiz um chiado com a boca, semelhante ao da chuva, para tentar distraí-la.

— Mamãe, cadê você? — Enrico insistia.

Então, como se percebesse que não estava funcionando, a voz se modificou.

— Mamãe? — tentou novamente.

— Vi-cennn-te — entoou Eloísa, tentando abrir a porta enquanto eu a impedia.

— Não, Elô. Não vamos abrir a porta. Abraça aqui a Dani — eu disse, abraçando-a. Então puxei uma toalha de piscina de uma das prateleiras e usei-a para envolver nós duas.

Lá fora, o monstro modificou a própria voz novamente, dessa vez para algo que não parecia humano.

— MAMÃE — soou como voz gutural, e Eloísa se encolheu.

— Mã... mã... mã... — o monstro soou desconjuntado, a cada tentativa com um timbre completamente diferente, como se estivesse testando combinações novas.

— Mamãe — uma voz de menina.

— Mamãe — uma voz de menino.

— Mamãe. Mamãe. Mamãe? — a cada nova tentativa, uma voz de criança diferente.

Até que a voz soou muito parecida com a do meu filho.

— Mamãe.

E os pelos do meu braço se eriçaram.

O Carente fez silêncio. Parecia uma besta irracional, mas também parecia sentir o cheiro dos meus feromônios exalados contra minha vontade. Após a pausa, repetiu com a voz do meu filho:

— Mamãe, estou com medo...

Respirei fundo.

— Mamãe, está escuro...

Apertei os olhos para expulsar as lágrimas.

— Mamãe... abre a porta. Por favor, mamãe.

Eloísa deu um berro, e então percebi que a apertava com força demais. Isso serviu para me despertar de uma espécie de transe que nada tinha de sobrenatural. Era a simples reação do meu corpo à voz infantil que ao longo dos anos aprendi a proteger e amar.

Percebi que ofegava e busquei respirar fundo, enquanto meu filho insistia em me chamar.

— Não é meu filho — disse para mim mesma. Então me dirigi à Elô: — Não é nenhum dos seus primos. — Então continuei falando para Elô, para mim, para o Carente, para todos e para ninguém: — Isso não é uma criança de verdade. Crianças primeiro aprendem a abrir a porta, e só depois aprendem a falar. Essa... coisa... é só um monstro. Não tem mãe. Nem sabe o que é. Não sente amor. Não foi feita por Deus. Não é deste mundo. Não deveria existir. — Respirei fundo mais uma vez e determinei: — Não vou abrir a porta.

Como se pudesse me entender, o Carente parou de falar. Passos leves de criança prosseguiram pelo corredor, viraram a esquina, distanciaram-se. Senti cheiro de fumaça e percebi que uma luz cálida entrava pelo vão sob a porta. Eloísa começou a tossir. O incêndio se alastrava no andar inferior. Eu sabia que não poderia me esconder para sempre.

Abri a porta devagar, e mesmo assim a dobradiça rangeu dolorosamente. Eloísa se espremeu contra mim e ficou calada. Então tossiu mais uma vez. Congelei. Ela terminou de tossir. Nada aconteceu. A criatura não estava mais à espreita.

O corredor estava mais iluminado do que antes, pois labaredas dançavam entrando pelo vão da escada. A saída pela escada que descia não era mais uma opção. Eu teria que atravessar o corredor inteiro e subir para o último andar. Fumaça negra se acumulava da meia-altura até o teto. Coloquei Eloísa no chão, onde o ar era mais puro, demos as mãos e avançamos juntas.

Antes de virar no corredor, espiei do outro lado. O Carente estava de costas e havia assumido novamente a forma de criança, com seus tentáculos, as patas de crustáceo e os muitos braços e pernas monstruosos escondidos dentro da cabeça diminuta. A cabeleira era de Enrico, assim como a camiseta e o short. As roupas que Enrico vestia quando morreu.

O Carente prosseguiu pelo corredor, afastando-se de mim. Com seu rosto retalhado e sem feições, espiou pela porta aberta da suíte de Luíza e Valentina. Nada viu que o interessasse. Pousou a mãozinha com dedos demais no batente da porta. Parecia que iria entrar. Porém, um acesso de tosse no fundo do corredor fez com que estacasse. Olhou para a última porta, que dava para o quarto de Cauã e Enrico. Caminhou lentamente naquela direção, onde a crise de tosse persistia.

— Mamãe...? — chamou ao espiar para dentro. — Mamãe! — diante de meus olhos, a criatura se transformou de novo em sua versão hedionda. Entrou lentamente no quarto, enquanto gritos irromperam de lá. A passagem para a escada que subia ficou desimpedida.

— Vamos — sussurrei para Elô, e disparamos pelo corredor de mãos dadas.

Passamos diante a primeira porta aberta. Seguimos. Diminuímos um pouco o ritmo ao nos aproximar da porta por onde o Carente havia entrado. Meus olhos estavam arregalados, prontos para qualquer coisa. O coração, aos pulos.

Quando passei pela porta, identifiquei que lá dentro estavam Luíza e Solange. As duas gritavam o auge de seus pulmões. Luíza estava mais próxima. O Carente se aproximou dela primeiro. Eu deveria ter fugido escada acima, mas não consegui me mover. Um magnetismo inexplicável me obrigou a descobrir o que iria acontecer em seguida. Estava paralisada pelo horror.

Luíza estava espremida contra a parede oposta à porta. O monstro de músculos disformes se aproximou lentamente. Ficou a centímetros dela. Ao sentir a proximidade do fedor nauseabundo, ela parou de gritar. Prendeu a respiração. Fechou os olhos. Esperou a morte. O monstro pareceu farejá-la. Porém, perdeu o interesse. Em vez de atacar Luíza, tão próxima, deu um salto rápido impulsionado por seus muitos membros, pousou do outro lado do aposento e agarrou a cabeça de Solange com um tentáculo. Ela não conseguiu mais gritar ou respirar. Apenas se debateu enquanto a criatura enfiava o ferrão lentamente em seu ventre. O corpo dela amoleceu em seguida, e a criatura continuou a sorvê-la no quarto silencioso.

De olhos arregalados, Luíza se arrastou pela parede até alcançar a porta onde eu estava. Não falamos nada, apenas subimos juntas as escadas para o último andar.

A suíte de Inês estava trancada. Batemos à porta.

— Não abra! — escutei Tia Célia falando de dentro do quarto.

— Mas, tia... Como assim? — veio a voz abafada de Inês.

— Você não imagina, minha querida! — Tia Célia choramingou. — Não imagina o que acaba de acontecer na sala! Gilberto... Enrico... Julieta... eles foram levados de nós! Otávio estava certo o tempo todo... Deus nos proteja! Não abra a porta.

— Não estou entendendo! — disse Inês.

Então Eloísa falou com a mãe:

— Mamãe, abi a póta!

Tia Célia deu um gritinho.

— Não! — berrou a tia.

— Saia da frente! — berrou a mãe.

Houve um barulho de atropelo, de briga, algo quebrando ao cair no chão, o som da chave girando na fechadura. Luíza abriu a porta e a empurrou em um rompante, e juntas invadimos o cômodo. Tia Célia e Inês estavam engalfinhadas, rolando pelo chão à luz de uma lanterna. Pararam assim que nos viram.

— Mas o que significa tudo isso? — disse Inês, finalmente livre de Tia Célia. — Atacar uma grávida!

— Desculpe, minha querida... — respondeu Tia Célia. — Você não vai entender se não vir, e é melhor que não veja.

Empurrei a porta para fechá-la, mas ela bateu em alguma coisa e voltou a se abrir.

— Ai! — exclamou Rafael, surgindo pela porta. — Me deixa entrar! — ele entrou, fechou a porta às suas costas e passou a chave. Em seguida, tomou Eloísa no colo, ajudou Inês a se levantar e abraçou as duas com força.

— O que... o que raios está acontecendo? — insistiu Inês.

— Na verdade, a Tia Célia estava certa — disse Luíza. — Deixar a gente entrar foi um erro. Poderia ter sido... Poderia...

Sem conseguir concluir a frase, Luíza se dirigiu para a porta que dava para a sacada. Corri na frente e a impedi de abri-la.

— Saia da frente, precisamos fugir! — disse ela.

— Ele não abre portas! — eu disse.

— O quê?

— Ele não consegue abrir portas! — insisti.

— Como assim?

— É só deixar a porta fechada, que ele não vai passar! Estamos seguros aqui.

De repente, escutamos uma risadinha infantil vinda do corredor lá de baixo. Passos subiram os degraus.

— Sai da frente *agora!*

— *Não!* — fui firme. — Olhe nos meus olhos. Sabe de quantas crianças eu já cuidei? Sabe quantas já vi se desenvolvendo, aprendendo o que para nós são coisas banais? Sabe quantas interações familiares já observei calada enquanto gente como você menospreza o que para outros é precioso? Você é adulta, já sabe andar. Já sabe falar, sabe abrir portas e fazer tantas outras coisas que são tão fáceis que nem se lembra de ter aprendido. Mas nem todo mundo sabe fazer tudo! Então observe! Escute.

— Mamãe?

Todos na sala prenderam a respiração. A voz estava do outro lado da porta.

— Mamãe, você está aí?

Ninguém se mexeu.

Inês sussurrou para Rafael:

— Quem é essa criança?

— Shhhhh — foi a resposta dele.

— Mamãe, estou com medo...

Eu sentia meu coração batendo forte no peito. A respiração agitada. Os pelos eriçados.

Mas nada aconteceu. A criatura continuou implorando para que alguém abrisse, incapaz de entrar sozinha.

Luíza deixou o ar escapar dos pulmões.

— Então quer dizer que estamos seguros aqui — concordou comigo.

— Mais ou menos — disse Rafael.

O Carente talvez pudesse ser contido por uma porta, mas a fumaça do incêndio invadia o quarto pela fresta embaixo da porta. Cedo ou tarde, as chamas também nos alcançariam.

7

— O desgraçado do Otávio estava certo — remoeu Rafael.

— E se esperarmos até que ele vá embora? — sugeriu Tia Célia.

— Será que ele vai embora em algum momento? — perguntou Luíza. — Não imagino esse monstro fazendo intervalo pro almoço.

Logo que terminou a frase, pude sentir que Luíza se arrependeu de ter mencionado aquilo. O Carente se empanturrava de suas vítimas. Não precisava de horário de almoço.

— Algum celular tem sinal? — perguntei.

Todos fizeram que não.

— Tem um telefone fixo na sala — disse Luíza.

— Deixa eu ver se entendi — Inês pegou a lanterna que iluminava o quarto e colocou abaixo do próprio rosto. A luz projetou sombras sinistras em seu rosto. — É um monstro... que come gente?

Tia Célia deu um soluço de náusea.

— Você faz soar como um medo infantil — disse Rafael. — É porque você não viu. Não estamos brincando e não estamos loucos!

— E ele não come qualquer um — eu disse.

Todos se viraram para mim, surpresos. Esperaram que eu esclarecesse.

— Ele mira em quem é mãe — anunciei. Esperava que todos já tivessem entendido, mas, quando percebi que não, expliquei melhor: — Ele não devorou Enrico, e muito menos Gilberto. Apesar de ter matado os dois, quem o Carente queria era a Julieta. Sugou as entranhas dela.

— Enrico, Gilberto e Julieta estão *mortos*? —Inês se horrorizou, finalmente entendendo o que Tia Célia havia tentado explicar.

— Solange também — eu disse, mas Inês não pareceu dar a mesma importância. — O monstro foi atrás dela em vez de...

— Em vez de mim — concluiu Luíza, concordando com a minha explicação. — Eu nunca fui mãe. E agora tenho menos motivos para ser!

Todos assimilaram a informação à medida que fui explicando e terminaram suspirando em concordância. Exceto Inês. Ela riu:

— Estão me dizendo que lá embaixo tem um monstro comedor de gente, que todos vocês estão seguros e eu sou a única em perigo? — ela bateu palmas. — Olha, meus parabéns! Sei que não sou a pessoa mais sociável do mundo, mas essa foi, de longe, a melhor tentativa de me tirar do quarto!

— Mas estamos dizendo para você *ficar* no quarto! — rebateu Tia Célia.

— Não necessariamente — Luíza discordou. — Talvez seja melhor sair.

— Você não é o único alvo — eu disse a Inês. — Eu também sou mãe.

— Ah — ela resmungou. — Tão nova?

Suspirei, pouco disposta a levar a conversa adiante.

— E tem mais — decidi desviar o assunto. — Ele devora apenas mães, mas também gosta de matar crianças.

Todos olharam para Eloísa, sentadinha a um canto, brincando com uma boneca.

— Perdeu a graça — disse Inês.

A fumaça continuava a entrar, então Tia Célia foi até o banheiro, voltou trazendo uma toalha encharcada e enfiou-a embaixo da porta de modo a tampar todo o vão. Em seguida, identificou uma goteira que pingava sobre o criado-mudo, então foi novamente ao banheiro e voltou trazendo uma lixeira lisa, que posicionou sob a goteira para fazer as vezes de balde e evitar que a água se espalhasse. Lá fora, o temporal persistia. Também persistia a vozinha triste atrás da porta:

— Você é a minha mãe?

— E se tentarmos matá-lo? — sugeriu Luíza.

Rafael lançou a ela um olhar reprovador.

— Que foi? — Luíza insistiu. — Valdomiro guarda as armas de tiro esportivo em algum lugar dessa casa.

— Você acha mesmo que essa coisa vai morrer pra tiro? — ele contestou.

— Mamãe... consegue me ouvir? — disse o Carente.

Todos pararam por um momento. O ímpeto de responder à falsa criança era muito forte, e tínhamos que lutar contra ela.

— Onde está Valdomiro? — perguntou Tia Célia.

Luíza e Rafael se entreolharam.

— Nos separamos no segundo andar — disse ela. — Pode estar vivo ou pode estar morto.

— Está vivo — Rafael corrigiu Luíza. — Eu entrei na casa pela janela do seu quarto. Consegui porque ele estava saindo com Marília e os filhos pelo mesmo lugar. Ali tem uma hera na parede que facilita para escalar.

— Ele fugiu? Covardão! — riu Luíza.

Mas Rafael discordou:

— Eu teria feito o mesmo.

— E onde está Edna? — perguntou Tia Célia.

— Escondida na cozinha — respondeu Rafael.

De repente, ouvimos gritos de Valdomiro na enorme área verde que cercava a casa:

— Rápido! Por aqui!

Luíza finalmente deu a volta em mim e chegou até a porta da sacada.

— Esse monstro é onisciente? Não, né? Vou abrir isso aqui, e ele nem vai ficar sabendo! — e abriu.

Primeiro veio o baque do vendaval. Invadiu o quarto com uma rajada violenta que fez brandir as cortinas, espalhou papéis e quase nos derrubou. Depois veio a frieza da chuva. Pingos cortantes adentraram o quarto carregados pelo vento e a água que estava empoçada na varanda se espalhou pelo carpete. Por último, o chiado de precipitação e o estrondear de trovões abafou as nossas vozes.

— Lá estão eles! — gritou Luíza, e eu só ouvi porque estava ao lado dela. Saímos para a varanda coberta.

Visível pela luz quente que emanava das janelas do primeiro piso, Valdomiro avançava pelo gramado rumo ao estacionamento onde estavam os quatro carros. Atrás dele iam Marília e Cauã de mãos dadas, seguidos por Valentina. Os três tentavam acompanhar o ritmo do pai. A tempestade dificultava o avanço, tanto pelo aguaceiro que caía de cima, quanto pelo acúmulo de água no solo, que formava um fluxo na direção contrária.

Valdomiro apertou o botão no controle remoto, mas não foi sua Hilux a piscar o farol, e sim a Land Rover de Rafael.

— Ele vai com o seu carro? — questionou Luíza.

Rafael debruçou no parapeito entre Luíza e eu para ver o que acontecia.

— Filho da puta. Sempre reclamando das nossas escolhas, mas ele sabe que o Land Cruiser tem mais potência. São 326 cavalos, enquanto a Hilux tem só 224. O Porsche tem bem mais do que isso, mas é rebaixado.

— E a minha minivan? — perguntou Luíza.

Rafael riu.

— Só 130 cavalos.

Tia Célia olhou para os quatro carros estacionados: um branco, um vermelho, um preto e um cinza pálido. Fez o sinal da cruz e berrou:

— São os quatro cavalos do apocalipse!

Quando disse isso, um novo relâmpago cruzou o céu nebuloso. O trovão que se seguiu retumbou na minha caixa torácica. Uivos de criaturas indistintas ressoaram de trás da cortina de névoa que cercava a mansão. Rafael e Luíza olhavam para os arredores, pressentindo o perigo. Tia Célia pôs-se a rezar. E Inês... Onde estava Inês mesmo? Todos os sons pareceram se calar ao mesmo tempo, e a maçaneta fez um som de clique.

— *Inês, não!* — berrou Rafael, atravessando o quarto num pulo.

Ele agarrou a esposa grávida ao mesmo instante em que a porta foi escancarada e o Carente se projetou para dentro com tentáculos serpenteantes. Rafael a ergueu do chão e a carregou à força, enquanto Inês se debatia e berrava coisas incompreensíveis.

— Pare! Me solta! Aaaaaahhhhhh!

Mas ele não queria ouvir, queria apenas fugir o mais depressa possível, salvar a esposa.

— *Eloísa!* — Inês berrou.

Rafael se virou para trás e descobriu por que o monstro ainda não os havia alcançado.

O Carente estava de pé, gigantesco, diante da pequena Eloísa sentada no chão. Ela chorava, mas seus gritos se confundiam com os sons da tempestade. Ele enrolava seus tentáculos ao redor dela lentamente, cada vez mais apertados.

— Eloísa! — Inês berrou de novo. — Precisamos voltar! — disse a Rafael.

— Ma-mãe! — chorou Eloísa.

Rafael olhou chocado para a filha, e congelou por um instante. Porém, mesmo com o espanto, não soltou a esposa. Seu rosto se contorceu de fúria e aflição, mas continuou a arrastar Inês para a varanda.

— Nossa filha já está morta, não vou perder você também.

A hera que recobria a parede externa da mansão alcançava a varanda do terceiro andar e servia de apoio para descer por ali. Embaixo da hera havia uma treliça de madeira, que tornava o suporte ainda mais firme. Sem pensar duas vezes, passei as pernas por cima do parapeito e iniciei a descida. Uma vez longe do telhado, a chuva açoitou minhas costas e fiquei encharcada. As roupas pesaram, exigindo que eu fizesse mais força com os braços, os sapatos molhados resvalavam nos pequenos espaços entre as ripas de madeira e eu não enxergava a um palmo de distância. Mesmo assim, retesei os músculos e me obriguei a descer com a maior ligeireza possível pela parede na escuridão. Minha vida dependia disso.

Lá em cima, Inês chorava sem controle enquanto Rafael a erguia por cima do parapeito.

— Agarre a treliça! — ele dizia. — Segure-se!

Ele a pendurou do lado de fora, segurando-a apenas por um dos braços.

— Agarre a treliça!

Um trovão retumbou no céu sem que fosse precedido por um relâmpago. De repente, um estranho barulho veio se aproximando de longe. Apenas entendi quando surgiu em meio à névoa: uma enxurrada gigantesca quebrava em ondas sobre si mesma, descendo o rio em forma de cabeça d'água. A torrente violenta invadia as margens secas e chocava-se contra as árvores, devastando tudo em seu caminho. Valdomiro tinha acabado de entrar na Land Rover. Ele fechou a porta e esperou pelo impacto. Marília, Valentina e Cauã estavam desprotegidos.

— *Agarra a treliça!*

O braço de Inês escorregou das mãos de Rafael e ela despencou três andares. Senti o vulto passando ao meu lado e tentei agarrá-la, mas eu não fui ágil nem forte o suficiente, e ela desabou gritando. Quando Inês atingiu o chão, uma voz masculina gritou lá embaixo junto com ela. Era Otávio. Ele aparou a queda dela, e os dois rolaram juntos pelo gramado. Estavam ambos feridos, mas vivos.

Ao mesmo tempo, a cabeça d'água atingiu os carros estacionados, acionando todos os alarmes e capotando o Porsche. Em seguida, atingiu Marília, Valentina e Cauã com tamanha violência, que os derrubou, os separou e os arrastou pelo terreno como se fossem bonecos de pano. Otávio agiu rápido. Pôs-se de pé, agarrou Inês e encostou-se com força contra a parede da casa pouco antes do afluxo de água estourar contra eles. Foi nessa hora que percebi: ele fazia tudo com os braços, não conseguia usar a mão direita.

A enchente ainda se esparramava pelo terreno quando Rafael foi arremessado para fora do meu campo de visão, e soube que a aberração se aproximava. Ainda agarrada na treliça, me encolhi e rezei. Por sua vez, o Carente vislumbrou o pandemônio em que nos encontrávamos e escolheu a vítima que lhe parecia mais apetitosa. Ele saltou uma distância monumental e aterrissou no meio do gramado coberto por um rio lamacento. No mesmo movimento, usou uma das patas de crustáceo para trespassar o peito de Cauã e pescá-lo em plena correnteza. O menino morreu de boca aberta, ao mesmo tempo afogado pela água e asfixiado pelo rombo nos pulmões.

A água invadiu a mansão e apagou parte do fogo lá dentro, tornando a noite menos iluminada. Por fim, o fluxo assentou, escorrendo para áreas mais baixas e deixando um rastro de destruição e lama. Foi então que vi Valentina caída diante do Carente. Ela tossiu, se apoiou nos cotovelos e encarou com horror a criatura hedionda de três metros de altura.

— Valentina! — no topo do terraço, Luíza chamou pela sobrinha. — Está tudo bem, só fique parada. Você não é mais criança e ainda não é mãe. É só não se mexer!

Enquanto isso, Marília se ergueu, um pouco mais afastada, e pôs-se a correr. Esperei que o Carente fosse atrás dela, ou que se virasse para Inês e para mim. Contudo, ele se aproximou lentamente de Valentina, estirada a seus pés. Enrolou um de seus muitos tentáculos em torno do braço dela. Ergueu-a no ar e admirou-a como quem devora uma iguaria com os olhos antes de prová-la com os dentes.

— Valentina...? — Luíza repetiu, sua mente custando a compreender o que acontecia. — O que você fez? E o seu... futuro? — A voz de Luíza ficou cada vez mais baixa e vacilante.

O Carente tocou o ventre dela com a ponta do ferrão, e Valentina gritou. Chutou-o. Tentou fastá-lo com a mão livre. Mas nada do que fizesse surtia qualquer efeito. O ferrão perfurou a pele. Penetrou a carne. Encontrou o útero e o ser que lá dentro se desenvolvia sem que ninguém soubesse. Sugou. Os órgãos de Valentina se espremeram e deformaram para passar pelo ferrão maldito, enquanto sangue pingava no solo lamacento e a cor desaparecia do rosto dela.

— Venha! — Otávio me chamou e terminei de descer a treliça até ele.

Usando apenas os braços, ele empurrou Inês e eu na direção da área gourmet. Marília estava caída longe de nós. Ela levantou a cabeça, viu o filho morto e a enteada morrendo e balbuciou algo impossível de escutar à distância. Valdomiro deu partida no carro e arrancou para longe, abandonando a esposa. Ela rastejou para trás, levantou-se e correu para a entrada da cozinha.

8

Otávio, Inês e eu entramos pela porta de vidro e nos deparamos com a sala completamente destruída. As cortinas estavam rasgadas. Os tapetes, queimados. Os sofás, ensopados. Havia lama e cacos de vidro por tudo, e a longa mesa que outrora comportava a família inteira estava com o tampo tombado, tendo perdido duas pernas para o incêndio.

E havia os corpos.

Julieta, Gilberto e Enrico estavam amontoados próximo à porta da adega sob a escada. Tentei não olhar para eles.

O fogo no térreo estava quase extinto, mas havia se espalhado para o andar de cima. Não podíamos subir, e não tínhamos ideia de quanto tempo a estrutura iria aguentar antes de vir abaixo. Procurei pelo telefone fixo, e o encontrei no ambiente de biblioteca, mas estava mudo. A única peça da sala que parecia ainda funcionar era o relógio de pêndulo, com seu tique-taque angustiante.

Passos vieram do segundo andar e, em meio à fumaça negra, surgiram Rafael, Luíza e Tia Célia. Cada qual estava enrolado em um lençol molhado, para proteger a pele do fogo e os pulmões da fumaça. A escada não estava mais pegando fogo, mas os degraus de madeira estavam enegrecidos e frágeis. Decidiram descer um por vez. Primeiro Luíza, para testar. A escada rangeu em alguns pontos, mas aguentou o peso dela. Ao chegar à sala, ela se livrou do lençol no qual estava enrolada e revelou que trazia uma pistola de tiro esportivo.

— Só achei essa — ela disse para Otávio. — Mas acho que você já tem uma arma.

Otávio segurava a mão direita, que estava extremamente inchada e começava a arroxear.

— Não consigo atirar. — Ele então esticou o quadril na minha direção. O revólver estava preso no cós da calça jeans. — Pegue. Rápido.

Obedeci. Puxei a arma da cintura dele como quem pega uma bomba prestes a explodir.

— Não me importa se você nunca atirou antes — ele disse. — É só apontar para o lado certo e espremer o gatilho. Tem quatro balas.

Tia Célia terminou de descer as escadas e se juntou a nós na sala. O último seria Rafael, o mais pesado. Ele carregava uma marreta retirada de alguma caixa de ferramentas. Enrolou uma toalha molhada na mão para que pudesse tocar o corrimão quente e desceu os degraus um a um. O primeiro e o segundo rangeram. O terceiro se partiu ao meio, fazendo com que pé, tornozelo e panturrilha desaparecessem para dentro da madeira. Tia Célia correu para ajudá-lo, apesar de que não havia muito que pudesse fazer, mas ao menos recebeu dele a marreta. Inês ainda estava em choque, incapaz de pensar ou agir.

— Vamos nos esconder no meu quarto — eu disse. — É pequeno, mas cabemos todos lá.

De repente, Marília surgiu pela porta da cozinha, espremendo-se para passar pela viga que bloqueava a passagem, agora não mais em chamas. Gritava incoerências. Luíza a chacoalhou pelos ombros.

— Recomponha-se! Precisamos sobreviver a isso!

— Está ali dentro... — disse Marília. — Na cozinha...

Com metade da perna presa em meio a restos de madeira, Rafael bradou:

— Na cozinha? A mãe está lá!

Luíza e Otávio largaram tudo o que estavam fazendo e correram para a cozinha. Eu os segui a certa distância, mas estaquei na porta ao ver que o Carente realmente estava lá dentro. Ele avançava lentamente na direção da senhorinha sentada em uma cadeira estofada, enquanto Dona Edna fazia o sinal da cruz.

— *Mãe!* — Luíza berrou ao invadir o local com a pistola em mãos e começou a disparar. Ela foi atirando e andando ao redor da criatura, tentando atraí-la. — Olha pra cá, monstrengo! Aqui!

Como se entendesse, o Carente virou a cabeça horrenda na direção de Luíza.

— Vem me pegar, seu merda! — Luíza insistiu.

O Carente se virou totalmente para ela. Brandiu um tentáculo para o lado displicentemente e destruiu um armário de temperos. Luíza deu mais três disparos. Enquanto isso, Otávio se esgueirou por trás da criatura, aproximando-se de Dona Edna. Porém, antes que alcançasse a mãe, o Carente chicoteou-o com o outro tentáculo. Otávio foi arremessado para o outro lado da cozinha, bateu a cabeça na quina de um móvel aéreo, caiu no chão e lá permaneceu inerte, com uma poça de sangue se formando ao redor.

Então a criatura enrolou o tentáculo na cintura de Dona Edna e suspendeu-a no ar. As costas da idosa estralaram e ela deu um grito baixo com sua voz rouca. Porém, em vez de penetrá-la com o ferrão e sugá-la no ato, a criatura arremessou-se sem aviso sobre Luíza. O enorme corpo feito de músculos aparentes e ensanguentados recaiu sobre ela, derrubando-a com o peso. Os espinhos fincaram-lhe as pernas, e os quatro olhos diabólicos a encararam com desdém.

— Você não é a minha mãe — disse, com vozinha infantil. Então tocou-a no ombro com uma pata pontiaguda. Pensei em atirar, mas eu estava petrificada de pavor. Apenas assisti quando, caída sob o peso do Carente, Luíza terminou de descarregar a pistola nele. Porém, mesmo à queima-roupa, os tiros não fizeram efeito algum. Até mesmo o ferimento que havia sido causado por Otávio em um dos muitos olhos não era mais visível.

O Carente atravessou a pele do ombro de Luíza com a pata, como se fosse um punhal. Ela gritou. Suspensa no ar, Dona Edna gritou também. O monstro então descreveu um grande talho na diagonal que nascia no ombro esquerdo, descia pelo peito e barriga e ia até o osso direito da bacia. Feito isso, enfiou os dedos compridos dentro do corte e abriu-o para os lados. Dona Edna vomitou sobre a filha. Luíza revirou os olhos, incapaz de olhar para si mesma. Então olhou para mim:

— A arma! — disse. — A arma!

Segurei o punho do revólver e mirei na criatura. Tentei manter a pontaria, mas era impossível. Minhas mãos tremiam violentamente. Tentei apertar o gatilho, mas descobri que era duro. Precisava de mais força. Mudei a posição das mãos para alcançar o gatilho com o dedo inteiro. Mirei. Disparei. O tiro acertou a geladeira.

Na sala atrás de mim, Rafael descia as escadas o mais rápido possível, mas os degraus continuavam quebrando sob seus pés. O corrimão também não suportou e se rompeu em estilhaços. Tia Célia gritava. Inês estava encolhida no chão, segurando o barrigão de grávida. Marília a amparava.

Ergui a arma novamente. Era pesada. Mirei. Disparei. Tive certeza de acertar, mas o Carente nem percebeu. Continuou brincando com o corpo de Luíza. Puxou o intestino para fora. Espalhou-o pelo piso da cozinha.

Mirei.

— *Não!* — gritou Luíza, babando sangue. — Não atire!

Abaixei o revólver.

— Jogue a arma pra mim — ela mandou. — Jogue aqui!

Coloquei a arma no chão e a chutei. Ela deslizou pelo piso girando, atravessou a cozinha e parou exatamente na mão de Luíza.

— Agora saia daqui! — Luíza gritou. — *Vá!*

O monstro continuava a estripá-la. Dei dois passos para trás, incerta quanto ao que fazer. Rafael terminou de descer as escadas e parou ao meu lado. Juntos, testemunhamos quando Luíza apontou o revólver para a cabeça de Dona Edna e apertou o gatilho. Acertou em cheio.

Rafael estremeceu e disse:

— Vamos!

Ele voltou para a sala e obrigou Inês a ficar de pé, mas a gestante deu um berro.

— Pare! Olhe para ela! — apontou Marília, e todos percebemos que o vestido de Inês estava empapado de sangue fresco da pélvis para baixo.

Impaciente, Rafael pegou a esposa no colo.

— Vamos entrar na adega! — ordenou Rafael.

— Não! — gritou Tia Célia.

— A escada está destruída — Marília apontou para os degraus quebrados e a confusão de madeira que havia se tornado o corrimão. — Ela é o teto da adega!

— Também pensei isso — Rafael carregou Inês pela sala e empurrou a porta da adega com o pé. — Mas estava errado.

— Não entre aí! — insistiu Tia Célia.

Ele não deu ouvidos e pôs-se a descer os degraus mal iluminados.

— *Rafael!* — Tia Célia soltou a marreta de lado e foi atrás dele, tentando segurá-lo pelo braço.

Um som de disparo na cozinha indicou que Luíza havia tirado a própria vida. Em breve o Carente viria atrás de nós. Marília e eu também nos enfiamos através da passagem pequena que descia. Fui a última, e me certifiquei de fechar bem a porta atrás de mim. A princípio, pensei ter entrado na escuridão total. Porém, logo meus olhos se acostumaram e percebi que uma vaga fonte de luz cálida vinha do subterrâneo, lançando uma penumbra nos degraus. Sobre nossas cabeças, o teto inclinado não era formado pela madeira da escada superior como eu supunha, mas constituído de pedra antiga e sólida. O cheiro do lugar, que pensei que seria de madeira antiga e uva, na verdade era rançoso a ponto de revirar meu estômago. Mas o mais estranho era o quão seco estavam os degraus e o próprio ar, considerando a inundação lá fora.

— O que diabos é isso? — Rafael berrou lá embaixo.

Marília desceu correndo e eu a segui.

Talvez o meu subconsciente tivesse previsto o que eu encontraria lá embaixo, parte devido às cenas testemunhadas nas últimas horas, parte pelo fedor repugnante que intoxicava o ar viciado. Parte por saber que dezesseis escravos de uma mesma família haviam sido queimados vivos naquele mesmo local amaldiçoado.

Porém, nada teria me preparado para o que viria a seguir.

A adega era uma câmara abafada e sem janelas, maior do que o esperado, com as paredes completamente revestidas de pedra e o teto formado por arcos centenários e simétricos. Mais tarde eu notaria as várias estantes com garrafas de vinho, whisky, conhaque e rum. Assim que desci, no entanto, tudo isso passou despercebido diante da pestilência insuportável e do cenário de carnificina.

No centro da câmara estava desenhado um quadrado que, por sua vez, era dividido com linhas horizontais e verticais, formando dezesseis quadrados internos, como uma tabela numérica. Em cada quadrado, havia um número de 1 a 16. Nenhum se repetia, e pareciam dispostos em ordem aleatória. Tanto a tabela quanto os números eram feitos de sangue e iluminados por centenas de velas negras que preenchiam o ambiente com seu cheiro de queimado e o calor das chamas do inferno. A um canto da sala estava o cadáver de um homem de meia idade que um suspiro de Marília identificou como Seu Gumercindo, o caseiro. Seus olhos estavam arregalados e mortos. Sua pele tinha não apenas a palidez da morte, mas o ressecamento de quem perdeu o rubor antes mesmo de morrer, posto que era dele o sangue usado nos traçados satânicos. Como se não fosse uma visão perturbadora o suficiente, ali também estavam os cinco fetos de cachorro. Sem pelos e inertes, quatro deles haviam sido posicionados nos ângulos do quadrado diabólico, enquanto o último estava içado logo acima, e seu sangue pingava sobre os números amiúde.

Inês vomitou no colo de Rafael. Ele a colocou no chão para que não se afogasse, e os espasmos continuaram a expelir o conteúdo do estômago. Marília também se contorceu de asco, mas se conteve. Ela então reparou em várias pedras espalhadas pelo chão. Recolheu uma e examinou os risquinhos traçados também com sangue. Era uma runa, igual à que Cauã havia encontrado mais cedo. Marília deu um soluço e deixou a pedra cair no chão, enquanto lágrimas de desespero escorriam por seu rosto. Por fim, percebi que a um canto da sala havia um saco de estopa. Não precisei abri-lo. Sabia que ali dentro encontraria um saco de lixo preto e, dentro deste, o corpinho de Cookie.

— Mas que inferno é esse? — disse Rafael.

— Quem fez tudo isso? — Marília parou ao lado dele, e ambos contemplaram o ritual profano estupefatos. — Claramente não foi o caseiro... — Ela então olhou para mim, com expressão acusadora. — De onde mesmo você veio?

Dei um passo para trás.

— Dona Marília, não fui eu... Eu juro... Eu jamais...

— Não foi ela — disse Rafael, observando os números escritos com sangue. — Eu reconheço esse 7 floreado e o 2 sinuoso. Sei de quem é a caligrafia.

Com expressão de quem sente o coração ser arrancado do peito, Rafael olhou para Tia Célia.

— Por quê? — perguntou ele. Os dois se olharam por um momento de assombro e resignação, até que ele argumentou em um debate inexistente: — Isso aqui é o parque de diversões do Diabo!

— Não do Diabo, meu querido... — disse Tia Célia — ...do filho dele.

Marília levou as mãos à boca escancarada.

— O quê?!

Quanto a mim, demorei a entender mais do que gosto de admitir. O assombro me tomou aos poucos, em uma verdade quase inconcebível:

— Dona Célia... você fez tudo isso? De propósito?

A idosa deu de ombros.

— Não era parte do plano que vocês entrassem aqui. Bastava esperarem na melhor suíte da casa enquanto tudo se resolvia. Mas, não... a buchuda tinha que abrir a porta!

Inês não entendeu que Tia Célia falava dela. Parou de vomitar, mas continuava ofegando. Sua mente estava em outro lugar.

Marília desatou a chorar. Tinha ódio, tristeza, indignação, repulsa, desespero, uma mistura de emoções avassaladoras. Lançou-se sobre Tia Célia, e ambas foram ao chão. Marília ficou por cima e desferiu uma sequência de socos desajeitados enquanto a idosa tentava se defender e berrava:

— Pare! Pare! Rafael, ajude a titia! *Aaaaaahhhhh!*

Mas Rafael não a socorreu, nem eu e muito menos Inês. Sem ninguém para impedi-la, Marília continuou a agredi-la, impelida pela cólera de uma mãe que perdeu o filho.

Enquanto ela batia e Tia Célia berrava, uma compreensão mais profunda se formou em minha mente. Deixei-me desmoronar no chão imundo, com lágrimas escorrendo. E, mesmo que aquela não fosse a minha família, partiu-me o coração concluir em voz alta:

— Ela queria matar todos os sobrinhos... exceto Rafael. Porque é de quem ela gosta mais.

Marília deu outro berro e golpeou ainda mais forte. Montada sobre a tia, esmurrava-lhe a cabeça, os braços e onde mais conseguisse alcançar.

— Rafael... querido... me ajude... — Tia Célia disse em uma golfada de sangue.

Rafael não conseguia acreditar:

— Mas por quê? Por que matar?

Marília berrava batendo. Tia Célia berrava apanhando. Inês nada dizia. Para mim, no entanto, era tudo tão óbvio:

— Por herança. Sua mãe estava morrendo, e sua tia queria que você herdasse tudo.

Marília parou de bater, tampou o rosto com as mãos e ficou apenas chorando. Inconsolável, seus ombros chacoalhavam para cima e para baixo, acompanhando a respiração agitada. Tia Célia continuou deitada, com a boca trucidada e os olhos começando a inchar.

— Eu só queria o seu bem... — choramingou ela.

— Você já ia me dar a sua herança! Todo mundo sabe disso — disse Rafael. — Eu não precisava de mais!

Tia Célia se calou e ficou chorando estirada no chão. Tentou falar algumas vezes, mas a respiração entrecortada impedia que articulasse as palavras. Levou um tempo até que soasse algo compreensível:

— Eu não tenho mais nada... Meu namorado levou tudo...

Apesar da surra, o motivo do choro não era dor. Era vergonha.

— Seu namorado da internet? — disse Rafael, exasperado. — E então a senhora decidiu matar a família inteira?!

Tia Célia soluçou ainda mais. Quando falou, sua voz saiu mais alto do que antes:

— Você deveria me agradecer... — e desatou a chorar novamente.

— Não faz sentido — Rafael disse sem um pingo de emoção na voz. Os eventos haviam drenado suas energias. — Como você fez tudo isso? Vendeu... vendeu a alma pro diabo? Por conta de uma herança? Que nem era pra você?

Tia Célia emitiu um grunhido estranho. Gorgolejou sangue. Então entendemos que ela estava rindo. Marília saiu de cima dela e se afastou, subitamente intimidada, e a tia continuou a rir, dobrando-se como se alguém tivesse contado uma piada.

— Não vendi a alma pro diabo por herança — ela se virou de lado e se apoiou nos braços para erguer o tronco do chão. — Querido, minhas habilidades são fruto de uma vida inteira de dedicação às artes místicas, metafísicas e matemáticas. Poucos têm a minha disciplina e tenacidade. Dei tudo para chegar onde cheguei. — Ela passou a mão no ventre. — Tudo o que possa imaginar.

Marília deu mais um soluço.

— O bebê que você perdeu quando era jovem... — ela disse.

— Não, minha querida — Tia Célia corrigiu. — O bebê que quando era jovem eu *ofereci.*

Um silêncio tomou a adega, pois ninguém soube como reagir. Tia Célia prosseguiu:

— Eram tempos difíceis. Seu pai queria largar da sua mãe e nos deixar na miséria, e eu não podia aceitar isso. No final das contas, foi a melhor coisa que fiz. Um pequeno sacrifício naquela época me abriu muitas portas ao longo das décadas...

Marília ia falar alguma coisa, mas sua intenção se perdeu, interrompida por um urro ensurdecedor que reverberou pelas paredes subterrâneas. Inês havia parado de vomitar e agora gritava, encolhida no chão segurando o ventre rotundo.

— Rafael! Rafael! É agora.

Rafael arregalou os olhos. Olhou para o sangue no chão, para as runas espalhadas, para o feto de cachorro morto pendendo de um gancho.

— *Agora*? Aqui?

Inês respondeu com mais um grito de dor que durou um minuto inteiro.

— As contrações estão aceleradas — ela disse quando a dor aliviou por um momento. — Rafael, você me jogou do terceiro andar! — e voltou a urrar com mais uma contração.

Rafael a carregou para o local menos emporcalhado da adega, longe dos corpos e da poça de vômito. Marília e eu procuramos por alguma almofada, pano, caixa ou qualquer coisa que servisse para dar algum conforto à parturiente, mas nada encontramos de útil. Rafael sentou-se no chão e ofereceu o colo à esposa. Inês se acomodou como pôde, sentindo dores inimagináveis. Então, todos ouvimos do outro lado da porta:

— Mamãe...? — a voz de Enrico.

— Mamãe, cadê você? — a voz de Cauã.

Por último, e ainda mais horrível:

— Mamãe, abi a póta! — a voz de Eloísa.

— Ai, meu Deus... — Inês choramingou antes que outra contração transformasse sua voz em um berro.

— Hi hi hi hi hi! — Tia Célia riu, toda ensanguentada, do lugar onde estava caída. — Hi hi hi hi! Há há há há há!

— Alguém por favor cala a boca dela! — Vociferou Rafael.

Marília segurava a mão de Inês, então sobrou para mim. Caminhei até Tia Célia, incerta quanto ao que faria com ela, mas a idosa parou de rir antes que eu tomasse alguma providência. Foi então que ouvi a voz do meu filho:

— Mamãe, por que foi embora? — perguntou ele, magoado, do outro lado da porta.

Congelei. Eu realmente o havia deixado, justo no Dia das Mães. Vasculhei os pensamentos tentando me lembrar porque havia feito isso, mas não encontrei uma justificativa. Eu era a pior mãe do mundo.

Olhei para a porta, no topo do lance de degraus estreitos e mal iluminados. Quis correr até lá, abraçar o meu filho, pedir um milhão de desculpas.

— Não... — falei para mim mesma. — Ele está muito longe daqui. Está com a avó. Está bem e não precisa de socorro. Ele não está aqui.

— Nada disso era para você, minha querida. — Tia Célia falou em voz baixa, para que apenas eu escutasse em meio aos gritos de Inês. — Que bom que seu filho está longe. Mesmo assim, é difícil de resistir, não é mesmo?

— Mamãe... me ajuda... — ele me chamava do outro lado. — Abre pra mim...

Soltei um grito ainda mais alto do que os de Inês e muito mais longo e estridente. Estava cansada de fazer o que mandam, de manter a compostura, de controlar as emoções e suportar toda calamidade com atitude de boa moça. Gritei até que os ouvidos zunissem e os pulmões ficassem sem ar. Então saí chutando tudo o que encontrava pelo caminho. Borrei números inscritos com sangue, embaralhei a posição das runas, desloquei corpos de animais, extingui a chama de velas e violei o palco daquele ritual profano de todas as formas que consegui imaginar na hora.

Quando terminei, Tia Célia sorria.

— Parabéns. Vai acabar com a tempestade lá fora. Contudo, quanto ao Carente...

— Mamãe... você está aí? — chamou a voz infantil.

— ...não será tão simples — Tia Célia concluiu.

— Mas o que é tudo isso? — exasperei-me, esfregando os números com a sola do sapato para borrar o sangue.

— É um quadrado diabólico, minha querida... uma maravilha matemática que a muitos intrigou ao longo dos séculos. Mistérios como esse agem como intermediários entre a nossa realidade e um lugar onde nossa lógica não se aplica.

— E isso? — chutei uma runa.

— Sigilos de eloquência. A linguagem de seres além da sua compreensão.

Olhei para os cadáveres, mas não tive coragem de perguntar. Mesmo assim, ela respondeu:

— Cinco cãezinhos, um para cada irmão. Aquele ali que só come é Gilberto. O que não para de latir é Valdomiro. O que morde é Otávio. A fêmea que rói chinelos é Luíza. E o principal, o único carinhoso que abana o rabinho — ela apontou para o que pendia da corrente do teto — esse é Rafael.

— Dona Célia, os cachorrinhos estão mortos. Eles nunca fizeram nada disso, porque não tiveram a chance de nascer.

— E aquele ali — ela ignorou meu apontamento e indicou o corpo de Seu Gumercindo — aquele é o pai do meu filho. Ninguém sabia, mas eu sim.

Engoli em seco.

— Seu filho também nunca nasceu.

Ela olhou fundo nos meus olhos.

— Mas o Carente sim. É nosso filho, trazido ao mundo pelo sangue de nós dois. Graças a ele, nenhum cachorro come, nem late, nem morde, nem rói. Restou apenas o carinhoso que abana o rabinho.

No lado oposto da adega, Rafael dava apoio à esposa que berrava. Sangue escorria das pernas dela e formava uma poça ao redor dos dois. Suor frio se misturava a lágrimas de pânico dos dois.

— Mamãe, abi a póta! — gritava Eloísa lá fora, tornando tudo ainda pior.

— Não parece estar indo bem — sussurrei para Tia Célia. — Faça algo para ajudar.

Tia Célia riu.

— Minha querida... para isso eu precisaria de um centro cirúrgico.

9

O PARTO FOI RÁPIDO E HORRÍVEL. QUANDO O BEBÊ MENINO emergiu para o ambiente fétido, já estava sem vida. Inês estava completamente pálida, enodoada do próprio sangue. Tocou a mãozinha minúscula com uma culpa que não lhe era devida. Não mais chorou nem berrou, apenas fechou os olhos e, com uma última lágrima amarga, deixou para sempre este mundo.

— *Não! Não, não!* — Rafael abraçou a esposa morta e ficou balançando para frente e para trás.

Marília apenas se deixou recostar na parede, esgotada.

— Que pena — disse Tia Célia em um sussurro. Porém, com o findar dos berros de Inês e o abrandar da tempestade lá fora, a adega havia mergulhado em um estranho silêncio, permitindo que todos ouvissem o que ela dizia. — Mas tudo bem, meu querido. Você ainda é jovem, poderá ter outros filhos.

Rafael deitou a esposa no chão frio, mas com cuidado para parecer que ela estava confortável. Ele se levantou, foi até uma das estantes de bebida e sacou uma garrafa de vinho. Segurando-a pelo gargalo, deu com força contra a própria estante. O vidro estilhaçou com estrépito, espirrando vinho para todos os lados e transformando a garrafa em uma arma cheia de extremidades pontiagudas e irregulares. Então pôs-se a caminhar lentamente na direção de Tia Célia.

— Minha esposa está morta. Minha filha está morta. Meu filho nem chegou a nascer.

— Desculpe, meu querido — balbuciou a idosa. — Não era para isso acontecer, me desculpe. Mas vamos corrigir isso. Vai dar tudo certo.

— Corrigir? — ele cuspiu a palavra. — Minha mãe está morta. Meus irmãos estão mortos. Minhas cunhadas, meus sobrinhos.

— Matar a titia não vai fazer o Carente ir embora — ela se defendeu. — Vamos resolver juntos essa situação. A tia está aqui com você, vamos superar juntos.

— Superar? — os lábios dele se contorceram em fúria e aflição quando parou no centro do quadrado diabólico, diante da tia estirada no chão.

Marília olhou para outro lado. Eu fiquei paralisada assistindo à cena. Tia Célia buscou se sentar sobre as pernas e ergueu as mãos na frente do rosto para se defender do sobrinho.

— Não tem como superar isso — disse Rafael.

Então, com um movimento rápido e preciso, cortou a própria garganta.

O corpo tombou para um lado e a garrafa quebrada para o outro, mas ambos permaneceram dentro da matriz numérica.

— *NÃO!* — Tia Célia berrou, e então rastejou até o sobrinho amado. — Não, não, não! Rafaelzinho... — ela acariciou a cabeleira loira dele. Beijou várias vezes sua testa. Chorou.

Do outro lado da porta, o Carente testava novas vozes infantis.

Sem que se esperasse, o relógio começou a badalar na sala. Uma. Duas. Três. Quatro. Cinco. Seis. Sete. Oito. Nove. Dez. Onze. Doze badaladas. A tarde inteira havia se passado em um piscar de olhos, e parte da noite também. Todos tinham os estômagos vazios, mas a adrenalina os distraía da fome. Marília se levantou, pegou uma garrafa de whisky, que era mais fácil de abrir do que vinho, removeu o lacre, abriu a tampa de rosca e ergueu acima da cabeça como quem propõe um brinde.

— Meia-noite — disse ela. — Feliz Dia das Mães.

Dizendo isso, entornou a garrafa na boca, bebendo mais do que seria aconselhável. Quando voltou a abaixar a garrafa, uma linha de whisky escorreu pelo canto de sua boca. A testa estava empapada de suor e as bochechas, de lágrimas. Tudo isso se misturava à maquiagem derretida, conferindo-lhe uma imagem digna de pena.

— Nunca gostei de comemorar os feriados com essa família — ela continuou. — As festas são sempre horríveis.

— Mamãe? — uma nova voz chamava.

Marília continuou:

— Mas, desta vez, conseguiram se superar.

Ignorei os resmungos da mulher que bebia. Abaixei-me de frente para Tia Célia e pedi:

— Mande o Carente embora.

Ela riu.

— Eu não o controlo. Apenas abri uma brecha entre o mundo dele e o nosso, e ele entrou. Agora, está livre para acessar qualquer local onde algum ser humano tenha permitido sua entrada.

— Então como saímos daqui?

— Não saímos. A verdade é que nunca deveríamos ter chegado à situação atual.

— Então o que fazemos?

— Nada — ela falou mais alto, impaciente. — Esperamos até que surja alguma ajuda. Escutamos enquanto a ajuda morre. Esperamos mais, até ele se cansar e sair. Sobreviveremos até lá bebendo vinho e devorando os cadáveres. Ou não sobreviveremos.

Marília entornou a garrafa mais uma vez. Eu me levantei, levando junto a garrafa quebrada de Rafael, agora manchada de sangue. Caminhei até um local de onde enxergava a portinha acima da escada, mas o mais afastado possível. Sentei-me ali, no chão, com as costas contra a parede, segurando a arma improvisada com força. Não estava pronta para desistir.

— Meu filho me espera.

Dizer isso foi um erro, pois imediatamente a voz do Carente se moldou para soar como a do meu menino.

— Mamãe, venha me buscar...

Procurei respirar fundo. O anseio por abrir a porta era avassalador, e precisei lutar contra mim mesma. Tive que repetir mil vezes que ele estava na avó, que estava bem.

— Não é meu filho — disse baixinho, e então gritei: — Essa voz não é real!

Por um momento, a voz se calou. Em seguida, voltou a chamar pela mãe, usando um timbre diferente.

Permanecemos onde estávamos pelo período que pareceu uma eternidade. Em algum momento, dominada pela exaustão, minha consciência me abandonou. Adormeci, ainda segurando o gargalo da garrafa, em meio à luz de velas negras e ao cheiro de podridão.

Foi um sono inquieto, frio e sem sonhos. Apenas mergulhei na imensidão do espaço negro e sem vida, onde nada havia para ver ou ouvir. Uma existência vazia, destituída de propósito, afeto ou esperança. Um alívio. Uma prisão.

De repente, um antigo relógio surgiu em uma distância infinita. O pêndulo ia de um lado a outro, enquanto o relógio ocupava cada vez mais do meu campo de visão à medida que se aproximava de mim. Ele ficou maior e maior, e eu pequena, até que cada ponteiro tomou proporções de uma rodovia e eu estava na rotatória do centro. Horas para um lado, minutos para outro e segundos passando rapidamente. Quando os três ponteiros se alinharam, soou um badalo ensurdecedor. Acordei com um sobressalto. O relógio da sala ressoava no mundo real.

Demorei a lembrar de onde eu estava. Sangue, velas, runas, corpos. Tia Célia ainda estava estirada no centro do quadrado diabólico com hematomas no rosto e no corpo devido à surra e abraçada ao corpo de Rafael. Marília não estava mais próxima à estante de bebidas. Olhei para todos os lados, buscando encontrá-la ao mesmo tempo em que voltava a me orientar. Ela estava no topo da escada estreita que levava para a saída, com a mão na maçaneta. Do outro lado, a voz de Cauã implorava:

— Mamãe, podemos ficar juntos?

Eu gritei:

— *Pare!*

Ela ficou imóvel e olhou para mim:

— Eu quero ficar com ele uma última vez.

— Mas não é seu filho! — eu disse.

Ela deu um soluço de choro. Respondeu:

— Eu sei.

E abriu a porta.

As dobradiças giraram lentamente, com o atrito propiciando um longo e angustiante rangido, até escancarar a porta. Do outro lado, a criatura hedionda esticava seus muitos braços, pernas, patas e tentáculos. Da ponta extrema do tentáculo principal cheio de pinças, pendia o arremedo de Cauã, com as mesmas roupas e o mesmo corpo, mas o rosto dilacerado e sem feições.

O Carente se espremeu para espreitar através da passagem estreita, esticando o corpo de criança para a penumbra da escada. Marília recebeu-o. Tomou Cauã nos braços e apertou-o com amor e desespero.

— Meu menino...

O falso Cauã estava besuntado do sangue da família inteira, além da substância vermelha de odor insuportável que a própria criatura transpirava. Assim, Marília ficou ainda mais suja. A criatura deleitou-se por um momento com qualquer que fosse a sensação de ter uma presa voluntária. Por fim, fincou o repulsivo ferrão no ventre de Marília e pôs-se a sugá-la da mesma forma que havia feito com as vítimas anteriores, enquanto ela continuava abraçada ao simulacro do filho.

A passagem era estreita e a criatura, enorme. Não havia como subir a escadinha e fugir pela porta. Sem alternativa, arrastei uma estante de bebida que ficava próxima à escada. Afastei-a da parede e me escondi atrás dela. Esperei. Sem gritos, badaladas, tiros ou som de chuva, a adega estava tomada pelo silêncio. Dessa forma, pude escutar as entranhas de Marília sendo chupadas pelo monstro. Na maior parte do tempo era um ruído líquido e borbulhante, ora ou outra intercalado com o som de algo sólido entalando e aos poucos desobstruindo o tubo.

Foi a espera mais angustiante da minha vida.

Uma vez saciado, o Carente largou o corpo de Marília, deixando que rolasse escada abaixo. Ela terminou estirada no piso imundo, com braços e pernas em posições atípicas, o pescoço dobrado, a pele acinzentada e o abdômen aberto em um rombo vazio.

Vendo aquilo, respirei fundo e não dei nem um pio.

Então passinhos leves desceram os degraus e eu me encolhi o máximo possível, perdendo ângulo de visão. Não vi quando passou por cima de Marília. Não vi quando escolheu a direção a seguir. Apenas o vi quando parou diante de Tia Célia. Para conseguir descer pela escada estreita, havia retomado a estatura de criança. Ao ver a idosa, contudo, transfigurou-se em um bebê mais novo. E mais novo. E mais novo. Tornou-se um recém-nascido incapaz de chamar pela mãe, mas nem por isso menos demandante de atenção. Chorava sem lágrimas.

Tia Célia sorriu.

— Muito bem, minha criança. Filho querido da mamãe e do papai — olhou de esguelha para o cadáver de Seu Gumercindo. — O resultado não foi o esperado, mas você se saiu bem. Agora, elimine a última testemunha. Mate a babá.

Meu coração deu um salto. Fiquei congelada de medo. Esperei um golpe fatal. Porém, o Carente não se moveu. Em vez disso, libertou seus muitos membros de dentro da cabeça infantil e reassumiu a forma mais monstruosa, mas continuou parado diante de Tia Célia.

— Atrás dela! — a idosa ordenou.

Mas o Carente permaneceu imóvel. Com os vários tentáculos, apalpou os ombros da idosa, as penas, os seios, o ventre.

— Eu não fui mãe! Solte-me! — ela lutou contra os tentáculos.

— Obedeça!

Enquanto isso, dei a volta na estante e alcancei o sopé da escada. Com as mãos asquerosas, o Carente rasgou-lhe parte do vestido, exibindo a barriga flácida de mulher idosa que já passou por gestação. Cheirou-a com a face sem nariz do falso recém-nascido. Emitiu um som esquisito: uma risada de escárnio. Tia Célia deixou caírem lágrimas amargas, e eu não soube dizer se era medo da morte ou vergonha do passado.

Não fiquei para ver o que aconteceu em seguida. Passei por cima de Marília e subi correndo os degraus, vez ou outra escorregando no sangue derramado, esperando que a qualquer instante um tentáculo fosse me alcançar. Uma vez no topo, cruzei a passagem, agarrei a maçaneta e fechei a porta atrás de mim. A última coisa que ouvi foi o grito de Tia Célia ao ser deixada sozinha com a aberração que ela mesma invocou.

Fiquei parada por um instante ofegando, encarando a porta fechada. O coração saltava e a mente estava a mil. Apesar da limitação do Carente diante de uma simples porta, desejei ter um obstáculo maior separando-o de mim. Pensando nisso, reforcei a porta com uma barricada feita de armários, sofás e tudo mais o que pude encontrar.

Ainda assim, parecia pouco.

O andar superior estralava em meio às chamas que se alastravam rumo ao último pavimento. O térreo já não queimava mais, após a inundação. Reparei que as colunas e vigas de madeira no térreo não eram apenas decorativas. Em vista da enorme sala cheia de ambientes interligados, elas eram de fato necessárias para sustentar a edificação.

Vasculhei a sala em busca da marreta que Rafael trouxera dos andares superiores. Encontrei-a caída em um canto qualquer, onde

Tia Célia a havia largado. Era pesada. Perfeita. Fui até uma das colunas, segurei a marreta às costas e, com um arco lateral, desferi um golpe certeiro.

Quando a cabeça de aço se chocou contra a coluna de madeira, o cabo da ferramenta reverberou e transferiu parte do impacto para meus braços. Mesmo assim, a pancada abriu uma cavidade na superfície já enfraquecida pelo fogo, soltando lascas por toda parte. Golpeei de novo e de novo, até que a madeira se despedaçou. Corri até a próxima coluna para continuar a tarefa de demolição, e descobri que não estava mais sozinha. Otávio estava de pé atrás da viga caída na porta da cozinha. Tinha a testa ensanguentada, o olhar vagamente perdido e imensamente atormentado.

— Minha mãe morreu — ele disse. — Minha irmã também. Sobrou alguém?

Mordi de leve meus lábios para umedecê-los, incerta quanto ao que dizer.

— Tia Célia está na adega com o Carente. Ela foi a responsável por tudo isso.

Ele encarou a porta da adega. Olhou para a marreta nas minhas mãos. Olhou para o fogo.

— Continue o que estava fazendo — disse.

Destruí outras quatro colunas, e a casa inteira passou a balançar e ranger. Os músculos dos braços já desobedeciam, quando Otávio providenciou tochas feitas a partir das pernas da mesa e de restos secos de cortina. Larguei a marreta e o ajudei a atear fogo em tudo o que fosse inflamável e não estivesse molhado. Os varões das cortinas. Os papéis de parede. As obras de arte. Lenços guardados em armários aéreos. Ao final, tossíamos com a fumaça.

Saímos pela porta da frente. A tempestade havia se dissipado com a mesma rapidez com que surgira. A neblina agourenta também havia sumido. O sol nasceria em breve e já havia certa luminosidade no céu, então tínhamos ampla visão do gramado ao redor, do bosque que o cercava, do riacho próximo, da estrada que levava para longe. Dali, avistamos a Land Rover vermelha. Estava batida contra o portão, com um enorme pinheiro caído sobre o teto, amassando-o. Dentro dela, Valdomiro estava imóvel, a cabeça esmigalhada.

— Ele se comportava como se fosse o mais corajoso. No fim, fazia aquilo tudo para esconder que era o mais covarde — disse Otávio.

Antes que nos afastássemos da casa, ouvimos, pela última vez:

— Mamãe? Mamãe, onde você está?

Corremos para longe e, como se estivesse apenas nos esperando partir, a construção cedeu sob o próprio peso e a mansão veio abaixo, espalhando escombros, levantando poeira.

Sepultando o Carente.

10

Otávio e eu tentamos ligar os carros, mas nenhum motor funcionava, e a moto dele havia sido arrastada pela enchente, não se sabia para onde. Eu não ficaria nem mais um instante naquela estância maldita, então o jeito era partir a pé.

— Tome — ele me disse, puxando a carteira que trazia no bolso. Como a mão destra estava ferida, segurou o objeto com o cotovelo contra o corpo enquanto a vasculhava com a mão canhota. Sacou um maço de notas de cinquenta reais. — Pegue. Você vai precisar para voltar pra casa. Terá que caminhar até o povoado mais próximo, já que hoje é domingo e não tem ônibus escolar. Mas de lá você consegue uma van.

Hesitei.

— Como sabe que eu vim de escolar?

Ele deu de ombros.

— É o que a Carminha fazia. — Então pensou por um momento e completou: — Ainda bem que ela não está aqui.

Assenti. Aceitei o dinheiro.

— Você não vem? — perguntei.

Ele se virou para a casa e suspirou.

— Minha esposa e meu filho estão mortos. Minha vida acabou. Só vim para cá porque tinha esperança de proteger o resto da família, e mesmo isso foi em vão. Ao menos pude ajudar você. — Ele suspirou mais uma vez. — A polícia deve vir. Vou esperar aqui. Quem sabe ao menos consiga convencê-los a não revirar os escombros.

— Eles vão te prender — insisti.

— Sim, vão. Mas já aceitei isso. Eles vão me prender aqui, ou em casa, ou em qualquer outro lugar aonde eu vá. Uma maldição caiu sobre mim e não tenho escapatória. Mas você ainda consegue se safar.

— Vou ficar aqui com você — eu disse. — Vamos contar a verdade para os policiais.

Otávio deu um sorriso sarcástico.

— Pensa que já não tentei antes? Dois deles riram da minha cara. Me chamaram de lunático. O terceiro acreditou em cada palavra. Mas saber de tudo foi demais para ele... estourou os próprios miolos. E as acusações contra mim se acumulam. Vá embora, Dani. Não quero que passe pelo mesmo que eu. Ainda há esperança para você. Volte para seu filho.

Eu o abracei. Ele abraçou de volta. Entre nós, a tristeza, o medo e a culpa compartilhados pelos sobreviventes de uma tragédia. A dor do adeus entre duas pessoas que, nas circunstâncias vividas, preferiam nunca ter se conhecido.

Atravessei o portão por uma fresta aberta pelo carro acidentado contra a grade, e caminhei de volta pela estrada de terra. No início, o solo estava enlameado. Entretanto, à medida que me distanciei, tornou-se seco. Ora ou outra, o vento levantava poeira, que vinha se grudar no meu uniforme cheio de sangue, chuva e cinzas. Fiquei ainda mais imunda, mas pelo menos a poeira encobria sujeira pior. Pedi carona, mas os poucos carros que passaram se recusaram a parar. Prossegui a pé. Quando quase chegava à aldeia mais próxima, uma viatura passou na direção contrária ligeira e com a sirene ligada, e me perguntei se iam no encalço de Otávio. Segui meu caminho. Ele seguiria o dele, para onde quer que fosse.

Tia Célia via Rafael como um filho. Porém, ela não era uma mãe. Nem de Rafael, nem de ninguém. Se fosse, saberia o que é sentir um amor tão intenso a ponto de se sacrificar diariamente, sem pensar duas vezes. Mas fez o oposto: sacrificou todos os outros em benefício próprio, inclusive o próprio filho. No fim das contas, ela era igual ao Carente: sempre em busca de um amor que era incapaz de sentir. Ambos eram monstros.

Para sempre eu tentaria esquecer aquele Dia das Mães maldito. Fingiria que nunca aconteceu, que não foi mais do que um pesadelo. Jamais responderia qualquer pergunta a respeito. Jamais retornaria ao local.

Porém, era impossível apagar as memórias. E a presença do Carente para sempre me atormentaria.

— Mamãe, por favor... — meu menino continuava a chorar. — Por favor, abre a porta...

Tampei os ouvidos com força e apertei os olhos bem fechados. Não queria ver nem ouvir. Não queria pensar nem sentir.

— Não é o meu filho — dizia para mim mesma. — Não é o meu filho. Não é ele. A voz não é real.

Ele chorava lá fora e eu chorava aqui dentro. Sentia medo, culpa, ódio, aflição.

Foi então que minha mãe surgiu ao meu lado.

— O que está acontecendo aqui? — disse ela, então agarrou a maçaneta e a abriu.

Um grito de horror ficou preso na garganta. Pensei que morreria. Porém, através do vão aberto, passou apenas meu menino. Franzino, assustado, inofensivo. Nada além do sangue do meu sangue.

Correu na minha direção e me abraçou. Aninhou-se em meu colo.

— Mamãe... por que não abriu para mim?

Pus-me a niná-lo nos braços como se fosse um bebê.

— Eu te amo, meu querido... Mas a mamãe tem muito medo. A mamãe nunca mais será a mesma.

Em algum lugar no subsolo da antiga mansão, onde havia morrido dezesseis familiares em tempos remotos e dezesseis familiares em tempos recentes, o Carente esperava que alguém o libertasse. Porém, não precisaria ser liberto nem invocado por um ritual, pois me acompanharia para sempre. Estava na voz do meu filho. Estava dentro de mim.

Eu jamais voltaria a abrir a porta.

Não depois de tudo o que aconteceu.

PhOTOPhObia

Tato | Vocal

Pijama | Guitarra solo

Bruno | Guitarra base

Vítor | Baixo

Caverna | Bateria

O LONGO CAMINHO DE VOLTA

(Soundgarden, Beck, Weezer, Archers of Loaf, Blur)

Ele manteve a cabeça baixa e a cara enfiada no celular, mas conseguia sentir os olhares. O importante, nessas horas, era permanecer natural. Ficar taciturno demais, circunspecto, como se o mundo fosse algo que ele tivesse que suportar, intimidava e rendia fama de antipático. Por outro lado, se ele erguesse os olhos, reconhecesse que estava sendo observado e sorrisse de volta, qualquer situação virava sessão de autógrafos. As pessoas enxameavam, pediam para tirar fotos. Se sorrisse uma vez, tinha que sorrir sempre, até estar fora de vista.

Mesmo na sala de espera de um hospital.

— Senhor Falkenberg?

Ele demorou um segundo para encontrar os olhos da médica no corredor à frente. Levantou da cadeira e guardou o celular no bolso. Um rapaz que não devia ter mais de vinte anos tirou uma foto furtiva, ele fingiu não notar. Ajeitou a jaqueta, andou até a doutora e apertou sua mão. Os olhares o seguiram. Então o que ele sabia que viria em seguida — os sussurros. Comentários em voz baixa das pessoas umas para as outras, admiradas de que era mesmo ele.

A médica pediu que a acompanhasse até o consultório, onde poderiam conversar. Ele reconheceu a hesitação na voz dela ao pronunciar "Falkenberg". Pouca gente usava seu sobrenome inteiro, o tratamento formal soava estranho para quem estava acostumado a ouvir e ler só o apelido.

— "Senhor Falkenberg" não, por favor — ele deu um riso curto e abafou um bocejo. — Pode me chamar de Tato.

Isso tirou a médica do constrangimento, como ele sabia que aconteceria. Aquele era um diálogo ensaiado e repetido muitas vezes ao longo dos anos.

— Obrigada... Tato — enquanto abria a porta do consultório e puxava uma cadeira para ele. — É que a gente ouve tanto o seu nome que não sabe como...

— Eu sei. Relaxa.

Ambos sentaram em lados opostos de uma mesa. A doutora ficou mais confortável naquela posição de autoridade.

— E então? — Tato perguntou. — Como ela está?

A médica era também uma performer, a seu próprio modo. A expressão que adotou era tão estudada quanto as caras que Tato fazia para as fotos de divulgação. Um ar sério, solene, mas também cálido. A combinação certa para mostrar ao familiar de um paciente que estavam fazendo tudo que era possível, mas também para não lhe dar falsas esperanças. A expressão no rosto de uma pessoa dizia tudo.

— Fizemos todos os exames — a médica começou. — Ela entrou aqui com queixas de dores abdominais...

— Eu sei quais foram as queixas e vou presumir que vocês fizeram todos os exames — Tato cortou. — Me desculpa, doutora, mas eu ainda estou no fuso de Londres e não durmo direito há não sei quanto tempo. Me fala o prognóstico.

Outra expressão estudada — essa de companheirismo e coragem, como se planejasse com um aliado que, junto a ela, enfrentaria uma guerra.

— Bem, senhor Falkenberg... *Tato* — a médica ainda se atrapalhou um pouco. — Vou ser o mais direta possível então. O prognóstico não é nada bom. Pegamos a doença já em estágio avançado. Se ela tivesse procurado ajuda antes, ou mesmo se fizesse check-ups anuais, teríamos detectado prematuramente, então haveria diversos cursos de tratamento. Infelizmente, da maneira como se procedeu, nossas opções são muito limitadas.

Tato assentiu com a cabeça.

— Ela devia estar convivendo com a dor há pelo menos um ano — num tom confuso e quase acusatório. — Eu tomei a liberdade de discutir o caso com o administrador do hospital. O staff checou com o plano de saúde e confirmou que ela vinha recebendo os lembretes do check-up anual normalmente. Considerando que é uma pessoa idosa, tentaram entrar em contato com ela pela linha telefônica fixa, mas...

— Mas ela é difícil. Eu sei.

A expressão da médica então se tornou honesta. Um meio suspiro compartilhado de quem está acompanhando uma luta inglória.

— E eu sei o que o pessoal do hospital deve ter comentado antes de eu chegar — Tato seguiu. — Por que ela está aqui em Porto Alegre, e não em Londres com o filho? Por que estava morando sozinha? Por que naquele apartamento e não numa casa mais espaçosa? Eu já ouvi todas essas perguntas, quando as pessoas têm coragem de falar na minha cara. E a resposta é sempre a mesma.

— Porque ela é difícil — a médica completou.

— Bem difícil.

Sua mãe era difícil.

Uma frase que continha em si uma infância de rancor instável, uma juventude de culpa, uma vida tentando que ela permitisse diminuir um pouco seu próprio sofrimento. Uma frase que significava avisos de supostas emergências meia hora antes de cada show importante. Silêncio por semanas, sem ler ou responder mensagens, cada dia gerando mais desespero, como revide por alguma ofensa imaginária. Recusas de visitar o filho, não comparecimento a voos internacionais na última hora, com as passagens compradas e os hotéis reservados. Indignação ante a mera sugestão de que ela ficasse hospedada na casa deles, sob o mesmo teto que a nora.

Uma frase que continha em si pelo menos duas tentativas de cancelar o plano de saúde que Tato pagava para ela, e que garantia um quarto privativo no melhor hospital da cidade. Brigas aos berros com três enfermeiras particulares e duas cuidadoras. Empréstimo no banco ao mesmo tempo em que recusava o dinheiro depositado todos os meses pelo filho.

Difícil.

— Será que ela ainda sai daqui? — Tato foi direto. — Ou...

— É muito difícil determinar esse tipo de coisa — a médica pareceu aliviada por voltar a um assunto técnico. — Não existe precisão na expectativa de vida, como a gente vê em séries e filmes. Muitas vezes, parece que um paciente não vai resistir, mas apresenta uma recuperação e ainda mantém qualidade de vida por anos, ou pelo menos meses, semanas...

— Mas parece ser questão de dias, certo?

A médica assentiu.

— A esta altura, existe algo que vocês possam fazer?

— Podemos diminuir a dor e oferecer a ela o maior conforto e dignidade possíveis.

Eles então conversaram sobre qual seria o procedimento a partir dali. A doutora explicou toda a ciência por trás do que acontecia no interior do corpo de sua mãe, e Tato ouviu com atenção. Viu os exames de imagem, mesmo sem entender nada, e fez muitas perguntas. Obteve uma compreensão robusta sobre como e por que sua mãe estava morrendo.

— Você quer vê-la? — a médica finalizou, como o último acorde que resolve uma melodia.

— Claro.

Os dois se ergueram, então ela hesitou de novo.

— Senhor Falkenberg... Tato... — uma mudança sutil em seu rosto derrubou todos os anos de experiência profissional, todo o conhecimento científico, revelando a pessoa por trás. — Evidentemente, tratamos todos os pacientes com igual respeito e cuidado. Mas, quando entendi quem era o "Renato Falkenberg" com quem eu estava me comunicando pelo celular, confesso que fiquei especialmente investida no bem-estar de sua mãe. Sua música foi muito importante para mim no início da faculdade. A medicina exige muito de nós, mas eu conseguia extravasar toda a tensão, todo o estresse, ouvindo o primeiro CD da sua banda.

— Obrigado — apertou a mão da médica de novo.

— Não, Tato. Obrigada a você. Pode ter certeza de que sua mãe terá o melhor tratamento à nossa disposição.

Ele foi conduzido pelos corredores, até o quarto onde ela repousava e aguardava a morte. A cada passo, sentiu-se voltando à vida antiga. À sua identidade secreta.

Nos discos, nos shows, na convivência com a banda, em casa com a esposa, em quase todos os momentos ele era Tato Falk. Vocalista da Photophobia, disco de platina mais de vinte anos atrás, compositor de músicas como *Depois de Nós*, *Erva Daninha* e *Praça da Matriz*. Tato Falk, que foi entrevistado pela *Rolling Stone* americana em 2004 e tocou ao lado de Chris Cornell em 2010. Tato Falk, que ouviu mais de cem mil pessoas gritarem as palavras que ele escreveu durante a adolescência.

Ele era Renato Falkenberg no passaporte, na carteira de identidade, na apólice de seguro, na passagem de avião, no contrato de compra do apartamento em Londres. Na vida real, era Tato Falk.

Mas ele era mais alguém em segredo. Assumiu essa identidade envergonhada assim que abriu a porta do quarto.

— Nanato? É você?

Ninguém, nem mesmo sua esposa, jamais conseguira entender por que um mero apelido de infância era uma tonelada de cimento sobre ele. Uma das poucas brigas feias na história da banda fora quando eles insistiam em chamá-lo de Nanato dentro do ônibus, numa turnê que durou meses.

Tato se se sentiu menor, e ficou menor porque se curvou sem sentir. Olhou para o chão e viu seus coturnos, de repente se achando ridículo por não usar sapatênis e calça social. Enfiou as mãos nos bolsos e andou até a cama como um peregrino.

— Oi, mãe. Como a senhora está?

As pessoas diziam que era assustador ver parentes mais velhos num leito de hospital, porque eles pareciam pequenos. Frágeis. Ocos, quebradiços. Não foi a impressão de Tato.

Sua mãe era gigantesca sobre a cama. O corpo magro e duro, de uma vida sem apetite e sem prazer na comida, não impedia que ela ocupasse cada espaço. Espalhava-se sob os lençóis, estava presente em cada centímetro do quarto, do hospital. Seus olhos entreabertos, a cabeça apoiada em dois travesseiros na posição quase sentada, vigiavam cada canto, encontravam cada sujeira escondida, descobriam cada segredo. As mãos enrugadas, aparelhos de monitoramento presos nas pontas dos dedos, eram capazes de segurá-lo pelos ombros, erguê-lo, balançá-lo como um boneco de pano.

Era sua mãe.

— *Como eu estou?* — ela fez um esgar de nojo.

E então despejou a enxurrada:

— O que você acha, Nanato? Estou mal. Estou muito mal. Estou sozinha, abandonada naquele apartamento mofado. Passando dor sem ninguém dar bola, me arriscando a ser atropelada todo dia pra ir no supermercado sem ninguém pra me ajudar. Subindo em escada pra trocar lâmpada, na minha idade, porque não tem ninguém pra fazer isso por mim. E agora nesse hospital, onde me fazem comer lavagem e as enfermeiras ficam me chamando de querida. É isso que me sobrou, Nanato? Trabalhei a vida inteira, me doei aos outros, nunca pensei em mim mesma, só pra ser esquecida num moquifo caindo aos pedaços e agora arrastada pra esse hospital onde me tratam que nem criança? Eu estou morrendo, Nanato. Morrendo esquecida, jogada às traças, agora que não sou mais útil pra ninguém. Já estou praticamente morta, pode me enterrar.

Ele aguentou a artilharia pesada, concentrando-se na própria respiração. Lembrou a si mesmo mais uma vez que aquela era uma senhora idosa, doente em estado terminal, e ele era um homem forte, ainda relativamente jovem, com saúde e todos os privilégios da fama e do dinheiro. A reação normal àquelas palavras seria pena. Era a mesma coisa que uma criança de cinco anos gritando que odiava um adulto. A reação madura seria um pouco de condescendência, talvez até um pouco de humor.

Mas ele não sentia nada disso.

Mesmo com todos os anos de terapia, com a vida incrível que tinha lá fora, com a família que encontrara nos amigos e na esposa, ali ele era incapaz de ser objetivo. Cada palavra acertou num alvo muito específico, que ela conhecia porque tinha pintado os círculos concêntricos em sua mente desde que o pegara no colo pela primeira vez. Sempre na mosca. Sempre onde mais doía.

Ele curvou ainda mais as costas, encolheu os ombros, na tentativa inconsciente de ser menor. Ser menos ele, menos Tato Falk.

Ser mais Nanato.

— E é isso que precisa pra você vir visitar a sua mãe, não é, Nanato? Eu preciso *morrer* pra merecer uma visita. Que sorte que a minha doença coincidiu com o seu *grande show* — usou o tom de deboche que ele conhecia bem. — Se não fosse por isso, eu ia morrer sozinha, do mesmo jeito que eu vivo. Você ia vir pro funeral? Ou ia só pagar alguém pra arranjar tudo?

— Mãe, eu não vim só para o show — ele conseguiu falar, estonteado e aproveitando um respiro dela. — Cheguei antes do resto da banda, antes da Olívia...

— Ah, então você acha que *esse* é o problema em tudo que você fez? Tudo bem me abandonar, tudo bem ir contra tudo que eu te ensinei, tudo bem jogar a sua vida fora e me fazer sofrer de desgosto, desde que você chegue a tempo de me ver morrer? É isso?

Ele conhecia aquela armadilha, mas não conseguia evitar. Ela reclamava de um emaranhado de coisas antes que ele pudesse responder. Então o que quer que respondesse primeiro nunca seria suficiente, pois ele estaria ignorando todas as outras reclamações. A única saída era ir embora e deixá-la falando sozinha. Mas isso era a deixa para outra arma no arsenal da mãe: o choro alto.

Ela era capaz de chorar aos berros, por tempo indeterminado, num volume que seria ouvido pelos vizinhos — ou pelo staff do hospital. Então ele seria o filho que ignora a mãe se debulhando em lágrimas.

— Mãe — ele balançou a cabeça — por que a senhora não quis fazer os check-ups anuais?

— Fala em português comigo, Nanato. Você sabe que eu não sei essas línguas estrangeiras. Sou ignorante demais pra falar com o meu próprio filho, é isso?

— Mãe — um suspiro — por que a senhora não quis fazer os exames gerais anuais?

Ela ficou um segundo em silêncio. Deu o famoso meio sorriso cínico. Assentiu com a cabeça para si mesma.

— *Eu* sou culpada pela doença?

— Mãe, não foi isso...

— Assim como sou culpada por tudo.

E o próximo golpe também foi certeiro: ela começou a chorar.

— Me desculpa, Nanato! Me desculpa! Pode ir embora, eu sei que você tá ocupado. Pode ir pro seu ensaio, pro seu show, sei lá o que é. Eu vou aguentar, eu sempre aguento, me desculpa te fazer passar por isso.

— Mãe...

— *Me desculpa, Nanato, por favor!* — abrindo os braços, chamando-o para perto com os dedos.

E é claro que ele se abaixou e a abraçou. Qual filho recusaria um abraço da mãe aos prantos no leito de morte? As lágrimas escorreram pelo couro da jaqueta e foram encharcar um pedacinho dos lençóis. Ela estremecia em soluços.

Ele podia ficar só calado, ouvindo, mas as exigências de que ele a desculpasse foram se amontoando, até que ele cedeu. Tato disse que não era culpa dela.

Então só podia ser dele.

— Sabe, Nanato, só existem dois tipos de pessoas no mundo — ela fungou. — Gente como o seu pai e gente como eu. Gente que abandona e gente que é abandonada.

Ela se desgrudou dele. Estava sorrindo. Não mais o sorriso cínico, mas o sorriso meigo de quem está falando com alguém muito ingênuo, ou muito ignorante.

— Mas você é os dois, Nanato. Você me abandonou, que nem o seu pai fez. Mas você também vai ser eu. Você vai ser abandonado por aqueles seus amigos vagabundos, que só querem te usar. Você dá toda sua atenção pra eles, que nem eu dei pro seu pai. Um dia, quando você não for mais útil, eles vão te largar. Tomara que eu não morra antes de eles irem embora, Nanato. Assim a gente pode sofrer juntos.

— Os meus amigos não vão me abandonar, mãe. Nem a Olívia.

Ela sorriu de novo, com pena dele. Estendeu a mão e afagou seu rosto.

— E eu não abandonei a senhora.

— Se você não me abandonou, então me ouve, Nanato. Ouve a sua mãe pelo menos uma vez na vida. Aproveita que você tá em casa de novo, liga pros seus amigos vagabundos e diz que você vai sair do conjunto musical. Vem morar no nosso apartamento, onde é o seu lugar. Eu posso te ajudar a finalmente decidir o que você quer da vida. Então você pode conhecer uma mulher decente, arranjar um emprego.

— Mãe, eu e a Olívia... — nem conseguiu completar a frase. — Mãe, já faz vinte e cinco anos que a banda...

— Começa a trabalhar antes de eu morrer. Dá pelo menos essa alegria pra sua mãe.

Ela era enorme. Ocupava todo o hospital. Ocupava todo o mundo.

— Mãe, é o dinheiro da banda que paga pelo seu plano de saúde.

— Dinheiro não é a única coisa que importa, Nanato. Chega de brincar. É hora de você virar adulto.

O que mais assustava ele, mais até do que ladrão, doença contagiosa, traficante ou pobreza, era trabalho em grupo.

A mãe de Renato sempre dizia que à noite um ladrão podia entrar em casa, até pela janela do quarto dele. E muitos não se contentavam em roubar — matavam se achassem que podiam ser reconhecidos por suas vítimas. Então, sempre que ouvia um barulho à noite, Renato fechava os olhos com força, para que o ladrão não achasse que tinha sido visto e poupasse sua vida.

A mãe também dizia que doenças mortais estavam por toda parte. Só de encostar em alguém podia-se pegar uma peste incurável, não importava que os médicos dissessem que só era transmitida pelo sangue. Meninas que beijavam vários meninos provavelmente já estavam infectadas, assim como qualquer um que tivesse um estilo de vida que ela considerasse "degenerado".

Ela também falava muito sobre a figura do traficante de porta de escola, que podia ser qualquer um: o pipoqueiro, o tio que vendia balas, a moça que fazia lanche. Eles escondiam drogas na pipoca, nos doces, no refrigerante, no sanduíche. Mesmo que a embalagem parecesse estar intacta, os criminosos disfarçados possuíam técnicas para enganar crianças inocentes. E se Renato consumisse uma só bala, uma só pipoca contaminada com droga, ficaria viciado e estaria à mercê dos traficantes para sempre.

Uma derrocada rápida para a miséria abjeta também era um perigo muito real, segundo sua mãe. Todos os meses ela recebia o contracheque e explicava a Renato que não sabia como iria fazer para comprar comida para os dois até o próximo pagamento. Talvez fosse aquele o mês em que ele seria tirado do colégio, ou o mês em que ela atrasaria a prestação do apartamento e eles teriam que morar na rua. Todos os meses chegavam eletrodomésticos e bugigangas anunciadas em comerciais de TV, que ela comprava por telefone. Mesmo assim, de alguma forma estavam sempre à beira da mendicância.

Mas trabalho em grupo era pior. Porque, enquanto nenhum daqueles riscos jamais se concretizara, trabalho em grupo acontecia sempre.

Quando a professora de Ciências anunciou que eles deviam formar grupos, Renato sentiu o estômago embrulhar. Enquanto os colegas viravam uns para os outros e se escolhiam numa gritaria de alianças mútuas, ele dardejava os olhos, tentando descobrir com quem tinha menos medo de falar.

As meninas não intimidavam fisicamente, mas apresentavam todo um conjunto de mistérios que ele não sabia navegar. A mãe era categórica ao dizer que, hoje em dia, eram todas umas sem-vergonhas que só queriam engravidar o mais rápido possível para dar o golpe do baú em alguém. Mas também era rápida em dizer que Renato não precisava se preocupar com isso, porque as meninas não iriam se interessar por ele.

Os meninos, por sua vez, eram mais familiares, mas Renato achava estar em constante competição com eles, e sempre perdendo. Não sabia pelo que estava competindo, mas sempre havia alguém melhor, então ele preferia ficar invisível. Além disso, a mãe sempre recomendava cautela. Muitos desses meninos eram bandidos e marginais. Se ele se aproximasse do garoto errado, se falasse a coisa errada, poderia levar uma surra — e com certeza seria incapaz de se defender.

Ele pesou as opções, tremendo sem notar, até que toda a classe já estava dividida, os grupos reunidos com as carteiras empurradas umas contra as outras.

A professora olhou em sua direção.

— Alguém ficou sem grupo?

A pergunta era para ele, mas formulada de um jeito que preservasse sua dignidade. Sempre sem grupo, sempre resgatado. Renato levantou a mão.

Ela avaliou o tamanho dos grupos e encontrou um que tinha um membro a menos.

— Renato, você fica com os meninos ali.

Ele se ergueu, pegou a mochila e andou como um condenado até o grupo que se reunia no canto direito, no fundo da sala.

Entre todos, a professora escolhera justo aquele. Havia muitos grupos mais seguros. Renato ensaiou um pedido para trocar, mas viu que ela já se ocupava de outra coisa, então perdeu a coragem. Deu mais alguns passos periclitantes, sentindo o coração bater forte. Aqueles eram meninos bagunceiros. Um deles até tirava boas notas, mas eram todos marginais. Usavam camisetas com nomes de grupos musicais que ele não conhecia — mas que, pelas imagens, nem música deviam fazer, só barulho. Três deles tinham cabelos compridos e o quarto raspava a cabeça. Um dos cabeludos, um tipo esquisito que estava sempre com olheiras fundas, tinha levado um violão para a escola. O instrumento estava encostado na parede, atrás dele.

— A professora disse pra eu fazer o trabalho com vocês — ele se anunciou, num tom de desculpas.

O garoto da cabeça raspada empurrou uma cadeira em sua direção com o pé. Renato sentou com a mochila no colo. Tinha certeza de que não sabiam seu nome, mas não quis se apresentar. Se soubessem, talvez fosse pior.

— A pergunta que não quer calar — anunciou um dos quatro. — A gente vai fazer o trabalho juntos mesmo, ou cada um faz a sua parte separado?

— Ah, eu não faço mais separado! — disse o careca. — Chega na hora e cada pedaço tá de um jeito. Fica tudo desencontrado e todo mundo fica com nota pior.

— Prefiro ficar com nota baixa do que ter que fazer a merda do trabalho sozinho! — reclamou o mais alto, que tinha o cabelo mais comprido e parecia um homem das cavernas. Ele sempre tirava dez, mas o jeito como falava fazia Renato se encolher. Normalmente os bons alunos eram mais dóceis. — Se a gente se junta, vocês ficam perdendo tempo e deixam tudo comigo!

— Mas a gente promete não fazer isso nunca mais... — o menino não conseguia evitar o riso.

— Vai rir da cara da sua mãe!

Eles começaram a se xingar, enquanto riam e relembravam eventos do passado. Aos quatorze anos, "o passado" em geral significava seis meses ou um ano atrás. Por fim, o cabeludo que trouxera o violão interrompeu.

— Assim a gente não vai resolver nada! — disse. — Dois querem fazer juntos, dois querem fazer separados. Renato, o desempate é seu.

Todos se viraram para ele ao mesmo tempo.

Durante toda a briga amigável, ele mal ouvira duas palavras. Ficara com os olhos vidrados no violão encostado no canto. O objeto puxava sua atenção, como se estivesse se mexendo. O universo dentro do colégio era feito de coisas mundanas: caderno, lápis, borracha, régua. O violão não era só diferente — pertencia a toda uma outra realidade. Era sedutor. Por mais estranho que fosse, Renato olhava para o instrumento com o mesmo interesse que tinha por uma menina bonita. Com vontade de conhecer, mas incerteza de como se aproximar. O violão sugeria outra vida.

Vários segundos de silêncio se passaram. O rapaz das olheiras notou o fascínio.

— Você toca? — perguntou.

— Não — Renato gaguejou uma resposta. — Desculpa. Eu não sei o que eu prefiro. Tanto faz. Vocês podem decidir.

O outro pegou o violão e pousou no colo, a curva encaixada na perna, um dos braços apoiado no corpo do instrumento com naturalidade.

— Não toca mesmo? É que, do jeito que você tava olhando, parecia que...

— Não — Renato cortou. — Desculpa.

Os quatro se entreolharam.

— Ó, vou te ensinar um acorde.

Antes que Renato entendesse o que estava acontecendo, o garoto marginal lhe entregou o violão. Guiou sua mão esquerda ao braço do instrumento, meteu a mão no bolso da bermuda e tirou de dentro um pedaço de plástico.

— Pega a palheta.

Renato segurou aquilo desajeitado. Deu um riso bobo, involuntário.

— Esse é o acorde de mi — o garoto disse. — É o mais fácil.

Posicionou os dedos de Renato, fazendo-os apertar três cordas. A resistência delas era impressionante, Renato imediatamente começou a sentir dor. Precisava fazer força e a mão estremeceu.

— É duro mesmo no começo. Mas aguenta.

— E agora? — Renato perguntou.

O rapaz guiou a mão com a palheta até a corda mais grossa, deixou o movimento engatilhado.

— Agora toca, ué.

Renato fez a mão descer, a palheta atingindo e fazendo vibrar cada corda. O resultado óbvio o desconcertou:

O violão produziu *som.*

O acorde saiu estranho, travado, com uma corda zumbindo. Mas Renato não ouviu nada disso. Só ouviu *música* emanando de um gesto seu. Mais do que ouviu, sentiu. Sentiu os medos de ladrão, doença contagiosa, traficante de porta de escola, pobreza, trabalho em grupo, todos se encolhendo e se dissipando.

Porque ele tinha *criado.* Tinha produzido algo, e esse algo tinha ganhado o ar.

Renato sentiu tudo que sempre quisera dizer para as meninas, todas as conversas que quisera ter com os meninos, o pedido para trocar de grupo que ficara entalado na garganta, tudo saindo naquele acorde. Sem notar, ele se empertigou na cadeira, ergueu a cabeça. Olhou de um para outro dos colegas, como se quisesse confirmar que não enlouquecera: realmente tocara. Fizera algo que, com boa vontade, poderia ser considerado musical. Ou perto disso.

A professora avisou que, se continuassem a fazer barulho, ela confiscaria o violão. Uma risadinha ressoou pela sala, o dono do instrumento pediu desculpas.

— Eu prefiro fazer o trabalho com todo mundo junto — disse Renato. Então disparou: — Você sabe tocar?

— Eu faço aula terças e quintas. Compro as revistinhas com cifras.

— Me passa o telefone do seu professor? Quero fazer aula também.

Ele não lembrou que sua mãe nunca iria pagar pelas aulas ou permitir que ele perdesse tempo naquilo.

Porque, pela primeira vez na vida, enquanto o último resquício do acorde de mi ainda reverberava em seus ouvidos, ele não pensou na mãe.

Tato usou o cartão magnético para destrancar a porta do quarto de hotel. Assim que a abriu, escutou os acordes preguiçosos de *Polly* tocados no violão.

Os quatro estavam ali dentro — mas, mais importante, lá também estava Olívia. Ele sentiu um formigamento no estômago ao revê-la, como se ainda fossem adolescentes. Ela se levantou do chão e foi até ele. Envolveu-o num abraço e o beijou nos lábios com um carinho que o fez respirar de novo.

— Oi — disse Olívia.

— Oi.

Ele a abraçou com força, como se assim pudesse recuperar o tempo perdido.

— Calma — ela riu. — Foram só alguns dias.

— Parece uma vida.

Um tapa de leve nas cordas silenciou o violão. As conversas cessaram. Todos estavam esperando pelas notícias.

— E aí? — perguntou Pijama, os dedos ainda formando um acorde no instrumento quieto.

— Uma merda — disse Tato.

Os membros da Photophobia tinham uma intimidade que dispensava que se cumprimentassem. Era comum que, após semanas sem se ver, dessem um mero meneio de cabeça e puxassem assunto sobre alguma bobagem. Estavam se reencontrando após meros dias, depois da vinda de Tato às pressas a Porto Alegre ao saber da condição de sua mãe. Enquanto ele estivera em mais uma visita no hospital, a banda chegara, tinha se instalado no hotel e invadido seu quarto.

Olívia tinha pedido para vir com ele, mas Tato recusara. Havia pouco que ela pudesse fazer. A mãe nunca iria permitir que ela entrasse no quarto do hospital, era capaz de chamar a segurança. Além disso, ele preferia manter aqueles mundos separados. O peso da relação familiar não precisava pairar sobre o casamento.

Assim, Olívia chegara com o resto da banda. A maior parte dos quartos do andar estava ocupada pelos músicos, pelas esposas e namoradas, pelos filhos, pelo empresário e por diversos agregados. Mas, como sempre, nas horas vagas as pessoas se reuniam no quarto do vocalista. Tato estava acostumado a encontrar pelo menos um ou dois amigos esparramados em sua cama a qualquer momento do dia. Estava acostumado a expulsá-los com bom humor quando queria algumas horas de sossego.

Naquele momento, não quis expulsar ninguém.

Ele se encostou numa parede e escorregou para baixo, até ficar sentado no chão. Olívia sentou ao seu lado, segurando seu braço. Caverna lhe entregou uma long neck. Ele girou a tampa e bebeu um gole.

— Não tem nada pra contar — Tato deu de ombros. — Estou indo visitar ela todos os dias. Acho que não escapa.

— Não tem como você saber isso — Pijama retrucou. — Médico erra prognóstico o tempo todo. E esse hospital é referência...

— Mas será que ele quer que ela sobreviva? — Caverna cortou.

Desde que se conheceram, naquele trabalho em grupo há mais de trinta anos, Caverna era o mais direto. Falava o que todos estavam pensando, não tinha medo de xingar os amigos. Desde sempre o mais alto, tinha orgulho do cabelo que mantinha comprido, ainda que agora estivesse pontilhado de fios brancos. Batizado Henrique, no colégio fora apelidado "Capitão Caverna" por causa do cabelo e da delicadeza de neandertal. Isso então foi encurtado para "Caverna" e o acompanhou pelo resto da vida. Sua barba espessa completava a aparência ameaçadora. Quem o via não imaginava que era PhD em Sociologia pela universidade de Princeton.

— Pra que falar uma coisa dessas? — Vítor se indignou.

— Tô falando o que todo mundo tá pensando! — a voz grossa de Caverna tomou o quarto. — Se ela só tá sofrendo, e fazendo ele sofrer, não tem por que fingir outra coisa.

— O Caverna tem razão — Tato deu outro gole na cerveja. — Eu não sei se quero que ela saia daquele quarto.

Os seis ficaram um tempo sem falar.

— Não adianta querer ou não querer — disse Olívia. — Você não precisa se torturar desse jeito, Tato. O que você pensa não vai mudar nada.

— Casa com essa mulher, Tato — disse Pijama, e todos riram.

— Vamos falar de uma coisa prática, então — Vítor tomou as rédeas. — Você vai conseguir fazer o show?

Tato deu mais um gole na cerveja para ganhar tempo antes de responder.

Há muitos anos a Photophobia já não fazia mais turnês malucas, passando um dia em cada cidade. Tinha sido divertido, no início, mas também era exaustivo e potencialmente letal — o cansaço era tanto que mais de uma vez o motorista da van pegou no sono no volante, na estrada entre uma apresentação e outra.

Agora eles se davam ao luxo de chegar numa cidade, descansar, acostumar-se com o fuso horário, conhecer algum ponto turístico, acompanhar a montagem do palco, para só então fazer a passagem de som e finalmente tocar. A bem da verdade, todos se sentiam velhos demais para a alternativa. Contudo, na época em que passavam um dia em cada cidade e tocavam em qualquer buraco que os acolhesse, pelo menos não havia tempo para pensar. A banda se apresentava mesmo que a mãe de Tato fizesse uma das suas.

Mas agora era diferente.

Primeiro porque morrer não podia exatamente ser descrito como "fazer uma das suas". Segundo porque agora havia tempo para pensar.

Tempo demais.

Eles tinham chegado a Porto Alegre com vários dias de antecedência, para visitar as respectivas famílias, ver os amigos que ainda moravam na cidade e beber uma cerveja nos dois ou três bares que restavam dos velhos tempos. Tinham escolhido ficar num hotel, e não com pais ou parentes, para evitar que fãs acampassem na frente das casas desses desavisados e transformassem suas vidas num inferno atrás de fotos e autógrafos. Estavam fazendo o circuito de entrevistas em rádios e canais de TV locais. Ou seja, havia todo um período de antecipação, durante o qual era possível questionar se Tato conseguiria mesmo fazer o show.

— Claro que sim — Tato desconsiderou o comentário. — Nem precisa se preocupar com isso.

Os outros quatro se entreolharam.

— Olha só — disse Tato. — Eu sei que, logo antes do show, vai acontecer alguma coisa. Ela vai mandar me chamar, vai "precisar" de alguma ajuda minha. Mas é como a Olívia falou, eu não posso curar a doença dela. O que eu posso é tocar. Não vou deixar justamente o público de Porto Alegre na mão.

— Eu sei que você nunca faria de propósito — Vítor argumentou. — Mas, se tiver alguma dúvida, a gente já pode ir preparando o terreno. Podemos mencionar nas entrevistas que você está lidando com uma crise familiar, deixar a assessoria de imprensa de sobreaviso. Não é como se "mãe morrendo" fosse uma desculpa esfarrapada.

— *Eu não vou deixar de fazer o show* — Tato foi incisivo.

— Não tá mais aqui quem falou — Vítor ergueu as mãos, num gesto de rendição.

A Photophobia estava em turnê por todo o Brasil, mas Porto Alegre seria a apoteose. A maior banda que já surgira ali chegara a alturas que nenhuma outra sequer sonhara, e agora voltava a sua cidade natal. Os muros da capital estavam cobertos de cartazes com seus rostos, o logotipo da banda e a data do show. Muitos dos fãs originais, que haviam conhecido a Photophobia em algum bar imundo no fim dos anos 90, iam levar os filhos já adolescentes ou adultos para o espetáculo.

Era o aniversário de vinte e cinco anos do primeiro álbum. O show teria sabor de volta triunfal.

Como sempre, foi Pijama que acalmou os ânimos:

— Que tal se a gente incluísse um cover no setlist do show? — mudou de assunto. — Ainda dá tempo de ensaiar.

Eles entraram numa discussão animada sobre qual música seria. Aproveitaram a companhia um do outro, como se não tivessem feito quase só isso durante décadas, desde aquele trabalho em grupo. Falaram sobre as bandas locais de sua juventude. Mandaram mensagem para alguns músicos conhecidos, convidando para tocar parte do show com eles.

Então, depois de algumas horas, Tato se levantou:

— Desculpa aí, pessoal, mas eu preciso ir.

— Vai aonde? — perguntou Olívia.

Ele hesitou um pouco antes de responder:

— Vou dar uma passada no apartamento da minha mãe. Pegar umas coisas que ela pode precisar.

Mais uma vez, os quatro se entreolharam.

SOB UM CÉU DE BARULHO

(Ramones, Replacements,
Descendents, Sonic Youth, AC/DC)

— De jeito nenhum! — foi o que sua mãe falou quando ele pediu para fazer aulas de violão.

Por isso, ao longo do próximo ano, Renato teve uma vida secreta.

Nos fundos da casa dos pais de Caverna havia uma casinha menor, eternamente em construção, que algum dia, num futuro indefinido, abrigaria sua avó. A casinha tinha virado um refúgio para Caverna e seus amigos, um espaço onde eles podiam ser adolescentes sem incomodar demais os adultos. Era lá que Renato escondia seu violão, comprado com o dinheiro economizado de vários almoços não comidos, várias passagens de ônibus transformadas em longas caminhadas.

Foi na casinha dos fundos que Renato aprendeu a tocar o instrumento, sozinho ou instruído por Pijama, sempre mentindo para a mãe que estava em alguma atividade do colégio, estudando na biblioteca ou, ironia das ironias, fazendo um trabalho em grupo.

Sua presença na casa de Caverna era tão frequente que, depois de seis meses, a mãe do amigo ficou farta de ouvir a campainha e abrir a porta, e lhe deu uma chave.

Renato também guardava na casinha pilhas de CDs e fitas copiadas ilegalmente. Depois do primeiro acorde no violão, um ano antes, ele se interessara pela música que, sem ouvir, julgara ser só barulho. Desde então passava longas tardes no centro, revirando lojas de discos e locadoras de CDs, atrás de tudo que parecesse interessante.

Logo depois de aprender que existiam classificações e nuances além de "rock", ele mergulhou no grunge, hardcore, alternativo, punk (com suas próprias subdivisões de crust, pop, horror e outras), ska, college rock, garage rock, southern rock, glam, industrial, gótico, surf, skate, metal (subdividido em heavy, thrash, doom, black, power, melodic e infinitos outros), shoegaze, psicodélico, bubblegum, britpop, celtic rock, rockabilly, krautrock, progressivo e qualquer coisa que despertasse sua curiosidade, que parecia não ter limite. Leu sobre a história de bandas clássicas, ouviu de novo e de novo os sons experimentalistas que pareciam esquisitos demais, tentando entendê-los. Aventurou-se fora do rock, expandindo seu estudo autodidata para blues, techno, jazz, europop, synthpop, funk, Motown, doo wop, reggae, country, bluegrass, rap, hip hop, folk, nativista, tango, fado, tropicália. A música era outro mundo, uma terra com suas próprias regras onde ele podia passar a vida toda. Na música, ele se sentia em casa.

A casinha dos fundos estava repleta de revistas de música, onde ele lia sobre o que ouviria depois. A casinha foi o palco de sua educação musical, o lugar onde descobriu a coisa de que mais gostava na vida.

Foi na casinha dos fundos que surgiu a ideia da banda.

Não foi algo planejado. Caverna estava aprendendo a tocar bateria — eles tinham forrado um cômodo da casinha dos fundos com caixas de ovos vazias, na tentativa de fornecer algum isolamento acústico. Como ele não podia carregar o instrumento com facilidade, os outros iam até lá. Renato já estava refugiado na casa do amigo com seu violão de qualquer maneira.

Pijama, originalmente chamado "Marcelo", também costumava levar um violão, e estava cada vez mais encantado, ou obcecado, com o instrumento. As olheiras e a eterna sonolência que tinham rendido o apelido eram em grande parte fruto de madrugadas praticando. Um dia, seu violão foi substituído por uma guitarra elétrica barata e um amplificador usado.

Os três começaram a tocar juntos e todos quiseram participar. Foi menos uma decisão do que uma consequência do quanto se divertiam.

— Banda? — disse Bruno.

— É, banda — Vítor falou, como se fosse a coisa mais natural do mundo.

— Mas, tipo, banda *banda?* Cada um tocando um instrumento?

— Não, seu animal — Caverna jogou um papel amassado no amigo. — Todo mundo só dançando e sorrindo, que nem um grupo de pagode. O que você acha?

— Então agora, além do colégio, do curso de inglês, da professora particular, da natação, ainda vou ter que participar de uma banda? — Bruno reclamou. — É muito compromisso!

— Então a porta da rua é serventia da casa — disse Caverna. — Vai, te manda daqui, cagão!

Eles riram.

A tarde em que Vítor colocou em palavras o que todos pensavam há alguns meses foi um retrato perfeito do que era a convivência do grupo. Pijama não largava a guitarra — enquanto conversavam, ele treinava o solo de *Sultans of Swing.* Nem gostava tanto da música, mas alguém dissera que era difícil atingir a perfeição naquele solo, e fora o suficiente para que ele enfiasse na cabeça que iria aprendê-lo até que não errasse nenhuma nota, não perdesse o ritmo nem por um segundo. Caverna olhava os amigos como se soubesse algo que ninguém mais sabia. Provavelmente era verdade, dada a quantidade de livros que devorava. Vítor estava pensando no futuro, organizando as coisas, raciocinando a vida de estudante como um jogo de xadrez.

Bruno estava reclamando. Pouca gente suportava Bruno na escola, porque ele conseguia ver defeitos em absolutamente tudo, e nunca deixava de expressar sua opinião. Os outros quatro eram alguns dos poucos que conversavam com ele por tempo suficiente para que se abrisse. Só para eles tinha mostrado seus desenhos.

E Renato ficava a maior parte do tempo calado, aproveitando a companhia. Reagia ao que estava sendo dito, mas em grande parte ainda se via surpreso e maravilhado com a convivência. Assim como Pijama, não largava o violão, mas não chegava aos pés da habilidade do amigo.

— Eu topo — disse Pijama.

Não era surpresa que ele concordasse. Mas era o primeiro sinal de que aquilo podia ser real.

— E você, Caverna? — Vítor perguntou.

— O que você acha? Tô aprendendo bateria pra tocar sozinho? Eu já disse que ia participar, porra!

Vítor sorriu como um gênio do crime de desenho animado.

— E você, Renato?

Ele quase ficou surpreso. Percebeu mais uma vez, assim como perceberia várias outras, que fazia parte.

— Eu topo, claro. Mas eu não...

— Não te preocupa, eu já pensei em tudo. Só falta você, Bruno.

O outro bufou e revirou os olhos.

— Tá bom, tá bom! Eu participo da porcaria da banda! Como se eu não tivesse problema suficiente!

Ninguém deu atenção. Vítor continuou:

— Tá na cara que o Pijama vai ser guitarra solo. O cara tá virando o Eddie Van Halen. O Caverna vai ser batera, porque ninguém mais tem bateria. A gente precisa de baixo e guitarra base.

— Eu posso aprender baixo — disse Bruno. — Já que me enfiaram nessa...

— Não — Vítor cortou. — Eu vou ser o baixista. Toda banda tá sempre precisando de baixista e o baixista sempre sai da banda por alguma razão. Se eu for baixista, isso não vai acontecer. Eu já falei com os meus pais e os meus quatro avós, pedi pra juntarem os presentes de aniversário desse ano pra eu comprar um baixo e um amplificador.

— O que eu vou ser? — disse Renato, meio fascinado com o pensamento estratégico.

— Calma, já chego em você. Bruno, você vai ser guitarra base, porque é o mais divertido de tocar, então você vai reclamar menos.

— Certo — dessa vez Bruno não achou nenhum defeito.

E, como acontecia às vezes, todos se voltaram para Renato.

— Renato — disse Vítor — você vai ser o vocal.

O corpo dele teve a mesma reação que teria se um tigre tivesse surgido pela porta. Renato achou que fosse desmaiar, sua boca secou, suas mãos ficaram geladas.

— Não! — quase um grito. — Eu não sei cantar!

— O que você sugere então?

Renato olhou em volta como se alguém fosse lhe dar uma saída.

— Sei lá... Teclado?

Ele se protegeu contra a chuva de vaias e tapas que veio em seguida. Para o tipo de música de que todos mais gostavam, um tecladista era o mesmo que um herege.

— Mesmo que teclado não fosse um instrumento de bosta, a questão é que você *não tem* um teclado — disse Vítor. Anos mais tarde ele engoliria aquelas palavras, tocando teclado em várias faixas de um disco com forte influência new wave. — Você também não tem uma guitarra ou um baixo. E, desculpa dizer, mas tudo isso é bem mais caro que um violão, e você não vai conseguir comprar escondido da sua mãe.

Renato tentou argumentar.

— Eu não sei tocar baixo, mas vou aprender — Vítor continuou. — Você também pode aprender a cantar.

— Eu não...

— Vai dar certo, confia. A gente precisa de alguém na frente, liderando a banda.

— Vítor! — Renato segurou o amigo pelo braço. — De onde você tirou que eu vou conseguir ficar na frente, liderando a banda?

— Tá na hora de perder essa timidez. Se não perder, vai levar umas garrafadas do público, daí perde rapidinho.

— Olha pra mim! — quase implorando. — Pelo amor de Deus, gente, vocês não podem estar concordando com isso! Olha pra mim e me diz se eu tenho cara de vocalista de banda!

Todos ficaram em silêncio.

— Ah, vai à merda, Renato — disse Caverna.

Renato franziu o cenho. Não estava entendendo nada.

— Em geral eu estou do seu lado — disse Pijama. — Mas esse lance de falsa modéstia é um saco. Para com isso.

— O que vocês estão falando? — ele começava a se sentir um alienígena.

— De todos nós, você é quem tem cara de vocalista, Renato — disse Vítor. — Você é o mais bonito.

Ele pareceu ter levado um soco.

— O mais...?

— De longe — completou Pijama. — Por que você acha que as meninas ficam na sua volta?

— Desgraçado — elogiou Caverna.

Renato se virou para Bruno, sua última tábua de salvação.

— No início do ano eu tava apaixonado pela Carolina — disse Bruno. — E ela me pediu ajuda pra ficar com você. Lembra? Não ficou porque não quis.

— Não fiquei porque você gostava dela.

— Só por isso?

Ele engasgou. Então admitiu:

— Eu não achei que fosse de verdade.

Renato viu inúmeras interações passando em alta velocidade na sua memória, como uma fita em velocidade dobrada. Todos os convites das meninas para ir ao shopping, todos os pedidos para ajudar em alguma matéria, os toques no braço, as vezes que sentavam no seu colo "porque não tinha mais lugar para sentar". Ele nunca beijara ninguém, sempre achara que tudo aquilo era só amizade. Tudo recontextualizado em um segundo.

— Falando sério — disse Pijama. — Você realmente *não sabe* que é bonito?

E ele respondeu a única coisa que podia:

— Não.

— *Como?*

E ele não respondeu, mas sabia como.

Crescera ouvindo que precisava abaixar a cabeça e estudar, não perder tempo com festinhas, porque só o convidavam por pena. Numa festa, seria alvo de chacota. Crescera ouvindo que era diferente dos outros. Os demais jovens "se esfregavam por aí", mas aquela vida não era para ele. Crescera ouvindo que era tímido, que não gostava de falar com ninguém e que preferia ficar em casa. Crescera ouvindo que no futuro, quando tivesse um bom emprego e ganhasse bastante dinheiro, aí sim poderia atrair alguma mulher. Quando tivesse algo a oferecer, não antes. Mesmo assim, provavelmente seria abandonado.

Crescera ouvindo sua mãe.

— A gente não vai deixar você de fora, e não vamos desperdiçar essa sua cara de mocinho de novela — disse Vítor. — Você vai ser vocalista e fim de papo. Eu já pesquisei uma professora de canto que cobra barato. Arranja um jeito de pagar, as aulas vão ser aqui mesmo.

— Tudo bem.

Caverna chegou a protestar, dizendo que sua casa não era casa da Mãe Joana, mas não insistiu. Eles se perderam em especulações, planos para comprar os instrumentos que faltavam, combinações de ensaios.

— E qual vai ser o nome da banda? — perguntou Pijama.

É claro que Vítor já tinha várias opções. Puxou uma folha de caderno com a lista, mas Renato interrompeu. O nome veio a ele de repente:

— Photophobia.

Todos os olhares nele.

— Por que Photophobia? — Vítor perguntou.

— Porque quando a gente for para o exterior — disse Renato — é útil ter um nome que as pessoas possam pronunciar em inglês.

— Ah, sim, a nossa banda vai ser um sucesso mundial! — Bruno debochou. — Até parece!

Tato girou a chave, abriu a porta e entrou no apartamento. Sua mãe tinha razão em algo: realmente fedia a mofo.

Espirrou algumas vezes. Achou o interruptor na primeira tentativa, acendeu a luz. Foi avassalado pela visão do lugar onde crescera.

Tudo estava quase igual, só muito mais velho. O sofá tinha sido re-estofado várias vezes, sempre com tecidos verde-oliva, cinza-chumbo, marrom escuro. O carpete era o mesmo, impossível adivinhar sua cor original. As cortinas tinham ficado mais pesadas — a mãe se aproveitara do avanço nessa indústria para comprar tecidos que bloqueavam totalmente a luz vinda de fora. Estavam fechadas, como sempre tinham estado quando ele morava ali.

A mesa de jantar era a mesma e as quatro cadeiras mantinham o mesmo estofamento de quatro décadas atrás. As estampas florais tinham se apagado com os anos, o tecido tinha se esfiapado. Nas paredes, pintadas de amarelo esmaecido, não havia nenhum quadro. Sua mãe tinha sido obrigada a trocar a velha TV de tubo por uma mais moderna quando assistir à TV antiga ficou mais difícil do que comprar uma nova. Tato ouvira muitas reclamações sobre aquela "porcaria". Certa vez mandara entregar uma TV de última geração, mas a mãe expulsou os entregadores aos gritos.

Foi até o quarto dela.

A cama de casal estava arrumada. Um travesseiro gasto pela cabeça da mãe, o outro quase intacto. Era o travesseiro de seu pai, que ela mantinha ali desde sempre, como um lembrete do vazio ao seu lado à noite. Abriu o armário, separou algumas roupas de que ela poderia precisar no hospital.

Viu as roupas do pai.

Tato lembrava de uma versão distorcida e exagerada da noite em que seu pai fora embora. Ele tinha então sete anos. Os três estavam sentados no sofá, um ao lado do outro, em silêncio, após o jantar. Seu pai reclamara da consistência do feijão requentado, o que provocara uma briga em que ambos tinham berrado até que os vizinhos mandassem calar a boca. Agora estavam assistindo ao jornal.

O pai de repente levantou e anunciou que ia dar uma saída.

— Onde você vai? — perguntou a mãe.

— Só dar uma volta.

— Sei. Vai beber, né? Ou vai para as putas?

— Até mais.

Pegou a carteira e a chave, calçou os sapatos e foi embora. Depois de alguns instantes, ela se virou para o filho e falou:

— Seu pai está indo encher a cara no boteco. Ele acha que eu não sei, mas consigo sentir o bafo de cachaça. Você acredita numa coisa dessas, Nanato? Nós dois aqui, sozinhos, nessa cidade perigosa, e o seu pai com os amigos vagabundos dele, se embebedando.

Ela costumava reclamar do marido para ele, como se o filho fosse uma amiga de sua mesma idade. Naquela noite, à medida que as horas passavam, as reclamações foram ficando mais intensas. A mãe explicou como seu pai devia estar "nas putas". Sobre como devia ter uma amante, uma outra família.

Ele adormeceu no sofá. Passava muito de sua hora de dormir, a TV mostrava o final de um filme.

— Não pode dormir ainda! Onde já se viu ir dormir sem dar boa noite para o seu pai?

E ela esperou e esperou, e manteve o filho acordado. Sonho se misturou com realidade. Ele acordou babando no sofá, a TV mostrando só estática, com os gritos de sua mãe chorando no telefone.

— Vocês achem ele, viu? Achem o meu marido! Ele nunca ia me abandonar, é o melhor homem do mundo!

Ela bateu o telefone e se jogou sobre o filho, soluçando:

— Me diz, Nanato! Me diz o que eu vou fazer sem o meu marido!

O pai não voltou e ele não foi para a cama naquela noite. De manhã, a mãe o mandou para o colégio com as mesmas roupas do dia anterior.

Quando chegou em casa de novo, o pai ainda não tinha voltado. A mãe não fizera almoço. Quando ele disse que estava com fome, a resposta foi:

— Agora quer que eu cozinhe pra você? Homem é tudo igual mesmo!

Tato sentiu os olhos arderem com lágrimas súbitas, a enxurrada de memórias desencadeada pelas roupas do pai. Há quase quarenta anos dobradas e guardadas, penduradas e passadas a ferro, esperando que ele voltasse. Quase quarenta anos ocupando metade de um armário, metade de uma cama, toda a vida de duas pessoas.

— Que filho da puta — disse para si mesmo.

Dentre todos os desvarios, sua mãe tinha razão em algo: o pai era um escroto, um covarde sem caráter. Nos anos 80, era possível abandonar esposa e filho sem deixar rastro, e ele aproveitou para fazer exatamente isso. Nunca mais compareceu ao trabalho, nunca mais ninguém ouviu falar dele. Descobriram que, na tarde antes do sumiço, ele sacara do banco todas as parcas economias da família.

Seu pai não era menos que um monstro.

Tato fez uma conta simples na cabeça. Naquela noite, sua mãe tinha exatos trinta e dois anos. Mesmo considerando que as pessoas envelheciam mais cedo naquela época, era incrivelmente jovem.

No entanto, ela vivia repetindo que estava "velha e acabada", que o marido a tinha deixado porque ela "passara do ponto". Algo não só falso e absurdo, como também machista, cruel, sórdido. Um veneno que ela destilava e ela mesma bebia.

Separou as roupas da mãe, colocou numa mala velha.

Respirou fundo e foi até seu antigo quarto.

Tato crescera sem pôsteres nas paredes, sem adesivos na janela. A mãe não permitia. Deixava que ele tivesse uma cama, uma escrivaninha perfeitamente organizada e seus brinquedos de infância. Não importava que, na adolescência, ele quisesse abrir espaço para outros interesses, encher os armários com livros, revistas em quadrinhos, fitas de videogame. Os brinquedos ficavam ali — e se um dia voltasse a brincar?

Da mesma forma, a mãe manteve seu quarto intacto quando ele saiu de casa, quando se mudou de cidade, quando foi para Londres, porque tinha certeza de que um dia, quando conseguisse um emprego de verdade, ele voltaria.

Abriu seu antigo armário.

Estava vazio, exceto pelos brinquedos. Ao contrário do que acontecera com as roupas do pai, as roupas que Tato deixara ali tinham sido jogadas no lixo. Eram camisetas de bandas, camisas xadrez, jeans rasgados. Roupas de marginal, segundo a dona da casa.

Ele se abaixou. Forçou o piso de MDF do armário, retirou-o, revelou o fundo falso. O interior estava cheio de poeira, ele espirrou mais algumas vezes. Então estendeu as mãos para a caixa de sapato que estava escondida ali dentro. Pousou-a no chão, sentou ao seu lado, tirou a tampa.

Foi recompensado pelo próprio rosto, décadas mais novo, rindo, com o violão no colo. Pijama abraçado em seu pescoço, a boca aberta num riso desmedido.

De novo, as lágrimas escorreram, dessa vez de felicidade.

Era um milagre que aquelas fotos tivessem sobrevivido no apartamento. Eram as únicas provas de sua vida dupla, do início da Photophobia e dos bons tempos que vivera antes de sair da casa da mãe. As únicas coisas materiais que tinham sobrado.

Quando se mudara para um apartamento compartilhado com os outros quatro, num bairro boêmio de Porto Alegre, ele achara que tinha salvado tudo que restava em seu quarto. As fitas cassete, a jaqueta de couro, os cadernos onde ele anotava cifras e letras de músicas. Mas esquecera justamente a caixa com fotos, porque estava escondida. A caixa era seu maior tesouro — por isso era o que devia ser mais protegido de sua mãe. Ele podia aguentar se qualquer coisa fosse destruída, menos aquelas fotos. Quando notou que esquecera da caixa, quis bater com a cabeça na parede. Desde então, ao longo de décadas procurou de novo e de novo uma chance de reaver a relíquia, mas nunca conseguira. Sempre que vinha visitar a mãe, ela o seguia em seus calcanhares, nem mesmo ia ao banheiro. Tato achava que ela desconfiava de algo, de algum segredo, de alguma coisa que ainda pudesse destruir.

Apenas agora, com sua mãe hospitalizada, ele via de novo aqueles registros.

— Agora não vou perder mais — disse para si mesmo, para as fotos, para as versões jovens dos amigos e de Olívia. — Vou escanear tudo isso. Vou fazer backup. Sobreviveram até agora, não vão se perder mais.

Então as lágrimas se intensificaram, ele estremeceu em soluços. Não tristeza, nem mesmo alegria, mas um sentimento mais forte que tudo. Décadas depois, ainda tinha os mesmos amigos. A mesma banda. Estava casado com a garota por quem se apaixonara no final da adolescência. Dali a alguns dias faria um show em sua cidade natal, o frontman da banda mais bem-sucedida que já surgira em Porto Alegre. Era algo tão improvável, tão fantástico, que por um segundo ele duvidou que fosse verdade.

Mas era tudo real. Tato falou para si mesmo, para as fotos, para as versões mais jovens dos amigos e de Olívia:

— Vencemos.

Ele se ergueu e pressionou a caixa de fotos junto ao peito. A vida era boa demais.

Sentou na cama e espalhou as fotos antigas sobre a colcha. Um gesto de rebeldia. Patético para um homem na casa dos quarenta, mas inegavelmente um gesto de rebeldia. As fotos, pela primeira vez em aberto naquele apartamento, mostravam ensaios da banda. Alguns dos primeiros shows. Olívia com uma blusa justinha e um piercing no nariz, sorrindo abraçada nele, fazendo um brinde para a câmera com um copo de uísque. A primeira foto do casal, enfim recuperada. Muitas fotos de que ele nem lembrava.

Então uma foto destoante.

A única em que ele não estava sorrindo, nem concentrado num instrumento, nem gritando num microfone. A única em que parecia desconfortável, um dos únicos momentos em que se sentira mal ao lado dos amigos.

Na foto, eles tinham dezessete anos. A Photophobia já estava solidificada e ele já estava acostumado a cantar. Estavam ali mesmo, no apartamento de sua mãe — tinham entrado para descansar e beber água enquanto andavam pela cidade colando cartazes e distribuindo panfletos de divulgação. Tinham matado aula e a mãe de Tato estava no trabalho.

Como bons adolescentes idiotas, bisbilhotaram em tudo que não deviam. Enquanto Bruno debochava, dizendo que ia encontrar a lingerie erótica da mãe de Tato, Caverna ficou na ponta dos pés e viu algo em cima do armário no quarto de casal.

Uma arma.

A velha arma de seu pai, um revólver calibre .38 que ele tinha sabe-se lá por quê. Tato nunca ouvira falar do pai praticando tiro, muito menos precisando usar o revólver para alguma coisa. Se a casa fosse invadida, qualquer um dos moradores precisaria subir numa cadeira para pegar a arma. Era só algo que estava ali como provocação ao azar, o convite para um acidente trágico.

Como bons adolescentes idiotas, é claro que eles pegaram a arma.

Vítor tinha uma câmera na mochila, porque estava tirando fotos "para a posteridade da banda". Ainda que na época todos achassem aquilo uma bobagem pretensiosa, mais tarde várias das fotos tinham sido publicadas no encarte do álbum de retrospectiva de dez anos da Photophobia — como sempre, o planejamento do amigo acertara em cheio. Ele abriu a mochila e pegou a câmera, dizendo que *precisavam* tirar fotos com a arma.

Tato lembrava de tremer enquanto eles manuseavam o revólver como se fosse um brinquedo. Todos fizeram pose de filme de ação. Vítor queria que Tato, como frontman, empunhasse a arma, mas ele se recusou a tocar naquilo, então ela ficou com Pijama. Vítor pousou a câmera numa cômoda, programou o timer para dez segundos, juntou-se a eles na pose de durão e o flash disparou.

Bruno disse que queria tirar outra, dessa vez ele mesmo segurando a arma. Mas então viu o rosto de Tato.

Ele não ria. Não achava graça. Estava nervoso.

Eles eram adolescentes idiotas, mas não pessoas idiotas. Notaram o desconforto do amigo, perceberam o risco que corriam. Caverna devolveu a arma ao topo do armário, todos pediram desculpas.

Na foto, todos faziam pose, menos Tato. Estava claramente tenso, amedrontado. Já aos dezessete anos notava o quanto tudo aquilo era especial, o quanto era burrice arriscar o que tinham por causa de uma foto.

Tato deixou as fotos espalhadas na cama, voltou ao quarto da mãe. Subiu numa cadeira e olhou o topo do armário. A arma continuava lá.

Precisava se livrar dela, mas sabia que não podia simplesmente levar consigo e jogar no rio. Não tinha registro da arma, muito menos porte. Se fosse pego numa blitz, seria um escândalo. Tudo de que eles não precisavam logo antes do show de vinte e cinco anos. Precisava se livrar da arma da forma correta. Iria pedir para que o empresário falasse com a polícia o mais rápido possível.

Começou a andar de volta até seu antigo quarto, para reunir as fotos e levá-las para segurança. Tirou o celular do bolso e começou a digitar a mensagem para o empresário. Antes que acabasse, foi interrompido por uma ligação da médica.

— Alô?

— Sua mãe estava muito agitada, precisou ser sedada. Estava gritando e chamando por você.

Enfiou o celular no bolso e correu para o hospital.

WOODSTOCK GAÚCHO

(Beastie Boys, The Box Tops, Silverchair, Sepultura)

— Como é o seu nome mesmo? — perguntou a mãe de Renato.

— Henrique — disse Vítor.

A mulher fez cara feia, medindo os dois garotos sentados no sofá a sua frente. Vítor era o único dos amigos que não tinha cabelo comprido — raspava a cabeça, mas deixara o cabelo crescer até um comprimento aceitável, então fora ao barbeiro fazer um corte arrumadinho, tudo em preparação para aquele momento. Renato, é claro, também tinha cabelo curto, porque a mãe obrigava.

Os dois sentados ali, lado a lado, eram o retrato do bom-mocismo. Vítor usava uma camisa pólo que ganhara de uma tia e nunca vestira antes, calça social que tinha usado no casamento de um primo mais velho e sapatos que pegara emprestados do pai. Renato tinha escolhido as roupas de que sua mãe mais gostava: uma camisa social de manga curta fechada até o último botão e bermuda cáqui. Dois anjos.

— O Nanato te disse pra trazer seu boletim?

— Disse sim, tia.

— Não sou sua tia — ela ralhou.

— Desculpa, Dona Falkenberg.

Vítor então estendeu a ela o boletim de Caverna. A mãe de Renato pegou o papel quadrado e começou a examiná-lo.

Dos quatro, Caverna (ou, como constava no boletim, "Henrique") era o único que tinha notas boas o suficiente para satisfazer a mãe de Renato. Tirava nove ou dez em tudo, exceto pela mácula de um oito e meio em Geografia. Vivia insistindo com o professor para que estudassem geopolítica em vez de decorar nomes de capitais, e isso valera alguns pontos a menos.

Contudo, Caverna nunca poderia ser a face da Photophobia para escrutínio de Dona Falkenberg. Além do cabelo comprido, havia a questão de suas roupas (nunca aceitaria vestir nada além de camiseta de banda e bermuda xadrez) e sua falta de filtro ao abrir a boca. Todos tinham certeza de que, assim que ouvisse algo desagradável, Caverna iria despejar sobre a mãe de Renato toda a fúria verbal de que um garoto de dezesseis anos era capaz.

Assim, Vítor assumira a identidade de Caverna. Com seus bons modos e as notas do amigo, talvez conseguissem.

— E você toca um instrumento? Isso não interferiu com os seus estudos?

— Não interferiu nada, Dona Falkenberg — disse Vítor. — Eu treino por meia hora, só depois de fazer todo o dever de casa.

Ela resmungou alguma coisa.

— Me explica direito o que é isso que vocês querem fazer — disse a mãe de Renato.

— Mãe, é o seguinte... — ele começou.

— Não falei com você, Nanato — ela cortou. — Falei com o seu amigo.

Renato se sentiu ficando vermelho.

— É um festival musical, Dona Falkenberg — disse Vítor. — Os alunos de vários colégios se reúnem para tocar e cantar. E outros alunos vão assistir. Só isso.

— E é dentro desse colégio?

— Tudo acontece dentro do ginásio do Colégio Padre José.

Ela estreitou os olhos. O Colégio Padre José era um dos mais tradicionais de Porto Alegre. Educava sucessivas gerações das famílias com os sobrenomes mais importantes da capital. Isso era algo fortuito para os garotos: Renato sabia que a fama do colégio impressionaria sua mãe. Ela acreditava que, de alguma forma, estar perto de "gente direita" poderia beneficiar seu filho.

Vítor continuou a explicar, pintando o festival de música como um ambiente tranquilo, limpo e sadio, onde jovens e crianças cantavam em harmonia. Segundo a descrição, todas as luzes do ginásio ficavam acesas, toda a plateia ficava sentada, tudo se assemelhava muito a uma grande apresentação de coral de igreja. Era um espaço de confraternização supervisionado pela direção do colégio e por vários professores.

— E o Nanato vai cantar?

— Vai.

— Mas ele não sabe cantar! Nunca cantou na vida! Vocês vão passar vergonha na frente de todo mundo, isso sim.

Vítor não perdeu a pose.

— Mas aí é que está, Dona Falkenberg — sorriu. — O festival é só um espaço de convivência. Não tem problema cantar bem ou cantar mal. As pessoas só vão lá para se expressar, para se divertir.

— E vocês vão conviver com os alunos do Padre José?

— Isso mesmo.

Ela ficou em silêncio por alguns instantes.

— Mas por que esse festival é de noite? Por que não pode ser de dia, que nem qualquer evento escolar normal?

— Não sei ao certo, Dona Falkenberg, mas acho que é para não interferir com as aulas. Mesmo se fosse sábado à tarde, muita gente aproveita para estudar.

— E domingo?

— Domingo acho que não poderia por respeito aos padres do colégio. Infelizmente, o festival só poderia ser sexta de noite mesmo.

Ela ficou calada.

— Tudo bem — a mãe de Renato decretou. — Então eu vou com o Nanato. Aposto que os pais de muitos alunos vão estar lá.

Os dois arregalaram os olhos, mas Vítor não perdeu o sorriso de comercial de pasta de dente. Engoliu em seco e emendou de imediato:

— Ah, mas justamente pela segurança dos jovens, só quem pode entrar no festival são estudantes — mentiu. — Assim não se corre o risco de alguém mal-intencionado se misturar.

Eles ganharam a calçada em júbilo. As fantasias de bem-comportados, o boletim de Caverna e a metralhadora de mentiras de Vítor tinham surtido efeito. A mãe de Renato lhe dera permissão especial para sair de casa numa sexta à noite, para tocar com a banda no Festival Aberto da Canção Estudantil.

O FACE era o maior festival de música estudantil do estado, um evento anual com público na casa dos milhares, que já revelara muitos músicos famosos. A cada ano era organizado pelo grêmio estudantil do Colégio Padre José e, para garantir que continuasse sendo um festival estudantil apesar do tamanho, havia a exigência de que pelo menos metade dos membros de todas as bandas inscritas estivesse matriculado no ensino médio. Ao longo dos anos, mais de uma banda semiprofissional já se aproveitara dessas regras para enfiar no palco dois ou três irmãos menores dos músicos, entrar no festival e garantir uma plateia muito maior do que teriam normalmente.

As bandas estudantis competiam pelo prêmio do festival, avaliadas por um júri de músicos, intelectuais e jornalistas de Porto Alegre. Além delas, bandas profissionais e estabelecidas também tocavam, atraindo ainda mais público. Os apresentadores eram sempre DJs famosos e personalidades de TV.

Ou seja, o exato oposto do quadro pacato e inocente que eles haviam pintado.

— Eu não acredito — Renato repetia. — Eu não acredito. A gente vai tocar no FACE, cara!

— A gente vai tentar, né — Vítor corrigiu. — Ainda precisamos gravar uma fita demo, mandar para a seleção, ser aprovados.

Renato parou de andar, atônito.

— Como assim?

— Ué, você achou que era só chegar lá e tocar? Um monte de bandas se inscreve todos os anos. Só algumas são selecionadas.

— Por que caralhos você não mencionou isso?

Vítor apertou os lábios num sorriso difícil.

— Renato, não me leva a mal, mas... Gravar fita demo é uma coisa cara. Depois ainda tem o custo de inscrição no festival. E todo o esforço. Eu não queria investir tudo isso, pra na última hora a sua mãe não deixar você participar.

Ele não tinha resposta. Como sempre, Vítor estava certo.

E Vítor tinha outra surpresa preparada quando eles se reuniram no dia seguinte, na casinha dos fundos:

— Só mais uma coisa — disse. — O festival não aceita covers. Só músicas originais.

Os quatro olharam para ele com variados graus de incredulidade, medo e raiva. Naquele dia, estiveram separados por menos de duas horas, apenas quando cada um foi almoçar depois do colégio. Tinham a tarde livre, o que significava que estava ocupada com ensaio. Cada um tinha apanhado seu instrumento e levado para a casa de Caverna. Tinham ligado os cabos, afinado alguma coisa, estavam prontos para tocar as músicas que vinham praticando ao longo do último ano.

Músicas conhecidas. Músicas dos outros.

— Vem aqui que eu vou quebrar esse baixo na tua cabeça — disse Caverna.

— O que foi? Só tô falando!

Renato se sentiu tonto, como fora quando eles tinham decidido que ele seria o vocalista. Já fazia um ano que a Photophobia existia oficialmente, pelo menos dentro da casinha dos fundos, nas imaginações dos cinco e nas tentativas de logotipo que Bruno desenhava no caderno. Renato aprendera o básico sobre cantar — sua principal dificuldade fora deixar a voz sair, em vez de esganiçar encolhido, como quem pedia desculpas. E, embora sua voz não fosse nada de especial, ele conseguia se achar satisfatório ao interpretar covers do Nirvana, do Green Day, dos Ramones, de algumas bandas gaúchas que os inspiravam. Mas a perspectiva de cantar algo que fosse composto por eles mesmos o enchia de um misto de nervosismo, vergonha e uma estranha repugnância.

— Eu não sabia que não podia tocar cover nesse festival — disse Pijama, sempre com a guitarra pendurada nos ombros. — Mas tava na cara que um dia a gente ia compor alguma coisa, né? Qual banda sobrevive só de cover?

— Presta atenção pra eu te explicar uma coisa, seu bosta — Caverna segurava as baquetas com força. — A gente *não tem* nenhuma composição. Ninguém aqui nunca compôs porcaria nenhuma.

— Deixa eu ver então — Bruno revirou os olhos. — Agora a gente precisa compor, escrever letra, ensaiar, gravar a demo, tudo em menos de dois meses pra não perder o prazo de inscrição?

— Eu tenho uns riffs — Pijama respondeu, sem hesitar.

Bruno se calou. Então o guitarrista começou a tocar melodias simples, sobre as quais eles poderiam criar alguma coisa.

Renato olhava aquilo como se estivesse vendo um filme. Em instantes, a conversa se transformara de indignação e descrença em hipótese, então em prática. Caverna começou a marcar um ritmo na bateria e Vítor logo acompanhou no baixo, observando a mão esquerda de Pijama para discernir onde a melodia estava sendo construída. Bruno só tocou por cima, por algum tempo houve duas guitarras base, então Pijama aproveitou o acompanhamento para embarcar num solo.

Renato não fazia nada.

Não havia letra, ele não tinha o que cantar.

Por mais que a posição de vocalista fosse glamourizada, muitas vezes nos ensaios ele se sentia meio idiota. Parecia que não estava fazendo nada, sem saber onde iam as mãos e em que prestar atenção. Agora estava literalmente sem fazer nada, enquanto o resto da banda criava em cima do riff de Pijama.

Pegou o microfone e começou a murmurar sem palavras, mas não achava para onde ir. Seu instinto era enfiar alguma melodia conhecida à força. Sua cabeça acelerou, ele pensou que em alguns meses estaria fazendo aquilo na frente de uma multidão — na melhor das hipóteses. Na pior, seria só julgado e reprovado.

Pensou que, de alguma forma, precisaria achar algo a dizer naquele curto período. Claro, nada o obrigava a ser o letrista, mas ele queria contribuir de alguma forma. Não queria só executar o que seus amigos escrevessem. Tentou lembrar do que as músicas de que gostava falavam. Morte de namorada, movimento anarquista, cheirar cola, grandes questões sociais e existenciais. Ou seja, nada que tivesse a ver com sua própria experiência. Música era sobre essas coisas, sobre tragédias e inquietações chiques, não sobre a vidinha sem graça de um garoto de classe média numa cidade longe do centro de um país de terceiro mundo.

Os compositores falavam sobre viver de verdade. Sobre ir para a cadeia, sofrer por amor, ser internado num hospício, lutar contra o sistema. A coisa mais emocionante que ele fizera nas últimas semanas fora andar até a praça perto de sua casa. E mesmo assim, depois de dez minutos, sua mãe viera buscá-lo, furiosa e aos prantos, pois tinha certeza de que ele estaria sendo assaltado, atropelado, assassinado.

Renato sentiu algo borbulhar dentro de si.

Agarrou o microfone com força, os nós dos dedos ficaram brancos. Encheu o pulmão de ar e, quando abriu a boca, não sabia o que sairia:

— *Eu só quero sair!* — gritou. — *Para a Praça da Matriz!*

Os outros quatro arregalaram os olhos. Então Renato despejou uma letra desconjuntada, quase sem rimas, de métrica inexistente. Mas havia um refrão:

— *Eu só quero sair!* — Pijama se juntou no backing vocal. — *Para a Praça da Matriz!*

Bruno largou a guitarra e começou a anotar num caderno tudo que conseguia. As palavras, a progressão da melodia, principalmente aquele refrão.

— *Eu só quero sair!* — os dois cantaram, e Vítor harmonizou com eles. — *Para a Praça da Matriz!*

Naquele momento, Renato não sabia que estava compondo a letra da primeira música de seu álbum de estreia. Era simples, básica, até ingênua. Era o sentimento genuíno de um garoto de dezesseis anos que precisara de um grupo de cúmplices e um aparato de mentiras para ter permissão de sair de casa numa sexta à noite. Era um grito de desespero banal e, imbuído de uma carga quase mágica de catarse, ressoaria com milhões de outros jovens ao longo dos anos.

Em duas semanas de intensidade enlouquecedora, Renato e Pijama compuseram um punhado de músicas, incluindo *Praça da Matriz*, que transformaram em uma letra que fizesse sentido a partir das arengas improvisadas. Mostraram cada uma para a banda. Eles treinaram, acharam o estúdio mais barato que conseguiram, pegaram dinheiro emprestado de irmãos mais velhos e amigos mais abastados, e a Photophobia gravou sua primeira fita demo. Fizeram cinco "originais" e depois inúmeras cópias em toca-fitas caseiros. Uma das originais foi para a inscrição no FACE, outras duas para fanzines que falavam de música independente, a quarta para uma rádio local e a quinta permaneceu com eles, como uma relíquia.

Os outros quatro quase não reconheciam Renato nos dias seguintes. Ele começou a convidar colegas, conhecidos e todos que visse pela frente para o primeiro show da Photophobia, que aconteceria no FACE. Cobrou de Bruno uma versão definitiva do logotipo da banda, pois queria pintar num tecido para colocar atrás deles no palco. Quando Bruno lembrou a ele que ainda não haviam sido selecionados, que estavam concorrendo com dezenas de bandas que não tinham composto suas músicas de última hora, Renato olhou para ele com estranheza.

— É claro que vamos entrar no festival — deu de ombros. — A gente é a Photophobia.

Aguardaram ansiosos o dia em que os resultados seriam divulgados. Precisaram pegar um ônibus e ir fisicamente ao Colégio Padre José, solicitar crachás de visitantes e subir as escadas até a sala do grêmio estudantil. Uns vinte adolescentes cabeludos se reuniam na porta fechada do grêmio, esperando o resultado. Então Renato ouviu o barulho de uma chave girando lá dentro. Um adolescente igualmente cabeludo abriu a porta, saiu da sala do grêmio, pediu licença entre a pequena multidão e colou na parede externa uma folha sulfite com os nomes de quinze bandas escritos à mão com caneta hidrocor.

Aos olhos de Renato, a palavra "Photophobia" se destacou das demais. Ele não enxergou mais nada, nem gritou, nem ouviu as comemorações e reclamações a sua volta.

Só respirou fundo e notou como tudo se encaixava.

Eles saíram do grêmio estudantil com uma lista de documentos que deviam reunir e um formulário que deviam preencher. Foram, é claro, para a casinha dos fundos. Vítor colocou o formulário na mesa e pegou uma caneta esferográfica.

O primeiro campo a ser preenchido era fácil: nome da banda. Ele desenhou cada letra com cuidado.

O segundo campo pedia para listar os nomes dos membros e seus respectivos colégios.

O terceiro era um espaço para que colocassem seus nomes artísticos, se quisessem. Isso seria importante caso ganhassem: os apresentadores poderiam chamá-los pelo nome ao palco.

— Querem colocar os apelidos? — perguntou Vítor.

— Coloca Pijama. Ninguém me chama de Marcelo mesmo.

Vítor fez isso.

— Posso colocar "Caverna" também?

— Claro! É nome de baterista!

Escreveu o apelido do amigo no formulário.

— Só isso? — Vítor olhou ao redor. — Alguém quer inventar um nome artístico?

Deram uma risada curta. Por mais que admirassem músicos como Doyle Wolfgang Von Frankenstein, Jello Biafra, Lux Interior e outros com nomes inventados, parecia um pouco de afetação demais.

Mas:

— Eu quero — disse Renato.

— Sério? — perguntou Pijama. — Qual é o problema com o seu nome?

— Não queria dizer nada — Caverna se meteu. — Mas ele tem razão. "Renato Falkenberg" parece nome de ministro da justiça.

— Seu sobrenome é foda — Bruno opinou. — Você pode usar só "Falkenberg".

Renato não sabia por quê, mas soava errado. Nunca gostara nem desgostara do próprio nome. Mas Renato era quem não podia ir à Praça da Matriz. Renato era quem tinha medo de falar com os outros.

"Falkenberg" era o sobrenome de quem abandonava a família.

Ele não queria que nenhuma das duas palavras sujasse a banda. Aquele era seu mundo, ali era onde as coisas davam certo.

— Coloca "Tato" — disse. — "Tato Falk".

— Quem te chama de Tato? — perguntou Caverna.

— Todos vocês, a partir de agora. Pelo menos nos ensaios.

Os quatro se entreolharam.

— Ô, Renato — disse Bruno. — Dar apelido pra si mesmo é o fim da picada, né.

Tato não foi agressivo. Não precisou brigar. Só falou com a certeza e a confiança do frontman de uma banda:

— Renato Falkenberg não é o vocalista da Photophobia — ele disse. — Mas Tato Falk é.

Naquele momento, Tato descobriu quem era. Naquele momento, assumiu naturalmente a liderança da banda, permitindo que Vítor se concentrasse em seu papel de administrador e planejador.

Foi Tato Falk que subiu ao palco do FACE sob as luzes quentes, andou até o microfone, viu três mil pessoas olhando para ele e disse:

— *A gente é a Photophobia!*

Foi Tato Falk que gritou que só queria sair para a Praça da Matriz, comandando o mar de jovens que se jogavam uns contra os outros, chutavam-se mutuamente, empurravam-se, subiam no palco para pular de volta à multidão, gritavam junto.

Foi Tato Falk o primeiro nome a ser chamado de volta ao palco quando eles foram anunciados como vencedores do festival.

No hospital, ser Tato Falk da Photophobia valeu a pena mais uma vez. O horário de visitação já acabara há muito tempo. Um mero Renato Falkenberg seria mantido na sala de espera, mas Tato possuía alguns privilégios. Injusto, mas naquele momento era injusto a seu favor, então ele decidiu aproveitar.

Entrou no quarto e viu que os pulsos de sua mãe estavam presos com fitas de tecido fechadas com velcro. Ela fora sedada, segundo a médica, mas estava acordada.

— Mãe? — ele se aproximou. — O que houve?

— É você, Nanato?

O rosto de sua mãe estava todo arranhado. Ele sentiu um enjoo gélido.

— O que houve? — repetiu.

— Você me deixou aqui sozinha — ela gemeu. — Uma velha entrevada sozinha num ambiente estranho. Gente entrando e saindo do meu quarto o tempo inteiro.

— As enfermeiras?

— Como eu vou saber, Nanato? Não tenho nenhuma segurança aqui, ninguém pra cuidar de mim. Tenho que me defender sozinha, como sempre fiz. E agora estou presa. O meu crime é existir.

O pessoal do hospital explicara a ele o que tinha acontecido. Sua mãe bateu em uma enfermeira com uma comadre cheia, agarrou uma segunda pelos cabelos, berrando que seu filho a abandonara. A idade e a doença não impediram que a força explosiva da fúria se manifestasse. Só conseguiram aplicar o sedativo quando quatro enfermeiros seguraram seus braços e pernas, para que outros prendessem os pulsos e tornozelos, então a médica conseguisse achar a veia e enfiar a agulha. Mesmo assim, a mãe de Tato escarrou na cara dela. Tato pedira desculpas a todos, mas não havia como desculpar.

Não era culpa dele, mas também era imperdoável.

— Mãe, lembra que eu estive aqui hoje à tarde? A senhora não está abandonada.

— Claro que eu lembro, Nanato. Acha agora que eu estou caduca? Lembro de tudo. Lembro de tudo que você fez pra mim, tudo que me fez passar.

Ao longo dos anos, houvera algumas tentativas de diagnosticar sua mãe com algum transtorno. Aquilo não podia ser *normal*. Mas, nas poucas vezes em que ela aceitou conversar com um profissional de saúde mental, não demonstrou nada que se pudesse classificar, ou pelo menos disfarçou muito bem. Não havia diagnóstico para o rancor.

— Quem sabe a gente contrata uma cuidadora pra ficar aqui com a senhora?

— É isso então? Ficar com a sua mãe é um sacrifício tão grande que você prefere pagar alguém? Entendi.

— Não é isso, mãe, é que eu preciso...

— Precisa ficar com os seus amigos, eu sei. Sempre os seus amigos vagabundos, que nem o seu pai. Você era uma criança boazinha, Nanato, bem obediente. Mas depois, quando começou a virar moço, se transformou num cafajeste que nem todos os outros. Só queria ficar com os amigos. Lembro bem, era uma sexta-feira de noite e você largou a sua mãe sozinha, mofando em casa, pra ir ficar com eles. Eu nunca devia ter deixado. Depois da primeira vez, queria sempre, nunca mais me fez companhia.

Tato lembrava bem das noites em casa. Quase todas as luzes apagadas, as cortinas fechadas, a TV ligada e a obrigação de assistir a tudo, sentado ao lado da mãe. Ele tentara muitos meios termos, antes de entender que nada menos que tudo podia satisfazê-la. Tentara ficar com ela, mas lendo uma revista ou ouvindo o walkman. Não bastava: ela precisava de toda a sua atenção. Precisava que ele assistisse ao que ela assistia, que não se distraísse. Depois comentava as notícias, os comerciais, as falas de cada novela. Se Tato não lembrasse de algum detalhe, vinham as acusações de que não participava da convivência familiar, de que estava lá só de corpo presente, pensando em outras pessoas. Ela exigia ele inteiro, não podia sobrar mais nada para ninguém.

Não havia diagnóstico para a necessidade de possuir uma pessoa.

— Você mesmo acha que eles gostam de você, Nanato? Acha que eles te amam como eu amo?

— Mãe...

— Cala a boca quando sua mãe está falando. Eu lembro muito bem dos seus amigos, Nanato. Lembro quando aquele marginalzinho teve a pachorra de sentar no meu sofá, olhar na minha cara e dizer que ia te levar pra um ambiente saudável. Aquilo estragou a sua vida, Nanato. Não me arrependo de nada tanto quanto não ter enchido aquele fedelho de tabefes e expulsado ele da minha casa.

Ela estremecia de raiva.

— Se eu soubesse que ter saído de casa naquela noite ia te fazer virar *isso,* tinha trancado você no quarto. Tinha te tirado da escola. Foi depois daquele dia que você me abandonou, Nanato, pra rastejar que nem um cachorrinho atrás dos seus amigos vagabundos.

Pra puxar o saco deles, pra lamber as botas deles, pra fazer tudo que eles mandam.

Tato sentiu algo estranho. O esforço dela era tão grande para atacar tudo e todos que algo se quebrou. Não algo nela mesma — algo nele.

Talvez o que ele sentisse antes não fosse amor, não como um filho normal teria por uma mãe normal. Talvez fosse só o misto de tolerância e responsabilidade que vem com um fardo involuntário. Talvez fosse só culpa.

Mas, o que quer que fosse, foi finalmente quebrado.

Tato percebeu que não sentia mais nada.

— Eu lembro quando eles te tiraram da nossa casa, Nanato. Foi anos depois, mas tudo começou naquela noite que eu deixei você sair.

Ele ouvia e observava como um cinegrafista filmando um acidente. Um misto de curiosidade e indiferença.

— E sabe o que mais? — ela continuou. — Quando eles invadiram a nossa casa e te obrigaram a se mudar, você estava ocupado levando as suas coisas embora, e eu ouvi como eles falavam de você. Eles debochavam pelas suas costas. Eles riam de você, Nanato. Eles disseram na minha frente que só queriam que você fosse o empregadinho deles, que só queriam o seu dinheiro. Eles tinham o conjunto musical e acharam um bobinho pra fazer todo o trabalho. Um coitado que idolatrava eles, em quem eles podiam pisar. Esse era você, Nanato. Esse é você. Sempre foi. Você é o palhacinho da sua turma, eles só te usam, só te passam para trás, só te enganam.

Se ela morresse naquele momento, não haveria qualquer emoção. Nem alívio. Seria só um compromisso riscado da agenda.

— Vai lá correr atrás dos seus ídolos, Nanato! Vai rastejar atrás dos seus chefes. Deixa aqui a única pessoa que já te amou na vida.

A mãe de Tato ficou ofegando, recuperando o fôlego depois da enxurrada de ódio.

— Eu vou embora, mãe.

— Essa sua vida de brincadeira, com os seus amigos vagabundos, nunca vai dar certo. Você vai me deixar morrer com o desgosto de não saber qual vai ser a sua profissão.

Pela primeira vez, ele teve a reação apropriada:

Riu para si mesmo. O riso condescendente de um adulto que ouve insultos de uma criança.

— A banda já deu certo, mãe.

— Pode até ter dado pra eles. Não pra você. Você só está sendo passado pra trás. Eles não gostam de você.

Tato virou as costas, andou em direção à porta.

— Só quem te ama no mundo todo sou eu, Nanato.

Abriu a porta.

E foi embora.

A BANDA PREFERIDA DA SUA BANDA PREFERIDA

(Cascavelletes, Replicantes, TNT, Faichecleres)

Depois do show no FACE, Tato ganhou coragem para desafiar sua mãe. Certo dia, anunciou que ocasionalmente iria sair de casa nas sextas e sábados à noite. O trajeto da sala até a porta era um processo de mais de uma hora, composto de choro, gritos, ameaças de suicídio. Mas ele aprendeu a aguentar, a apaziguar a mãe como podia, a esquecer a nuvem de culpa que pairava sobre sua cabeça, pelo menos enquanto estava no palco.

Porque em geral, quando ele estava fora de casa à noite, era como vocalista da Photophobia.

Coragem e postura foram as únicas coisas que mudaram na vida da banda depois de vencer o festival. Receberam um pequeno prêmio em dinheiro, que logo sumiu na manutenção dos instrumentos. Não houve nenhum convite para conhecer executivos de gravadoras, ninguém importante lhes deu atenção. O momento da vitória fora apoteótico, mas não transformador.

Ao longo de quase dois anos, eles tocaram em algumas festas de gente do colégio e em meia dúzia de bares em que tecnicamente eram jovens demais para entrar. *Praça da Matriz* passou algumas vezes num programa dedicado a bandas novas na rádio alternativa local. Eles recrutaram amigos e parentes para ligar para a rádio pedindo a música, achando-se geniais pela tática, sem saber que era algo usado por músicos iniciantes desde sempre, no mundo inteiro.

A fita demo foi parar na mão do editor de uma revista independente de São Paulo, a *Unguento*. Um fanzine que conseguira ascender a revista, tinha capa colorida e alcançava bancas de jornal de várias capitais do país. O editor resenhou a demo, dizendo que mostrava promessa e que a Photophobia tocava um "hardcore honesto de quem descobriu o grunge na MTV". Era um misto de elogio e tapa de luva, mas eles ficaram eufóricos.

Vítor passou a receber cartas escritas à mão de leitores da *Unguento*, pedindo para comprar a demo. Em um método primitivo que era tudo que tinham à disposição, eles copiavam a fita original em um aparelho caseiro, enviavam por correio para o endereço do comprador e pediam que a pessoa enviasse dinheiro de papel também pelo correio. Deu certo mais ou menos metade das vezes. Na outra metade, eles nunca receberam o pagamento. Mas sabiam que, em diversos lugares do Brasil, desconhecidos estavam ouvindo sua música. Era difícil acreditar.

O dinheiro das fitas copiadas era a única fonte de renda da banda, exceto pelos trabalhos informais de meio período que os cinco pegavam de vez em quando. Os bares em que tocavam eram pouco mais que botecos. Nenhum tinha palco de verdade, muito menos acústica decente. Os donos não pagavam e os garotos eram bobos demais para notar que isso era errado. Eles achavam que era um privilégio receber permissão de tocar.

Foi num desses bares que aconteceu a transformação.

Eles tinham tocado por vinte minutos para um público de dez ou quinze bêbados desinteressados. Tato notou que no fundo, de pé, encostado no balcão, havia um sujeito que não parecia nem bêbado, nem desinteressado. Durante os vinte minutos em que eles tocaram, o homem prestou atenção.

Depois, eles empilharam os instrumentos num depósito nos fundos do boteco e usaram um telefone público para implorar que o irmão mais velho de Bruno, que tinha carro, viesse pegá-lo e levar o equipamento de volta, enquanto os outros voltariam para casa de ônibus. Esperando pelo resgate, sentaram numa mesa do barzinho. Caverna, que tinha cara de mais velho, foi até o balcão para tentar convencer o barman a lhes vender cerveja sem pedir identidade.

Quando ele chegou ao balcão, o sujeito que estava encostado se afastou. Caverna estacou, observando-o caminhar, de boca aberta. O homem andou até a mesa onde estavam os outros quatro.

— Vocês são a Photophobia, né? — ele perguntou.

Tato sentiu o corpo inteiro formigar. Não tinha reconhecido o rosto no lusco-fusco do boteco, mas reconheceria aquela voz em qualquer lugar.

Aquele era Franz Júpiter, vocalista de uma de suas bandas preferidas, a Logorreia Filarmônica. O nome esdrúxulo não impedira que a banda porto-alegrense fizesse sucesso nacional, tivesse videoclipes na MTV, fosse trilha sonora de um filme e tocasse em rádios de todo o país. Franz obtivera tudo isso *após* ter fundado outras bandas importantes e definido boa parte da "cara" de Porto Alegre como cena cultural musical.

Para o garoto, era um deus.

— É — disse Tato, mesmerizado.

— Ouvi a demo de vocês. É do caralho.

— Obrigado — quase inaudível.

— Olha só, a gente vai tocar no Moebius semana que vem e a banda de abertura furou. Vocês não querem abrir pra nós?

Tato não conseguiu responder, então Vítor tomou as rédeas e disse que claro, seria uma "puta honra" abrir para eles. O músico mais velho explicou que o show seria uma retrospectiva da história da Logorreia. Em breve eles lançariam um novo disco e voltavam a um dos bares onde tudo começara para comemorar com os fãs antigos. Pijama conseguiu conversar com Franz por alguns minutos de forma mais articulada que os outros.

— Massa — disse Franz. — Ó, aqui tá o meu telefone. Me liga pra gente combinar.

Escreveu o número de telefone fixo num guardanapo, cumprimentou todos eles e foi embora.

— O que aconteceu? — perguntou Bruno, embasbacado.

E Tato respondeu:

— A vida acabou de mudar, cara.

O Moebius era um bar, mas na prática era mais uma casa de shows. Ficava numa rua estreita no bairro boêmio mais tradicional de Porto Alegre. Tato sempre se interessara porque o nome remetia às suas histórias em quadrinhos favoritas, mas só tinha conseguido entrar no lugar depois de se libertar das noites em casa. Desde então, fora poucas vezes, mas se considerava um freguês assíduo. Tinha visto algumas bandas locais que o inspiravam e outras que estavam começando, assim como eles, só um pouco mais à frente na jornada. Ele se sentia à vontade no Moebius. A cerveja era barata e os traficantes que ficavam de plantão na calçada garantiam a segurança.

Agora estava no camarim do Moebius, esperando a hora de entrar, fingindo que era normal ver seus ídolos no mesmo ambiente, conversando.

— O bar tá lotado — Vítor anunciou, entrando no camarim. — Um monte de gente na pista. Metade usando camiseta da Logorreia.

Os membros da banda principal riram e fizeram um brinde a isso.

— Bando de poser — Pijama opinou.

— Por que poser? — perguntou Vítor. — Estão aqui numa retrospectiva da banda, deve ser tudo fã antigo.

— Todo mundo sabe que não se usa camiseta de uma banda no show da própria banda. Tem que usar camiseta de *outras* bandas.

— Quem disse?

— Todo mundo sabe.

— Nem vem, que você usou camiseta dos Ramones no show deles aqui em Porto Alegre — Caverna cutucou.

— Aí é diferente — Pijama falou, solene. — Ramones é religião.

Ficaram discutindo sobre aquilo por vários minutos. Tato se manteve alheio, como fazia anos antes. A muito custo, aprendera a aceitar que seus amigos não apenas toleravam sua presença, como faziam questão dela. Essa insegurança ficara para trás há bastante tempo e a companhia do resto da banda não era mais motivo de fascínio.

Mas naquela noite ele estava fascinado de novo.

Não era só estar no mesmo camarim da banda que escutara obsessivamente desde que descobrira a música. Não era só o show no bar que mais gostava. Aquela noite tinha algo de especial. As cores estavam mais vivas, os sons estavam mais límpidos. Ele se sentia num filme, mas de um jeito bom. Não estava nervoso, não precisava repassar as letras ou se preocupar com o volume do microfone. Naquela noite, ele sabia que bastava pisar no palco, e algo extraordinário iria acontecer.

Talvez aquele fosse o momento de virada, como se via em documentários sobre bandas estrangeiras. Talvez, no meio do público, estivesse um executivo ricaço que iria lhes dizer que eles seriam astros do rock, então eles voariam direto para Nova York no jatinho de uma grande gravadora.

Talvez. Tecnicamente, não era impossível.

— Tá na hora — anunciou uma moça que trabalhava no bar.

Os cinco se levantaram, disseram algumas palavras de encorajamento uns para os outros. Os músicos da Logorreia se juntaram, achando graça no entusiasmo e nervosismo dos meninos.

Eles entraram no palco, o público deu alguns gritos. Não porque fossem fãs, mas porque uma banda estava subindo no palco, e todos estavam lá para se divertir.

Tato tomou a frente, agarrou o microfone. Abriu a boca.

Então viu uma menina encostada no palco, na frente de todo mundo, a mão em concha, gritando o nome da banda. Ela vestia uma camiseta onde ele podia ler:

"Photophobia"

E o logotipo desenhado por Bruno logo abaixo.

Tato se ouviu falar "A gente é a Photophobia", então a contagem de 1-2-3-4 de Vítor, então os instrumentos e sua voz cantando *Praça da Matriz*, mas não sentiu que era ele mesmo fazendo tudo aquilo. Seu corpo era um robô que acompanhava seus quatro amigos, sua mente estava fixada na menina mais bonita que ele já vira, cantando a letra com ele e usando a camiseta de sua banda.

É claro que a Photophobia ainda não tinha camisetas próprias. Eles até sonhavam em um dia ter merchandising, mas era um investimento inicial absurdo para sua condição financeira. Nem saberiam por onde começar. Aquela menina tinha feito sua própria camiseta. Porque gostava da música deles.

Sobre o palco, Tato se sentia solto, poderoso, mas na verdade era só um garoto. Ele não percebeu que olhava fixamente para ela, e só para ela, durante todo o show.

Mas ela percebeu, e achou graça.

Enquanto os últimos acordes distorcidos da última música ressoavam e Caverna finalizava na bateria, Tato se ouviu dizer:

— Obrigado, Moebius! A gente é a Photophobia!

Mas, de novo, não parecia ele mesmo.

Os cinco voltaram ao camarim sob os gritos e aplausos do público. Tato escutava como se aquilo tudo acontecesse em outro planeta.

— Foi nosso melhor show, cara! — Bruno se entusiasmava. — Nosso melhor show!

Os membros da Logorreia e seus amigos (todos músicos geniais que Tato idolatrava) foram dar os parabéns. Franz Júpiter bateu no ombro dele, apertou sua mão.

— Show muito massa, gurizada! Tato, você cantou pra caralho.

— Valeu — sem dar nenhuma atenção.

Tato se desvencilhou de algumas das pessoas que mais admirava no mundo, saiu do camarim às pressas, subiu uma escadinha, passou pela entrada de um depósito, achou a porta que dava acesso ao bar em si, se meteu na pista.

Não precisou procurar muito: a menina mais bonita que ele já vira se destacava na multidão, como se fosse a personagem principal numa história em quadrinhos.

Foi até ela sem saber o que iria dizer.

Ficou um segundo parado na sua frente e ela riu.

— Oi? — a garota disse.

— Não se usa camiseta de uma banda no show da própria banda — disse Tato. — Todo mundo sabe.

— Quer que eu tire?

Ele nunca soube se beijou ela, ou se ela o beijou. Tato sumiu pelo resto da noite. Só horas mais tarde descobriu que o nome dela era Olívia.

— E como você tá? — Olívia perguntou.

— Bem — ele disse. — Pode parecer esquisito, mas acho que estou bem. De verdade.

Ela se aconchegou sobre seu peito.

Já era tarde e aquela era uma das poucas ocasiões em que tinha expulsado os amigos de seu quarto de hotel. Eles seriam capazes de entender o que Tato passava com a mãe moribunda, ofereceriam palavras valiosas. Mas aquele não era um momento para a banda — era um momento para o casal. Recostado na cama, a TV ligada em séries bobas, conversava com a esposa, a única pessoa no mundo de quem nunca quis se afastar, nem por cinco minutos.

— Tato, eu sei tudo que você passou. Eu sei que mãe é mãe, que ela sabe te cutucar onde incomoda. Mas... mãe é mãe. Ela tá em estado terminal.

— Eu sei.

— Você tá fazendo tudo que pode por ela. Você fez mais do que qualquer um achava que poderia. Ela só tá nesse hospital referência por sua causa.

— Eu sei.

— O que eu quero dizer é... Você sempre fez tudo certo. Sempre fez tudo muito mais do que certo. Porque você sabe que ela é difícil mesmo. Você sempre soube como ajudar ela, mesmo que ela não quisesse. Eu vou apoiar qualquer decisão que você tomar, mas pensa bem antes de decidir que nunca mais vai ver a sua mãe.

Ele não respondeu por um longo tempo.

— Sabe que ela nunca falou o seu nome? — Tato disse, por fim. — Mais de vinte anos de casamento, ela nunca falou o seu nome. Quando precisa se referir a você, ela diz "aquela moça".

Dessa vez foi Olívia quem falou:

— Eu sei.

— Na noite do show no Moebius, quando a gente ficou pela primeira vez, eu cheguei super atrasado eu casa.

— Eu também — ela riu. — Dezoito anos na cara, fiquei de castigo por duas semanas.

— Pois é, isso é uma reação normal — disse Tato. — Dois adolescentes sem nada na cabeça, desaparecendo numa época em que ninguém tinha celular, sem avisar, sem dar notícia. Tá certo os pais se preocuparem, tá certo ter consequências. Hoje em dia a gente nota o quanto era arriscado ficar bebendo escondido num canto escuro na rua.

— A gente fez bem mais do que só beber.

Tato beijou a esposa. Tão incrível quanto a primeira vez.

— Sabe o que a minha mãe fez, em vez de me deixar de castigo?

— Você nunca me contou. Achei que tivesse sido um dos chiliques normais.

— Não foi — ele suspirou. — Eu nunca te contei porque até hoje tenho vergonha. Ela parou de falar comigo, Olívia. Ela me ignorou por uma semana.

— Não foi mais fácil assim?

— Não. Foi... bizarro. A sensação era estranha. Estou com vergonha até de falar isso, mas... Não parecia que ela estava lidando com um filho.

Parecia que estava lidando com um igual. Com um marido.

O tratamento silencioso durou até que Tato cedeu e pediu para que ela falasse. Ela então exigiu saber por que ele demorara tanto aquela noite. Ele contou meias verdades, disse que estava com músicos que adorava, que tinha bebido. Mas ela podia sentir que havia algo a mais. Algo que era precioso para ele.

Tudo que era precioso para ele era algo que ela podia ameaçar.

— Isso é o mais assustador — disse Tato. — É ridículo um cara como eu dizer que uma senhorinha é *assustadora,* mas não consigo pensar em outra palavra. Ela é inteligente, Olívia. Ela é *muito* inteligente. Quando o meu pai foi embora, ela conseguiu um emprego em tempo de pagar as contas do mês seguinte. E, por mais que ela reclamasse, era um emprego que pagava bem. Ela subiu na carreira porque sabia com quem fazer amizade, como puxar os outros pra baixo.

Olívia escutava de cenho franzido.

— Ela usou essa mesma inteligência comigo. Ela *sabia* que algo a mais tinha acontecido naquela noite, e quanto mais eu negava, mais ela tinha certeza de que era algo importante. Ela insistiu, manipulou conversas, até que me exauriu e eu cedi. Contei que tinha conhecido uma menina e estava apaixonado.

— E o que ela fez?

— Ela começou a procurar provas de que você me traía.

— Tato, isso é tão ridículo...

— Eu sei. Eu sempre soube, nem naquela época duvidei de você por um segundo. Mas dá pra entender? Ela te via como uma rival.

Quando, meses mais tarde, Tato apresentou Olívia a sua mãe, a visita foi pacífica. Mas então ela parou de comer. Disse que estava deprimida demais com o filho esfregando na sua cara a "biscate que tentava roubá-lo".

— Ela dizia que tinha te visto beijando os meus amigos — ele não conseguia olhar na cara da esposa. — Se você ia viajar com a sua família, ou se saía sem mim, ela ria às gargalhadas. Perguntava se eu ia aceitar você de volta depois que estivesse "usada".

— Por que você nunca me contou?

— Porque falar isso me faz sentir sujo, Olívia. Eu não quero que essa imundície chegue perto de mim. De *nós*. Eu não quero nunca usar essas palavras pra falar de você, mesmo que seja contando o que ela falou.

Ela deu um riso triste, mas cúmplice.

— Tato... O nosso casamento está *tão* acima de tudo isso... Eu estou achando graça. É a mesma coisa que se a sua mãe dissesse que eu sou uma alienígena que está te usando pra invadir a Terra. É só a fantasia de uma pessoa fraca.

Ele olhou para ela com estranhamento.

— Fraca? Eu é que fico fraco perto dela.

— Não, Tato, você é forte. A gente costuma achar que uma pessoa fraca é sempre uma vítima inocente, mas a sua mãe é fraca, e é a agressora. Ela não teve coragem de refazer a vida dela, então decidiu estragar a sua. Fraqueza pura.

Mais uma vez, Olívia falava a coisa perfeita. Mais uma vez, Tato ficou maravilhado com a improbabilidade de a vida ter dado tão certo.

— Mas o ponto onde eu ia chegar — disse Olívia — é que eu acho que você deve continuar visitando a sua mãe.

Ele ponderou aquilo por um tempo.

— Mesmo?

— Mesmo. Quer dizer, a decisão é sua. Mas, se você realmente não se importasse com ela, ou se odiasse ela, não teria feito tudo que fez durante todos esses anos. Agora são só alguns dias, Tato. Ou ela morre — Olívia teve a franqueza que a intimidade permitia — ou a gente volta pra Londres. Seja como for, você só precisa aguentar alguns dias. Se tomar a decisão de nunca mais ver ela, vai ter que lidar com isso pelo resto da vida.

Ele não respondeu.

— Eu posso ir lá se você quiser. A sua mãe pode arremessar uma comadre cheia em mim, e eu vou rir, Tato. Porque a nossa vida é maior que rancor e sujeira de hospital.

— Você tem razão. Racionalmente, você tem razão. Mas continuar visitando ela parece... *perigoso.*

— Agora você tá sendo dramático.

— Eu sei.

Mas na verdade não sabia. Continuar a ter contato com sua mãe parecia mesmo perigoso. Um risco indefinível, mas incomodando no fundo de sua mente.

— A verdade é que você nunca vai conseguir *se vingar* — disse Olívia. — Você nem quer isso, você é um doce. Mas você nunca vai conseguir fazer ela entender, ela nunca vai tomar um baque e notar o quanto errou. Isso nunca vai ter uma resolução, Tato. Então talvez seja melhor você fazer as pazes com essa ideia. Assim como você tem uma cabeça brilhante, um talento musical que eu mal consigo entender, um carisma que faz todo mundo te seguir, uma ambição que nos fez alcançar os nossos sonhos, os melhores amigos do mundo e uma esposa inteligente, empreendedora, sensível, sensata, esperta e gata...

Os dois riram.

— ...assim como você tem tudo isso, você teve um pai covarde e uma mãe fraca. Paciência. É a vida, isso nunca vai mudar.

Era o velho clichê: não adiantava querer um passado melhor.

— Você tem razão — ele disse, agora com sinceridade.

CANÇÕES DE AMOR

(L7, The Muffs, Sleater-Kinney,
Breeders, Bikini Kill, Elastica)

Olívia estudava piano e canto lírico. Entendia muito mais de música que qualquer um deles. Mas, acima de tudo, entendia de pessoas.

— O que você precisa — ela disse, enquanto mastigava um grande pedaço de xis — é achar uma atividade que acalme a sua mãe. Então participar do que quer que seja. Daí, quando ela estiver mais tranquila, você aborda o assunto. Não adianta chegar do nada e pedir. Ela vai ficar ressabiada.

— Casa com essa mulher, Tato — disse Pijama, e todos riram.

Não existia uma banda, um músico, um gênero que Olívia não conhecesse. Falava com a mesma desenvoltura de compositores clássicos e da dance music que tocava nas boates. Ia a shows independentes todas as semanas e colecionava nomes de projetos obscuros que ninguém mais conhecia.

Ela ouvira a Photophobia pela primeira vez no rádio. Copiara a demo de alguém que tinha copiado de alguém que tinha comprado, e gostou do que ouviu. Já os assistira uma vez, mas não tinha conhecido Tato porque na ocasião estava acompanhada. Olívia não era obcecada pela Photophobia, nem achava que fossem os maiores músicos do mundo. Mas não conseguia parar de cantar *Praça da Matriz* e achara engraçado usar uma camiseta feita em casa da banda de abertura enquanto o resto do público estivera no Moebius para ver a banda principal.

Olívia era uma adolescente como eles, mas mais confortável consigo mesma. Tato a pediu em namoro porque não sabia como proceder de outra forma, ela riu e disse que eles já estavam namorando, ele só não tinha sido informado.

E foi isso.

Ela se tornou presença assídua nas reuniões e ensaios da banda. Eles estavam agora numa lancheria na frente de um parque, comendo xis e tomando suco, conspirando para obter um pouco mais de liberdade.

— Se a Olívia falou, tá falado — disse Vítor. Com olho apurado para o talento, ele notara a esperteza da garota, e incentivava a banda a seguir seus conselhos. — Você precisa achar algo que a sua mãe goste, pra amolecer ela.

O ensino médio acabara e quatro dos cinco membros da Photophobia estavam na terra de ninguém após terem prestado vestibular e falhado. Mas Tato não se importava com aquilo, sabia que o futuro estava na banda. Frequentava o cursinho e fingia estudar, porque até mesmo ele achava maluquice *não* fazer isso. Mas se sentia um forasteiro. Nada realmente importava, era só uma maneira de passar o tempo até que a vida real começasse.

Nem todos compartilhavam de sua certeza, ou de sua apatia frente à próxima etapa dos estudos. Caverna já estava cursando Ciências Sociais. Pijama ia tentar Música. Vítor faria Administração. De maneira totalmente improvável, era Bruno, com todo o seu pessimismo, que mais confiava no sucesso da Photophobia. Nem pretendia prestar vestibular uma segunda vez. Continuaria trabalhando na loja de discos onde estava empregado até que a banda começasse a pagar as contas.

O que tudo isso significava era que os cinco estavam num limbo de autonomia. Por um lado, sentiam já ter superado o mundo doméstico e cheio de limites que acompanhava a escola, quando precisavam de permissão dos pais para qualquer coisa. Por outro, isso era só uma sensação — na verdade *precisavam* de permissão, não tinham carro, não tinham dinheiro e dentre eles só Caverna estava minimamente encaminhado na vida. Um dilema comum para jovens de classe média. Uma época em que se precisava de ajuda para passar um tempo na casa de praia dos pais de algum amigo, ou viajar de mochila nas costas com um namorado ou namorada, ou impulsionar uma carreira musical.

A Photophobia planejava sua primeira turnê, e precisava de ajuda.

— O problema é que a minha mãe não gosta de nada — disse Tato. — O que ela gosta é de ficar parada na frente da TV, e que eu esteja com ela. Sempre foi assim. Se ela surta quando eu passo algumas horas fora de casa no fim de semana, imagina viajar por quase um mês inteiro.

Depois do show no Moebius, a Photophobia tinha se estabelecido em Porto Alegre. Abrira vários shows de bandas maiores e foi a banda principal em diversos locais quase respeitáveis, onde até eram pagos. Vítor administrava o dinheiro da banda, guardando a maior parte numa caderneta de poupança para algum projeto maior. Não era incomum ouvir *Praça da Matriz* em alguma rádio alternativa local. Eles tinham gravado uma segunda demo que circulara bem entre as poucas pessoas que se importavam com isso.

Mas nenhum deles sabia como dar o próximo passo.

Foi Olívia que apontou que apenas esperar que as coisas dessem certo não ia adiantar de nada.

Ela descobriu, sabe-se lá como, os telefones de vários bares de rock no interior do estado. Ligou para cada um, dizendo que era empresária da Photophobia e que a banda estava embarcando numa turnê. Era a nova sensação da cena da capital e estava muito solicitada, mas por sorte passaria uma noite livre na exata cidadezinha onde ficava esse exato bar. Ela podia tentar encaixá-los para uma apresentação se o estabelecimento cumprisse algumas condições e os cronogramas fechassem.

E assim, mentindo que a banda estava em turnê, Olívia criou uma turnê.

Logo, sua ambição se expandiu para além do Rio Grande do Sul. Conseguiu alguns bares em Santa Catarina, um no Paraná. Achando-se a maior mestra manipuladora do entretenimento mundial, Olívia fez uma última ligação. Algo que nunca daria certo, mas que seria uma história divertida para contar depois: ligou para um famoso bar de rock em São Paulo, que já acolhera quase todas as grandes bandas do país. Disse que a Photophobia, grande revelação da cena porto-alegrense, podia ter um espaço na agenda para tocar lá, com algumas condições.

Para sua surpresa, a dona do bar concordou. Ela ouvira a segunda demo e era amiga de algumas bandas que conheciam a Photophobia. Estava precisando de alguém para preencher uma noite de domingo numa época fraca. Assim, sem fazer ideia de como eles chegariam lá, Olívia marcou um show em São Paulo.

Pijama, Vítor, Bruno e Caverna barganharam, negociaram e imploraram com seus pais para conseguir permissão. Faltava só o vocalista.

— Eu acho que você não entende a sua mãe — disse Olívia, enquanto comia.

— Olha, às vezes não entendo mesmo.

— Não estou falando disso — ela deu um gole em seu suco. — Você vê ela como uma personagem de novela de época, uma senhora que foi abandonada pelo marido e não tem mais nada na vida. Por isso ela quer que você só fique na volta dela.

O resto da banda se amontoava em volta da mesa, ouvindo as palavras de Olívia como se ela fosse uma sábia. Talvez, comparada com eles, fosse mesmo.

— Mas a mãe do Tato realmente não tem mais nada na vida — disse Bruno. — A gente viu a casa deles uma vez. Ela guarda todas as roupas do pai dele, é super estranho.

— É uma doida de pedra — resumiu Caverna, com sua sutileza habitual.

— Vocês só veem o que o Tato vê — disse Olívia, como se fosse algo óbvio. E, para ela, talvez fosse mesmo. — E o Tato só vê o que a mãe mostra *pra ele*. Mas pensa comigo. Ela é jovem, não tem nem quarenta e cinco anos. Ela tem uma carreira. Ela com certeza tem outros interesses, tem mais coisas na vida. Só tá escondendo o jogo.

Da maneira como Olívia explicava, fazia todo sentido. A mãe de Tato não era indefesa. Se fosse, não teria conseguido sustentar o filho sozinha — na verdade, essa parte de sua história era admirável. Também não era totalmente solitária. Tinha uma vida no trabalho, sabia navegar pelo mundo. Não podia ser tão exigente, explosiva e intolerante com os outros, ou não conseguiria manter um emprego, lidar com as situações da vida adulta. Ela era daquele jeito apenas dentro de casa.

— Deve ter alguma coisa — Olívia estreitou os olhos. — Algum interesse, alguma amiga, alguma chance de você se conectar com ela. É só descobrir.

— Casa com essa mulher, Tato — repetiu Pijama.

Tato pôs em prática o plano da namorada, o que envolveu algumas semanas de isolamento total, enquanto ele bancava o bom moço. Mas sua mãe não era boba: quando ele parou de sair, quando parou de ver os amigos, quando parou de falar na banda, ela suspeitou que houvesse algo de errado.

— Qual é o problema, mãe? — tentando mentir tão bem quanto Vítor. — Só estou cansado. Quero ficar em casa um pouco.

Foram mais duas semanas até que ela relaxasse. Então Tato pôs a próxima fase do plano em prática:

— Quem sabe um dia desses a gente faz alguma coisa juntos?

Sua mãe o olhou de esguelha. Ficou um longo tempo calada, medindo-o.

— O que você quer fazer, Nanato?

— Não sei, qualquer coisa. A gente podia passear num parque, ir no cinema.

— Passear em parque pra ficar sentindo cheiro de maconha e fugindo de assaltante? Ir no cinema pra ver um monte de americanos trepando e se matando? Isso não é pra gente como nós, Nanato. O nosso lugar é dentro de casa.

— Então vamos ficar em casa! — ele falou com entusiasmo.

Ao longo dos próximos dias, Tato manteve a fachada. Aos poucos, sua mãe sondou, tentou discernir se ele escondia alguma coisa. Mas ele cortara todo contato com os "amigos vagabundos" e só encontrava Olívia furtivamente, no caminho para o cursinho. Na prática, estava mesmo vivendo a vida que sua mãe queria.

— Você não canta mais com o seu conjunto musical, Nanato?

— Ah, mãe, não sei — ele deu de ombros. — Acho que tem coisa mais importante na vida. Estudos, família.

— E eles nunca te pagaram pelas vezes que você cantou?

— A gente recebeu algum dinheiro. O Vítor colocou tudo numa caderneta de poupança.

— Sei — ela riu pelo nariz. — Pegou tudo pra ele e gastou em droga, isso sim. Eu sabia que iam te passar pra trás. Você é muito bobo, Nanato.

— Ainda bem que tenho a senhora pra me ajudar.

Ela ainda alfinetou mais algumas vezes, mas ele não cedeu. Concordou, de novo e de novo, que os membros de sua banda eram mesmo aproveitadores que tiravam vantagem de sua inocência.

— Sabe, Nanato — ela disse, certa noite. — Acho que você tem que esquecer essa bobagem de vestibular.

— A senhora acha, mãe? Por quê?

Ela o analisou. Quase parecia farejá-lo.

— Porque você nunca vai conseguir passar. Não quero mais desperdiçar o meu dinheiro pagando cursinho pra você rodar de novo e de novo.

— A senhora tem razão. A matéria é muito difícil mesmo.

Aceitar a própria incompetência era algo que Tato não fazia há vários anos, desde que descobrira não ser incompetente. Mas ele treinara para isso durante toda a infância, então era fácil fingir.

— Eu pensei que você podia entrar pro exército, Nanato. Mas eles não te quiseram. Lá eles precisam de homens.

— Ainda bem, porque eu morro de medo do exército! Imagina se eu preciso ir pra longe de casa.

— Você vai fazer concurso público, Nanato. Tem uns bons que só exigem ensino médio. Daí vai ter profissão pro resto da vida, não precisa se preocupar, pode ficar comigo no nosso apartamento. Pode viver aqui pra sempre.

— A senhora me ajuda a achar um concurso bom?

O sorriso inocente era inquebrável e impenetrável.

— Tem uma coisa que eu quero fazer há tempos, Nanato. Amanhã você falta no cursinho e vai comigo.

— Combinado!

Segurou sua mão. Ela ainda não parecia convencida.

No dia seguinte, Tato esperou a mãe na saída do trabalho. Eles então entraram em um ônibus e rumaram para uma parte da cidade que ele não conhecia bem. Saltaram numa das últimas paradas, andaram por uns dez minutos e chegaram a uma casa pequena, com as janelas fechadas. Sua mãe bateu palmas na frente do portão.

Depois de alguns instantes, a porta da frente se abriu e lá de dentro emergiu uma mulher que devia ter mais ou menos a idade de sua mãe, mas não podia ser mais diferente. Longos cabelos soltos meio desgrenhados, roupas coloridas e folgadas, um monte de colares, pulseiras, anéis. A mãe de Tato teve uma reação que ele nunca vira: um sorriso aberto, franco. A dona da casa abriu o portão, elas trocaram três beijinhos.

— Há quanto tempo! — disse a mulher desconhecida. — E esse moço?

— Esse é o meu filho, o Nanato. Ele veio conhecer o que você faz aqui.

A mulher abraçou Tato. Ela cheirava a perfume doce.

— Entrem, entrem!

O interior da casa era quase tão escuro quanto o apartamento onde eles moravam. A diferença era que, em vez de tons sóbrios e paredes nuas, aquele lugar era um caleidoscópio de cores, estampas, quadros e enfeites de todos os tipos. Vários incensos queimavam em diferentes cômodos e uma música que soava vagamente indiana tocava em duas caixas de som na sala.

O ambiente era repleto de símbolos esotéricos. Tato não entendia nada daquilo, mas parecia uma mistura sem pé nem cabeça. Pentagramas, santinhos, diagramas de cabala, imagens de deuses hindus, imagens do Buda, cristais, mandalas, pirâmides, cartas de tarô, itens religiosos indígenas da América do Norte, bolas de vidro transparente e mais uma avalanche de bugigangas. Não era preciso ser um estudioso de religiões para notar que aquelas *eram* bugigangas: muitas feitas de plástico, amontoadas umas sobre as outras sem o menor respeito, misturadas com imagens de seriados sobre bruxas e vampiros. Revistas baratas que prometiam revelar os segredos da magia e do universo estavam em grandes pilhas instáveis por toda parte.

Mesmo se Tato tivesse mil chances, não adivinharia que aquele era um lugar que sua mãe gostava de frequentar. Mas era óbvio que as duas se conheciam: tinham assuntos em comum, fofocas antigas.

Os três sentaram em volta de uma mesa coberta por uma toalha rendada e um punhado de objetos espirituais vendidos por telefone em comerciais de TV.

— Então? — ela perguntou. — De que você precisa hoje?

A mãe de Tato olhou para ele, então se debruçou na mesa e falou em ar conspiratório:

— Preciso repetir o que fizemos da última vez. Mas agora eu quero que o Nanato veja. Pra ele saber que vítimas como ele também podem revidar.

— Ah, sim! — a mulher bateu palmas. — Que prazer te conhecer, Nanato! Meu nome é Sílvia, mas sei que você vai me chamar de Tia Esotérica! Tudo bem, sou esquisita mesmo!

Ela achou muita graça no próprio comentário. Tato riu junto por educação.

— Podemos começar?

Eles se deram as mãos. A mãe de Tato fechou os olhos.

— É muito importante se concentrar agora, Nanato — disse a Tia Esotérica. — Nós vamos lidar com forças muito poderosas. Eu tenho o conhecimento para nos proteger, mas este ritual pode ser perigoso se não for levado a sério. Ainda mais se você for sensitivo ao sobrenatural, como a sua mãe.

Ele fingiu fechar os olhos, mas ficou com uma fresta aberta, espiando o espetáculo.

— Barumarel, Anjo da Vingança! — entoou a Tia Esotérica. — Conceda a nós o poder da sua espada! Mande seus demônios para caçar nosso inimigo!

Tato suprimiu um riso. Ele conhecia Barumarel, o Anjo da Vingança que controlava demônios. Tinha sido o monstro da semana num episódio de uma série sobre bruxas que ele vira ano passado.

Eles entoaram cânticos, implorando a Barumarel que viesse. Tato só conseguia pensar no ator, que já vira em várias outras séries, com maquiagem azul e chifres de borracha.

— O que nós pedimos a Barumarel? — perguntou a Tia Esotérica.

— Dor! — a mãe de Tato rosnou, e apertou sua mão com força. — Dor, maldição e infortúnio para o homem que me abandonou! Que seus olhos fiquem cegos, que seus ossos se quebrem, que seu pênis murche e caia! Que seu coração resseque como ele ressecou o meu!

Ela apertava sua mão a ponto de doer. Por maior que fosse a palhaçada, Tato sentiu a raiva genuína que aflorava dela. O programa divertido de sua mãe era levá-lo para um ritual de tortura contra seu pai.

Olívia estivera errada, ao menos em parte. *Havia* algo que a mãe escondia dele, mas não era uma vida livre, arejada e variada. Era ainda mais ódio, ainda mais rancor. Seu passatempo era imaginar demônios torturando o ex-marido.

— Ouça o clamor desta mulher, Barumarel! — disse a Tia Esotérica. — Banhe em agonia o homem que a fez sofrer!

O ritual durou por mais meia hora. Continuou ridículo, mas Tato não conseguia mais achar graça. No final, nada aconteceu, mas a Tia Esotérica decretou que o monstro de seriado ouvira suas preces e faria a vítima sofrer. Tudo que era necessário era a queima de alguns incensos e ervas, tudo incluído no preço da magia.

A mãe de Tato pagou à Tia Esotérica uma parte significativa de seu salário. Então elas trocaram mais algumas fofocas, deram-se três beijinhos e os dois foram embora.

No ônibus, a mãe de Tato sorria.

— Viu só, Nanato? Agora você sabe. Você é uma vítima, assim como eu, mas também pode se vingar dos outros. Que bom que você quis vir comigo!

No dia seguinte, ele pediu para fazer a viagem. Assim como Olívia previra, sua mãe permitiu.

Sob a sombra multicolorida do ritual de ódio, a Photophobia tirou todo o dinheiro da caderneta de poupança e partiu numa kombi emprestada em sua primeira turnê.

Alguém que trabalhava em uma gravadora viu o show em São Paulo e foi falar com eles nos bastidores. Algumas semanas depois, tinham um contrato para seu primeiro disco. Caverna trancou a matrícula na faculdade e nenhum dos outros quatro prestou vestibular de novo.

O PÚBLICO SÓ QUER OUVIR OS HITS

(Nirvana, Green Day, R.E.M., Metallica)

O CAMARIM ERA IMENSO, CHEIO DE TOALHAS BRANCAS, BALDES de gelo com energético, cerveja e Coca-Cola, cestas de frutas, comidas variadas e outras coisas que as grandes bandas de rock podiam exigir em seus camarins. Imitando alguns de seus ídolos, a Photophobia incluía uma exigência esquisita, só para ter certeza de que as produtoras prestavam atenção a todos os detalhes e não iriam negligenciar algum elemento mais importante, como a instalação elétrica no palco ou a segurança para o público. Sua exigência esquisita era uma abundância de Pastelina, um salgadinho industrializado que só existia no Rio Grande do Sul e que, em outros estados e países, precisava ser importado. Em Porto Alegre, era fácil.

Mesmo com as portas fechadas e a estrutura vasta dos bastidores, Tato conseguia sentir a vibração do público do outro lado. Eram dezenas de milhares de pessoas se movendo, batendo os pés, preparando-se para a entrada deles no palco. Mesmo àquela distância, o barulho que o público fazia era audível:

— *Photophobia! Photophobia! Photophobia!*

Ele olhou em volta, maravilhado mais uma vez, como ficava maravilhado sempre. O marido de Pijama brincava com os filhos de Caverna. Olívia mostrava a Vítor uma nova banda finlandesa que ela descobrira numa de suas viagens mais recentes pelos bares underground do norte da Europa. Vítor e Tato tinham, como hobby e projeto secundário, um selo independente numa gravadora. Os garotos finlandeses seriam uma boa adição a seu catálogo. Bruno falava em inglês no celular: um de seus ídolos de adolescência, um músico que lotava estádios rotineiramente há décadas, tinha brigado com a esposa e precisava de conselhos amorosos. O pai de Bruno discutia política com Caverna.

Por todo o camarim, amigos amealhados ao longo de décadas, familiares, colegas, pessoas que eles conheceram depois da fama e outras que os viram nascer estavam reunidos para comemorar os vinte e cinco anos do primeiro disco.

— Deixa eu te ensinar um acorde — Pijama sentou perto dele. — Esse é mi, o mais fácil. Até você consegue.

Eles riram.

— Você acredita, cara? — perguntou Tato.

Pijama suspirou.

— Acredito. Na verdade, eu cheguei a duvidar lá no início, quando a gente não sabia se você ia querer participar da banda. Ou se ia conseguir. Mas, quando você assumiu, eu não tive mais dúvidas.

— Deixa de ser meloso — com um empurrão bem-humorado.

Eles tinham passado por todas as situações clichês da trajetória de bandas. Tinham brigado, um dos membros tinha ameaçado sair. Outros tiveram problemas com drogas. Quebraram quartos de hotel, foram enganados por uma gravadora, trocaram de empresário, tiveram uma fase experimentalista, tiveram um disco fracassado, foram considerados irrelevantes, tiveram um novo disco ainda mais bem-sucedido que os primeiros. Foram criticados por só tocar as músicas conhecidas, foram criticados por só tocar as músicas novas. Mais de uma geração de fãs disse que as novas gerações eram posers, porque só os tinham conhecido depois da fama. Mais de uma geração de fãs disse que seu material antigo era melhor.

De todas as experiências que se esperava de uma grande banda de rock, só não tiveram uma: a troca de formação.

Quando houve a ameaça de que alguém saísse, todos entenderam, sem precisar falar, que seria o fim da banda. A Photophobia não existia sem os cinco. Bruno e Vítor chegaram a passar dois anos sem se falar, após uma briga feia por controle criativo, mas continuaram tocando juntos. Depois, quando Vítor perdeu a esposa num acidente, Bruno ficou ao seu lado dia e noite. As amizades mudaram, se reconfiguraram. Todos eles conheceram outras pessoas, formaram famílias, fizeram laços ainda mais próximos que os que tinham com os amigos de adolescência.

Pijama lançou dois discos solo, sob seu nome de batismo. Caverna foi vocalista de outra banda.

Mas a Photophobia continuou. Nenhum dos cinco nunca pensou em descartar nenhum dos cinco. Eles tinham suas vidas, mas tinham também aquela entidade, aquela *coisa* indescritível que criaram na casinha dos fundos, quando mal tinham entrado no ensino médio. Tinham criado algo especial, algo que dependia de todos eles, algo que ressoara com milhões de pessoas de todo o mundo.

Era improvável. Na teoria, era impossível. Nunca nenhuma banda saíra de Porto Alegre para alcançar tanto sucesso.

Mas eles estavam ali, no camarim, e o público gritava seu nome.

— Sei lá, cara — Tato tomou um gole de energético. — Estar em Porto Alegre é estranho. Daqui a pouco a gente vai fazer cinquenta anos. E vamos subir naquele palco e gritar que a nossa mãe não nos deixa ir na praça.

Pijama riu.

— Foi o que a gente prometeu pra eles, lá no início — o guitarrista deu de ombros. — Antes de saber que a gente tava prometendo algo, antes de metade desse público nascer. A gente prometeu que ia dar voz pra quem sente a mesma coisa.

Em todo o mundo, ao longo de toda a história da música, velhos cantavam sobre as vidas dos jovens que tinham sido. Visto de forma literal e rasa, aquilo era mesmo risível. Mas jovens continuavam existindo, e muitos deles precisavam da música que falava de suas vidas. Não importava que tivesse sido composta trinta, quarenta, cinquenta anos atrás, ou anteontem. Então, inspirados e impulsionados, iriam compor suas próprias músicas e continuar o ciclo. A Photophobia, como tantas outras bandas antes e depois deles, assumira a responsabilidade de colocar em palavras aquele grito, de lembrar como era não ter dinheiro, não ter autonomia, não ter futuro ou pelo menos ter medo dele, e de transformar essa memória em algo sempre contemporâneo.

Durante a carreira, eles haviam colocado alguns limites. Tinham sido trilha sonora de filmes e novelas, mas não tinham vendido os direitos de nenhuma música para comerciais de TV. Tinham assinado com grandes gravadoras, mas não tinham feito campanha para nenhum político. Tinham lançado discos em inglês, mas nunca deixaram de incluir faixas em português.

E em todos os shows, mesmo que o público não entendesse uma palavra, tocavam *Praça da Matriz*.

Eram homens de meia idade, com todos os privilégios que essa posição trazia. Mas não queriam dar as costas a quem se sentia frágil e se reconhecia em sua música.

— Cinco minutos — anunciou um assistente de palco.

As duas bandas de abertura já tinham se apresentado. A Photophobia podia escolher quem quisesse para abrir o show, mas em sua cidade natal fazia questão que fossem bandas porto-alegrenses iniciantes. Muitas vezes os novatos não eram tão bons no palco, assim como eles também não tinham sido. Mas jovens sempre tinham algo importante a dizer.

Os cinco se levantaram, puseram fim às conversas com os agregados que habitavam o camarim e se juntaram num círculo.

Havia uma eletricidade quase desconfortável no ar. Tinham feito centenas de shows, tinham tocado para plateias muito maiores, tinham dividido palco com ídolos. Mas a volta a Porto Alegre precisava ser especial. Eles estavam, mais uma vez, na casinha dos fundos, sentindo que tinham algo a provar.

— Vamos quebrar tudo — Tato falou em voz baixa.

— Esse negócio de banda dá muito trabalho — Bruno disse com um sorriso debochado. — Vão vocês, eu tenho mais o que fazer.

— Então te manda daqui, cagão — Caverna deu-lhe um soquinho amistoso.

— Vamos quebrar tudo — Pijama repetiu.

— A gente tá em casa, pessoal — disse Vítor. — É só chegar chutando a porta.

Desfizeram o círculo. Tato tomou a frente e andou até o palco como um herói, os amigos atrás dele em fila. Quando o público os enxergou sob os holofotes, explodiu em gritos.

Tato se posicionou na frente. Agarrou o microfone.

— A gente é a Photophobia!

Vítor contou 1-2-3-4 e, quando Tato gritou que só queria sair para a Praça da Matriz, Porto Alegre gritou junto.

Enquanto estavam no palco, era difícil medir, mas Tato tinha a sensação nítida de que eles nunca haviam tocado tão bem, nunca tiveram tanta sintonia, nunca tinham se conectado com o público daquela maneira. A ligação com os outros quatro parecia telepática, eles sabiam o que cada um faria antes que fizesse. Bruno assumiu o vocal, entregando a guitarra base a Tato, para cantar *Out on Front Street,* como de costume. Olívia subiu ao palco para tocar teclado, depois se juntou ao marido no vocal de *Punho de Seis Dedos.*

Tato estendeu o microfone para o público e deixou que o mar de gente reunida para assisti-los cantasse duas estrofes de *Erva Daninha.* Dividiu os vocais com Franz Júpiter num cover da Logorreia.

Durante os últimos acordes de *Letting Them Know*, Tato de braços abertos e erguidos comandando o público, um roadie se aproximou dele, correndo agachado para atrapalhar o mínimo possível. Tocou em sua perna para chamar a atenção, entregou-lhe um pedaço de papel. Tato desdobrou e leu:

"O hospital já ligou quatro vezes."

Ele foi até Pijama, sussurrou em seu ouvido para que assumisse o vocal durante a próxima música, enquanto ele corria aos bastidores para ligar de volta. O público não entendeu quando o frontman deixou o palco, mas o guitarrista se posicionou à frente e gritou o título da próxima faixa, o baixista fez a contagem, e o som que jorrava sobre a plateia não permitiu que nada mais existisse no mundo. Assim que as guitarras começaram de novo, o mar de gente explodiu em ebulição catártica.

Tato entrou no camarim e encontrou Olívia com o celular na mão, cenho franzido.

— Você sabe de alguma coisa?

— Tato, por favor — ela disse. — Volta pro palco.

— Olívia, você sabe de alguma coisa? — insistiu, mais tenso.

— Não importa, Tato. Você não pode fazer nada. Volta pro seu palco, pra sua banda, pro seu público.

— Me diz o que tá acontecendo.

Ela engoliu em seco.

— Eu precisei falar com três pessoas até que me dissessem. Só queriam falar com você, porque ela não me listou como familiar.

— Olívia, o que tá acontecendo?

— A sua mãe tá morrendo, Tato.

Ele ficou um segundo parado. O rugido da Photophobia e do público balançando o estádio.

Tato pegou sua jaqueta, limpou o suor da testa com as costas da mão e andou em direção à saída. O marido de Pijama, os filhos de Caverna, o pai de Bruno, todos os amigos, familiares, profissionais e agregados, todos os que tinham sido convidados para aquele momento apoteótico observavam, incrédulos.

— Tato — disse Olívia. — Não me diz que...

— Você tinha razão — disse Tato. — Eu não posso abandonar ela.

— Eu não tava falando disso. Não tava falando de você jogar esse momento fora.

— A morte da minha mãe é mais importante que um show.

— Eu não devia ter te contado.

— Olívia, você nunca mentiu pra mim.

Nunca haviam mentido um para o outro. Uma das muitas razões pelas quais ele a amava.

— Deixa eu ir com você — Olívia tentou.

— Não, eu preciso de você aqui. Fica tranquila. Quando a gente se falar de novo, tudo já vai ter acabado.

Ele chegou à saída traseira do estádio e um dos motoristas já tinha um carro pronto para levá-lo ao hospital. Os holofotes emergiam do estádio, iluminando as nuvens. Uma multidão de fãs se aglomerava do lado de fora, na esperança de ver os ídolos quando saíssem, mas ninguém imaginou que o carro solitário continha o vocalista, então ele passou desimpedido. Inúmeros ônibus de excursões estavam estacionados por toda a volta, o trânsito tinha sido rearranjado, dezenas de vendedores ambulantes esperavam a saída, oferecendo desde cerveja até produtos piratas da Photophobia. Um helicóptero do maior canal de TV do país sobrevoava o estádio. A polícia coordenava todo aquele aparato. Porto Alegre tinha parado para assistir ao show.

Era uma pena que Tato não pudesse ficar até o fim.

Mas sua mãe estava morrendo.

Ele chegou ao hospital e saltou do carro antes que parasse completamente. Não se identificou na recepção, correu sem dar atenção a quem tentava ajudá-lo ou detê-lo. Com as roupas suadas e chamativas do show, ele usou de todos os privilégios de seu status de rockstar para atropelar os protocolos normais e talvez chegar ao quarto com ela ainda viva.

Uma enfermeira e dois seguranças tentavam alcançá-lo pelo corredor, quando Tato avistou a médica.

A doutora olhou para ele com ar desolado.

— Ela já...?

— Senhor Falkenberg — dessa vez não era uma expressão estudada. Não era pesar, profissionalismo ou serenidade estoica.

— Ela já morreu?

— Tato... — ele não entendia a expressão da médica. Parecia constrangimento. — Tentamos ligar de novo, mas com tudo que está acontecendo esta noite...

Ele passou ao largo, abriu a porta do quarto.

Encontrou sua mãe sentada na cama. Pálida, olhos semiabertos, parecendo mais frágil e mais fraca, mas viva.

Sorrindo.

— Oi, Nanato. Que bom que você veio!

Ele ficou paralisado. Entrou no quarto, fechou a porta.

— Eles me disseram que a senhora estava morrendo.

— Ah, só assim pra me levarem a sério! Eu disse que precisava de você, mas ninguém me deu atenção até eu ter um treco. Esses médicos são todos uns bandidos.

— Mãe, o que houve?

— Eu estava com saudade, Nanato. Mas você só fica em volta dos seus amigos vagabundos. Só quer saber deles, não tem mais tempo pra nada! Sua mãe precisa morrer pra você fazer uma visita?

Largar tudo para se dedicar à banda, lançar um disco, ter fãs, tocar no rádio, vender camisetas eram sonhos realizados.

Mas nada disso significava dinheiro.

Eles gravaram o primeiro disco por um selo independente de uma grande gravadora. Houve algum investimento, propagandas de página inteira em revistas especializadas, donos de casas de shows e DJs de todo o país ouvindo falar na Photophobia. Mas os royalties eram divididos em cinco, e mesmo antes da divisão já não eram grande coisa, porque a maior parte ia para a gravadora. Olívia organizou o merchandising, de alguma forma descobriu como manufaturar e vender legalmente camisetas e adesivos, e isso gerava renda adicional. Mas eles não conseguiriam se sustentar se não estivessem tocando quase toda noite, em qualquer buraco que os aceitasse.

Foi a época das turnês malucas, quando eles quase morreram na estrada várias vezes. Na verdade, "turnê" seria a palavra errada — eles estavam constantemente viajando, constantemente indo de uma cidade a outra, de um estado a outro. Tato se acostumou a dormir na van, ser acordado quando chegavam para fazer a passagem de som, comer um sanduíche ou salgado que seria a única refeição do dia, tocar, entrar na van e partir para o próximo local. Em geral, era informado de onde estavam quando via um pequeno hotel ou lancheria com o nome da cidade. Mais de uma vez fizeram dois shows no mesmo dia, em lugares diferentes. Tocaram no fim da tarde em um festival dedicado a alguma fruta local, guardaram todo o equipamento de volta na van, tocaram de noite num bar de motoqueiros.

Tocaram em festas de quinze anos, em churrascarias vazias, em colégios, em festinhas de faculdade, em festivais alternativos com dezenas de outras bandas. Tocaram de novo e de novo no Moebius e em vários bares famosos pelo Brasil todo. Abriram para quase todas as bandas que mais admiravam no país. Tocaram como profissionais convidados no FACE. Em cada lugar, lá estava Olívia com uma barraquinha vendendo CDs, camisetas e adesivos.

Eram uma banda profissional, estavam vivendo a música. Comendo o pão que o diabo amassou, como quase qualquer pessoa de sua idade, fosse músico ou estagiário.

Por um ano, mal pararam em Porto Alegre. Quando Caverna precisou ser hospitalizado por exaustão no interior de Minas Gerais, acharam que era melhor desacelerar.

Voltaram à cidade e se depararam com o óbvio. Lá fora, subiam no palco e eram deuses, pelo menos para as dezenas de pessoas que os assistiam. Ali viviam nas casas de seus respectivos pais. Nenhum deles tinha dinheiro para morar sozinho, então alugaram um apartamento juntos.

Um apartamento para os cinco. Dois quartos e um banheiro. Se a única janela grande estivesse aberta, podiam ver claramente o apartamento da vizinha — uma senhorinha simpática, que sempre abanava para eles e nunca reclamava do barulho.

Os outros quatro já estavam instalados quando Tato fez a mudança.

Sua mãe se jogou a seus pés, agarrando seus tornozelos e gritando. Os amigos, constrangidos e tentando desaparecer, carregavam as poucas caixas com seus pertences.

— Eu vou visitar a senhora sempre, mãe — ele tentou apaziguá-la. — Do nosso apê até aqui são vinte minutos de ônibus.

— Eu já passei um ano inteiro sem você, Nanato! — ela soluçou. — Um ano inteiro em que você me trocou por esses marginais! Mas pelo menos eu tinha o consolo de que às vezes você voltava pra casa. Pelo menos eu podia dizer para os outros que o meu filho morava aqui, só estava de viagem. E agora, Nanato? Vou dizer que sou uma velha abandonada? Que nem o meu filho me quer, depois de tudo que eu fiz por ele?

A porta da rua precisava ficar aberta para eles circularem com as caixas da mudança. Dois vizinhos abriram suas próprias portas, para espiar o que estava acontecendo. Os outros já estavam acostumados.

A mãe de Tato bloqueou seu caminho, ficou de joelhos a sua frente.

— Me diz o que você quer, Nanato! Eu faço qualquer coisa. Me diz o que faltou eu fazer por você em todos esses anos.

— Mãe, todo mundo sai de casa um dia.

— Por que você gosta mais dos seus amigos vagabundos do que da sua própria mãe, Nanato? Por que prefere morar com eles? Eu sou um monstro tão horrível assim?

E, pela primeira vez, Tato teve o ímpeto de responder:

"É."

Mas se controlou. Sabia que não adiantaria de nada.

Quando eles tiraram a última caixa, Tato fechou a porta, deixando a mãe aos berros lá dentro. Eles ficaram calados enquanto andaram pelo corredor, desceram as escadas e entraram no carro. Os cinco apertados, caixas no porta-malas e no colo, sem falar nada.

Estavam num sinal vermelho quando Tato quebrou o silêncio:

— Desculpa, pessoal.

— Não precisa pedir desculpa — disse Pijama.

E não precisava. Não para eles.

A vida seguiu precária, mas plena. Eles comiam macarrão instantâneo e compunham. Faziam shows e brigavam. Viajavam e pensavam no futuro.

Vítor comprara um computador usado e instalara num canto da sala, para uso de todos. Eles acessavam a internet por uma conexão discada, através de uma linha de telefone fixa, depois da meia-noite, quando era mais barato. Havia uma combinação de que não acessariam "certos conteúdos" no espaço compartilhado.

Certa noite, entediado enquanto os outros dormiam, Tato tomou uma decisão sem consultar ninguém: puxou as músicas do CD da Photophobia, usando um programa especializado, e transformou-as em arquivos .mp3. Disponibilizou tudo de graça, tecnicamente de forma ilegal, numa plataforma chamada Napster.

Napster era o primeiro grande programa de compartilhamento de arquivos entre usuários da internet. Aceitava apenas áudio, o que significava que servia basicamente para piratear música. O público puxava as faixas dos CDs, então deixava uma pasta com os arquivos disponíveis para outros usuários. Todos baixavam músicas sem pagar nada, sem comprar os discos, sem dar dinheiro para a gravadora ou royalties para os artistas.

Algumas bandas internacionais muito grandes denunciavam o Napster como o início de um apocalipse que acabaria com a música. Mas Tato, morando em Porto Alegre com quatro amigos e sem dinheiro para nada, usava o programa para conhecer bandas novas. O disco da Photophobia fora lançado sem grande alarde. Para Tato, não fazia diferença que algumas pessoas tivessem acesso a ele sem pagar. No máximo, poderiam conhecer a banda e ir a algum show.

Depois de roubar aquele conteúdo de si mesmo, Tato não pensou mais no assunto.

Era uma manhã de quarta-feira e o apartamento estava quase vazio. Pijama estava com o namorado, Vítor visitava a família, Bruno tinha ido ao supermercado e Caverna tentava mais uma vez retomar as aulas da faculdade. Tato estava sentado no chão, o violão no colo, tentando ou fingindo compor alguma coisa. Murmurando para si mesmo palavras desconexas que pudessem rimar, anotando num caderno, experimentando melodias simples. Sentindo saudade de Olívia.

O telefone tocou. Quase ninguém tinha o número da linha que servia principalmente para acessar a internet.

— Alô? — ele atendeu.

— Quem está falando? — disse uma voz masculina do outro lado.

— É o Tato. Hã, o Renato. Com quem você quer falar?

— Fala, Tato. Você é o vocalista, né?

— Sim... Quem é?

Ele explicou.

Tato se sentiu saindo de seu corpo. Era um executivo da gravadora. Não o pessoal do selo independente que assinara com eles. Aquele era um profissional que lidava com o aspecto comercial, burocrático, duro e frio da indústria da música. Muitos eram fãs de um gênero ou de outro, mas em geral viam a empresa como um empreendimento comercial qualquer. Podiam estar vendendo discos ou parafusos — o importante era o lucro.

Se um executivo estava entrando em contato direto com eles, era algo muito bom ou muito ruim.

— Tato, eu vou direto ao ponto, ok?

— Claro.

— Você já ouviu falar de um programa chamado Napster?

Ele gelou. Entre muito bom ou muito ruim, a resposta já estava escrita:

"Muito ruim."

— É algo pra compartilhar músicas? — ele se fingiu de desentendido. — Já ouvi falar, sim. Por quê?

Fora descoberto. Não sabia como podiam ter rastreado o compartilhamento até ele, mas não sabia quase nada sobre computadores. Aquilo devia ser algum tipo de quebra de contrato. Ele podia ter jogado fora tudo que a banda conquistara até então.

De seu ponto de vista, compartilhar as músicas de graça não fazia mal. Era o equivalente a vender fitas demo sem garantia de que fossem pagas.

Mas em geral executivos de gravadoras não pensavam assim.

— O disco de vocês está inteiro no Napster.

— Ah, é? — ainda se fazendo de desentendido e tentando adivinhar para onde a conversa ia.

— E *Erva Daninha* se tornou uma das músicas mais baixadas do país.

O executivo continuou explicando. Um fenômeno comum no Napster, e em vários programas primitivos de compartilhamento, era que alguns usuários mudavam o nome dos arquivos, atribuindo músicas a artistas que, segundo seu julgamento, tinham um som parecido. Ninguém sabia ao certo por que isso acontecia, mas acontecia o tempo todo, em todo o mundo. Era desinformação espalhada exponencialmente.

De alguma forma, *Erva Daninha* fora falsamente atribuída aos Ranulfos, uma banda que explodira de forma inacreditável no meio da década de 90. Atraídos por essa faixa "inédita e secreta", muitos fãs dos Ranulfos baixaram *Erva Daninha* e descobriram que adoravam a música, sem saber quem tocava.

Isso levou *Erva Daninha* a ser pedida nas rádios.

E, sendo pedida nas rádios, começou a ser atribuída corretamente à Photophobia. Isso levou ao aumento da procura pelo disco, a mais gente baixando e compartilhando as outras músicas, a mais pedidos, a mais procura pelo disco, em uma bola de neve.

— O disco esgotou no Brasil inteiro — disse o executivo. — A gente gostaria que vocês viessem a São Paulo pra discutir um novo contrato. Uma nova prensagem já vai estar nas lojas mês que vem, mas seria bom ter mais material de divulgação, uns displays grandes pra colocar do lado das prateleiras. Enfim, o pessoal do marketing vai entrar em contato. Eu estou ligando mais pra agilizar essas reuniões.

Eles conversaram por um tempo, o executivo disse que estava ansioso para conhecê-lo pessoalmente e Tato desligou. Cinco minutos depois, uma gerente de marketing ligava. Ela queria falar sobre sessões de fotos e circuito de divulgação. Já tinha pré-agendado uma entrevista num programa de TV famoso que passava tarde da noite, mas precisava garantir que eles estariam disponíveis.

A conversa durou cerca de quinze minutos, então ele recebeu ligações do setor de logística, jurídico e outros que não lembrava mais. Quando enfim as ligações cessaram, ele procurou o número dos pais de Vítor. Ligou, mas o amigo já tinha saído. Então continuou sentado, esperando que o primeiro deles voltasse para casa.

Bruno destrancou a porta.

— Me ajuda com essas compras — disse, a título de cumprimento. — Salsicha enlatada perto do vencimento tava em promoção. Comprei vinte latas.

— Larga isso — Tato respondeu. — Vem cá, a gente precisa conversar.

— Me ajuda, porra!

— Larga isso, cara. Entra em casa.

Bruno largou as sacolas cheias de latas de qualquer jeito no chão. Fechou a porta atrás de si e sentou na frente do amigo.

— Tá tudo bem?

— Um executivo da gravadora ligou.

— Executivo? Notícia muito boa ou muito ruim?

— O nosso disco esgotou.

Bruno fechou o punho em comemoração.

— Foda! Estou precisando mesmo de um amplificador novo...

— Você não tá entendendo. A gente vai fazer um circuito de divulgação na TV e em revistas. Temos que arrumar as malas, porque já vamos dar uma entrevista semana que vem.

Bruno só conseguiu fazer uma pergunta:

— Por quê?

Tato deu de ombros.

— Eu coloquei as nossas músicas no Napster.

Em menos de uma semana, eles foram entrevistados por um famoso comediante, contaram a curiosa história da ascensão de sua música, depois tocaram *Erva Daninha* para fechar o último bloco do programa. A música começou a ser pedida também nas rádios pop, o que levou ao descobrimento de outras faixas com potencial para hit.

Eles foram entrevistados por revistas "de gente séria", falando sobre a indústria fonográfica com o novo paradigma da internet. Sua foto ocupou uma página inteira na revista *Leia*, os cinco posando com guitarras ao redor de um computador. O assunto foi matéria de capa da principal revista de música do Brasil.

Displays de papelão com a imagem dos cinco surgiram nas principais lojas de discos, ao lado de prateleiras forradas com o álbum. Numa jogada pretensamente bem-humorada, eles fizeram uma turnê pelo país todo com os Ranulfos. Não demorou para que tocassem em programas de auditório, em programas infantis matinais, como banda principal em um estádio lotado. A gravadora pediu o próximo disco para o mais rápido possível e ofereceu um adiantamento que mudou as vidas de todos eles.

Enquanto isso, o primeiro disco alcançou ouro, depois platina.

Ainda não existia o termo "fenômeno viral", então Tato não sabia como chamar aquilo. Só sabia o que seu instinto dissera: na adolescência, copiar CDs ilegalmente em fitas cassete não o fazia comprar menos discos. Pelo contrário, só estimulava seu consumo. O raciocínio parecia evidente.

As responsabilidades logo superaram o que Olívia conseguia abraçar. Ela se dedicou à sua própria banda, enquanto eles conseguiram outro empresário. No início do ano seguinte, tocaram na noite principal do maior festival de rock do Brasil.

E Tato estremeceu quando mais de cem mil pessoas cantaram:

— *Eu só quero sair! Para a Praça da Matriz!*

Não era nem mesmo sua música mais famosa — *Erva Daninha*, a primeira a estourar, fora substituída no pódio por *Depois de Nós*, que foi tema de novela. Os fãs antigos diziam que era a mais fraca do disco. Outros músicos talvez já estivessem enjoados de tocar a mesma faixa de novo e de novo. Mas Tato amava aquela música, assim como amava todas.

— *Eu só quero sair!* — o mundo estremeceu com as vozes do público. — *Para a Praça da Matriz!*

Era o sentimento genuíno de um garoto de dezesseis anos em Porto Alegre. Uma sinceridade bruta, até tola, reconhecida pelos jovens que ouviam. A melodia grudava na cabeça, a revolta banal grudava na alma.

De volta a Porto Alegre, exausto e realizado, Tato entrou no apartamento que dividia com Olívia. Uma cobertura com vista para o Guaíba, repleta de livros, discos, revistas em quadrinhos, fitas VHS, pôsteres de tudo que eles mais gostavam. Por mais brega que fosse, repleta do amor dos dois.

Pegou o telefone, respirou fundo e teclou o número.

— Alô?

— Mãe? Oi, sou eu.

— Nanato, o que você...

— Mãe, eu preciso te contar uma coisa. Eu pedi a Olívia em casamento.

Silêncio.

Então:

— Quem?

Tato apertou os olhos e não caiu na armadilha.

— A gente ainda não tem a data certa, mas vai ser no meio do ano. Queria que a senhora fosse a primeira a saber.

— Mas Nanato — com voz de choro e pavor — como você vai sustentar uma esposa, se nem trabalha?

PACTOS SATÂNICOS EM NOME DA MÚSICA

(The Cramps, Siouxsie and the Banshees, Bauhaus, Black Sabbath)

Tato sentou na cama do hotel e abriu o jornal. Foi direto para o caderno de cultura.

— O público vai saber que você não teve escolha — disse Olívia.

— Se tem uma coisa que eu aprendi — ele respondeu — é a gente sempre tem escolha. Ninguém apontou uma arma pra minha cabeça.

O que acontecera na noite anterior fora mais do que cruel, mais do que perturbado ou "difícil".

O único termo que parecia descrever o ato era "maldade".

Ela sabia. Ela fingia não saber, mas sabia. Ela sabia que o show era naquela noite. Sabia mais ou menos a que horas aconteceria. Por isso, nos dias anteriores tinha se comportado bem. Não precisara ser sedada, seus movimentos não precisaram ser restritos. Nos dias anteriores, sempre que as enfermeiras traziam as medicações para dor, ela fingia engolir, e escondia entre a gengiva e a bochecha. Sua mãe não era paciente psiquiátrica, ninguém conferia se ela estava mesmo tomando os remédios. Ela foi capaz de aguentar a dor, com um objetivo maior, assim como aguentara por mais de um ano em casa, antes de se internar no hospital.

Nos dias anteriores, ela guardou os comprimidos numa reentrância da cama. Então, quando calculou que Tato estaria no show, tomou tudo de uma vez.

Quando os aparelhos começaram a registrar uma anomalia, ela fez seu teatro. Gritou pelo nome do filho, esperneou, implorou para que ele viesse lhe socorrer. Então o teatro acabou e a realidade tomou conta: ela convulsionou pela medicação. Os médicos e enfermeiros não souberam, de imediato, que era efeito de uma overdose. Apenas atenderam uma paciente em estado terminal que parecia estar vindo a óbito e notificaram seu único familiar.

— Ela não mentiu totalmente — Tato disse, quase fascinado. — Ela quase morreu mesmo, Olívia. Ela achou que valia a pena arriscar a vida pra me tirar do show.

— Eu não devia ter te falado.

— Não é sua culpa. Não é culpa do hospital. Todo mundo fez o que deveria fazer. Imagina se uma paciente morre e os médicos decidem esperar pra contatar o único familiar porque ele tem um compromisso profissional? Todo mundo fez o que deveria fazer. Quem errou fui eu.

Na capa do caderno de cultura, uma foto da Photophobia no palco.

Quatro integrantes.

Na manchete:

A maior banda do rock gaúcho
comemora com um membro a menos

A matéria fazia uma retrospectiva da história da banda, mais uma entre tantas que haviam sido publicadas nos últimos dias. Então resenhava o show, elogiando a energia dos músicos e o entusiasmo do público. Destacava a ausência de Tato por mais da metade da apresentação.

Ele largou o jornal e pegou o celular. Vários portais de notícias falavam de seu desaparecimento súbito. Nas redes sociais, o sumiço já virara meme. Procurando pela palavra "Photophobia", Tato leu inúmeros comentários de fãs indignados com seu descaso. Muitos diziam que ele não fazia falta, Pijama era um vocalista melhor.

A foto com os quatro estava por toda parte. A volta triunfal da Photophobia, a comemoração de vinte e cinco anos do primeiro disco, eclipsada pelo vocalista ausente. A assessoria de imprensa já estava cuidando disso, mas ele sabia que a explicação nunca tinha o mesmo alcance do escândalo.

Tato pegou o jornal de novo. Procurou uma tesoura, recortou a foto de seus quatro amigos no palco. Dobrou-a e colocou no bolso.

— Pra que você quer isso? — Olívia perguntou.

— Pra me lembrar. Pra eu não esquecer que, na hora mais importante, eu larguei vocês, larguei o público.

Olívia ficou tensa. Sabia o que ele diria a seguir.

— Tato, não...

— Eu fui igual ao meu pai, Olívia. Eu abandonei quem precisava de mim.

Ele ainda não tivera coragem de encarar os outros quatro. Não descera para o café da manhã e ignorara quando eles bateram na porta. Seus amigos sempre entendiam, sempre ajudavam. Mas ele os decepcionara — de novo. Vítor soubera que isso ia acontecer. Tinha avisado, tinha pedido que preparassem o público. Tato quase preferia que eles não fossem tão compreensivos, que lhe dessem um ultimato. Talvez ele merecesse alguma consequência.

Ele se levantou e calçou os coturnos.

— Aonde você vai? — perguntou Olívia.

— Você tinha razão. Eu não consigo simplesmente dar as costas a ela. Não consigo ignorar. Toda a terapia, toda a ajuda que vocês me deram, tudo que a gente conquistou... Nada disso me tornou capaz de resistir. Olívia, mesmo se ela estivesse morrendo ontem, o que eu podia fazer? Eu *quis* ir embora. Você me disse pra não ir, mas eu fui. Fui porque sempre deixo ela me manipular. Não adianta, eu não consigo superar isso.

— Tato, você tá me deixando assustada.

— Calma, eu não vou fazer nenhuma loucura. Só vou fazer o que você me sugeriu antes. Vou aceitar que isso não tem solução. Vou lidar com a realidade. A minha mãe nunca vai ser melhor, eu nunca vou ser imune a ela. Então o que eu posso fazer é deixar a situação manejável.

— Você vai no hospital? Eu vou com você.

— Não, por favor. Eu preciso fazer isso sozinho. Não se preocupa. Eu estou triste, mas não estou maluco.

A bem da verdade, sentiu-se um pouco maluco ao descer do carro na frente da casa que só vira uma vez, décadas atrás. Pelo menos continuava de pé, não tinha sido demolida para dar lugar a um prédio ou coisa assim. Mas não havia nenhuma certeza de que a única ocupante daquela época ainda morasse ali, ou mesmo que estivesse viva. Era uma aposta.

Tato bateu palmas frente ao portão.

A porta se abriu e a aposta se pagou: a Tia Esotérica, que ele visitara com a mãe antes da primeira turnê da banda, emergiu de dentro. O cabelo ainda comprido e ainda desgrenhado, mas agora branco. Os colares, pulseiras e anéis tinham se multiplicado com o tempo. Ela estreitou os olhos para ele.

— Pois não?

— Dona Sílvia? Eu sou o Renato. Vim aqui com a minha mãe muito tempo atrás.

Ela demorou um segundo, então:

— Nanato! — apressou-se para abrir o portão e convidá-lo a entrar. — Há quanto tempo! Você já está um homem feito!

Ele entrou na casa e foi avassalado pelo cheiro de incenso. Tudo continuava igual, apenas mais exagerado: as pilhas de revistas quase chegavam ao teto. Os badulaques esotéricos agora ocupavam cada centímetro de cada superfície. A música vagamente indiana tocava numa playlist em um tablet.

— Quer um chá?

— Não, obrigado, Dona Sílvia.

— Ah, pode me chamar de Tia Esotérica! Você sempre me chamava assim na época!

Ele nunca a chamara daquele jeito, mas era óbvio que ela queria pensar que sim. Não podia julgá-la por escolher o próprio apelido.

Os dois sentaram frente a frente.

— Então, o que eu posso fazer por você, Nanato? Precisa de ajuda pra desencalhar na carreira? A sua mãe me contou que você ainda não sabe o que quer fazer da vida. Os espíritos podem ajudar a escolher uma profissão, sabia?

— Obrigado, tia, mas não é isso — ele forçou o sorriso. — Na verdade, quem precisa de ajuda é a minha mãe.

A Tia Esotérica franziu o cenho. Inclinou-se para ele, interessada.

— O que houve com a sua mãe?

— Ela tá muito doente.

— Os espíritos curam! A medicina ocidental não...

— Não é isso. Ela tá muito doente, mas o que está mesmo fazendo mal pra ela são as memórias ruins. Ela fica muito ressentida do passado, tia. Fica furiosa, não consegue descansar.

Tato explicou à Tia Esotérica que sua mãe estava fixada nas pessoas que haviam feito mal a ela décadas atrás. Um grupo de amigos que ele tivera na época do colégio, rapazes de quem ela não gostava e que culpava por tudo de ruim que tinha acontecido com ele. Sua namorada. Seu pai.

A mulher concordou que o rancor na alma impedia que o corpo se curasse, então as memórias ruins podiam mesmo estar atrapalhando. Tato prosseguiu, dizendo que as lembranças de sofrimento atormentavam sua mãe. Em vez de se fixar nas bênçãos que a vida trazia, ela ruminava as pessoas ruins que um dia cruzaram seu caminho.

Ele vira o "ritual" que a Tia Esotérica fizera tantos anos atrás. O teatro que misturava um personagem de série com frases-feitas e detalhes de diversas tradições e religiões. Algo puramente inventado. Tato não enlouquecera, não passara a acreditar naquela baboseira.

Mas sua mãe acreditava.

Naquela época, o ritual fajuto a deixara tranquila, fizera que tivesse certeza de que seu pai estava sofrendo. Isso permitiu que a Photophobia pegasse a estrada pela primeira vez.

Agora, se pudesse convencer sua mãe de que outro ritual estava apagando suas memórias ruins, talvez ela se acalmasse de novo. Ele nunca conseguiria ignorá-la. Nunca conseguiria deixar de atender quando ela chamasse. Então podia enganá-la sutilmente para que o deixasse em paz.

— Você é mesmo um menino abençoado, Nanato! Há algum tempo eu ouvi falar de uma entidade que ajuda nesse tipo de coisa.

A Tia Esotérica desenterrou um laptop de um monte de tranqueiras. Abriu-o, eles esperaram quase dez minutos até que iniciasse. Fechou alguns pop-ups, clicou por acidente num anúncio falso e finalmente conseguiu abrir o navegador. Demorou mais meia hora para achar um papel dobrado em uma de suas bolsas. No papel havia o endereço de um site escrito a caneta esferográfica. Ela pediu que Tato soletrasse em voz alta e digitou letra por letra na barra de endereço do navegador, então apertou enter. Acabou num site que parecia ter sido criado na mesma época em que a Photophobia estava explodindo.

Enquanto isso, explicou a Tato que só achara esse site depois de muita pesquisa. Não estava indexado em nenhum sistema de busca, embora ela não conhecesse esses termos. Tato entendeu pelo contexto. Durante anos ela ouvira falar de lugares na internet que continham segredos sobre entidades poderosas, não catalogadas por nenhuma tradição mística. Quando finalmente conseguira o endereço, anotou-o num papel, para que não se perdesse.

— Esse site é uma lenda na comunidade paranormal — disse, em tom grandioso. — Somos, eu e você, parte de um grupo muito exclusivo, só por conhecê-lo!

A Tia Esotérica navegou pelo site, perdeu-se um pouco, até achar a seção que queria:

"O Viajante."

— O Viajante é uma entidade maravilhosa — explicou. — É um ser que vem nos libertar das memórias de pessoas negativas. Ele é naturalmente invisível. Pode estar aqui conosco agora mesmo!

Ela riu, Tato imitou.

— O site explica como invocar o Viajante — ela continuou. — É um ritual simples, mas tem que ser feito na presença da pessoa cuja memória queremos limpar.

— A senhora pode fazer no quarto de hospital da minha mãe?

— Claro, Nanato. Por um custo extra.

Ele disse que não havia problema.

Ela seguiu falando do Viajante. A criatura, ao chegar, vinha acompanhada de uma névoa. Exceto por isso, era impossível detectar sua presença, era preciso confiar que ele estaria lá. Tato achou esse fato muito conveniente, mas não falou nada. O Viajante consumia as memórias ruins, apagava gente negativa das lembranças e, segundo o site, "deixava para trás apenas sorrisos". Ao esquecer de quem lhe fizera mal, a pessoa afetada também esquecia de tudo sobre quem quer que fosse. Todo o contexto, tudo que teve a ver com os esquecidos. Assim, se sua mãe não tivesse mais recordação dos quatro amigos e da esposa, também não teria do ressentimento pela atenção que recebiam do filho, das "ofensas" que haviam provocado ao longo dos anos.

Tato raciocinou que, se ela se deixasse convencer daquela bobagem, seria perfeito.

— Uma coisa importante — disse a Tia Esotérica. — O Viajante tem esse nome porque viaja através de fotos.

— Fotos?

— Fotos físicas. Não sei se é porque esse site é antigo, mas ele não fala nada sobre fotos digitais. Então, no dia do ritual, você precisa levar uma foto física da sua mãe. O Viajante vai usar a foto para vir ao nosso mundo e nos ajudar.

— Tudo bem — disse Tato. — O ritual pode ser hoje mesmo?

— Claro — ela sorriu. — Por um custo extra.

Ele voltou ao apartamento de sua mãe. Viu as fotos de adolescência espalhadas na cama, onde tinha deixado dias antes. Ficou com vergonha de encarar os amigos que havia decepcionado, mesmo em suas versões mais jovens. Foi ao quarto dela, vasculhou o armário.

Ela não tinha álbuns de fotografias. Rasgara todas as fotos com seu pai e não permitia que ninguém a fotografasse sozinha. Depois de quase uma hora procurando pela casa inteira, Tato achou um antigo crachá que continha uma três por quatro de sua mãe de cara amarrada. Recortou a foto e colocou no bolso.

Balançou a cabeça para si mesmo. Estava recolhendo materiais para um ritual fajuto porque não era capaz de dizer não para sua mãe. Patético, e ele quase desistiu na mesma hora.

Mas Olívia tinha razão. Era preciso lidar com a realidade, e na realidade ele não conseguia ignorá-la.

Quando Tato chegou ao hospital, a Tia Esotérica já estava na sala de espera. Ele era uma cara conhecida e, depois de tudo que acontecera na noite anterior, ninguém questionou quando pediu para levar uma estranha ao quarto de sua mãe.

Lá dentro, ele assistiu à Tia Esotérica brandindo a três por quatro recortada do crachá, fazendo gestos teatrais e invocando o Viajante, convenientemente invisível e indetectável.

Depois, as duas fofocaram mais um pouco e Tato acompanhou a visitante até a saída.

— Você pode me chamar sempre que precisar, viu, Nanato? — ela disse, a título de despedida. — Sempre vai existir alguma entidade que possa ajudar com os seus problemas.

Ele aceitou os três beijinhos dela.

— É mesmo uma sorte eu ter uma Tia Paranormal.

— Está com a cabeça nas nuvens mesmo! Você sempre me chamava de Tia Esotérica!

Ela riu e foi embora. Tato imaginou por que estava com a palavra "paranormal" na cabeça.

Num corredor lateral, ouviu uma enfermeira perguntar:

— Tem alguém fumando aqui dentro?

Mas não relacionou com o que acabara de acontecer, não deu importância e logo esqueceu.

Eles gravaram o segundo disco num grande estúdio em Los Angeles.

Era parte das bajulações que recebiam da gravadora desde que tinham começado a gerar dinheiro. Muitos discos lendários tinham sido gravados lá. Além do equipamento superior e dos engenheiros de som mais experientes, havia no lugar uma aura quase palpável, um peso histórico que os fez se sentirem parte de algo muito maior. O dono do estúdio era um senhorzinho que adorava contar histórias e aparentemente conhecera todas as pessoas que já haviam sido alguém no rock. Assistira a uma das primeiras apresentações de Elvis, trocara as cordas da guitarra de Jimi Hendrix, jurava ter tido um caso com Janis Joplin, mixara um álbum dos Beach Boys. As histórias seguiam pelas décadas, narrando casos engraçados, ameaças de morte, hospitalizações, inspirações súbitas e bebedeiras épicas até poucos meses atrás.

Nenhum dos cinco membros da Photophobia jamais saíra do Brasil antes. Bruno falava inglês fluente e conversava bem com o dono do estúdio. Tato entendia bastante e se dedicava furiosamente ao estudo. Os outros conseguiam se virar, com algum esforço. O tempo em que ficaram em Los Angeles, gravando faixas do novo álbum, ouvindo histórias e visitando lugares turísticos, foi tomado de tanta felicidade que era difícil acreditar que estava mesmo acontecendo.

Tato e Olívia se casaram em Las Vegas, numa cerimônia presidida por um clone de Elvis Presley.

Já estavam no fim de seu período californiano. O disco estava quase todo gravado e eles procuravam enfiar o máximo de experiências nos dias que restavam. Estavam sentados no estúdio, esperando enquanto Caverna gravava a bateria de uma das últimas faixas e brigava com o produtor. Na sala onde estavam, podiam ver o amigo numa cabine isolada com a bateria, a mesa de mixagem em outro ambiente, separado por uma grande janela, e um escritório também visível por uma janela, onde o dono do estúdio gostava de observar as gravações, ouvindo tudo pelo sistema de som interno. Eles se sentiam um pouco num aquário, mas já estavam acostumados.

Então alguém entrou no escritório. O dono do estúdio levantou da cadeira e os dois se abraçaram. Começaram a conversar animadamente. Não se ouvia nada do que estavam dizendo — era importante manter cada ambiente acusticamente isolado dos demais.

— Cara — disse Bruno. — Aquele é quem eu acho que é?

Vítor respondeu uma só palavra, que continha admiração, entusiasmo e um pouco de pânico:

— Sim.

O sujeito que conversava com o dono do estúdio era pouco mais velho que eles, mas era um deus. Short Billy era vocalista e baixista da FXOR, a banda preferida de Bruno, que chegara à cena alternativa com um dos álbuns mais importantes da década de 90. Mas não só isso: Billy era dono de um selo que lançara inúmeros discos de estreia que depois se tornaram sucessos mundiais. Sua reputação como alguém que reconhecia potencial, e o transformava em realidade, era lendária. Muitas das maiores bandas da atualidade tinham sido descobertas por Billy, catapultadas à glória por seu selo.

— Vai falar com ele — disse Tato.

Bruno não respondeu.

— Cara, o seu ídolo tá ali do outro lado da porta — Tato insistiu. — Você fala inglês fluente. Vai lá e conversa com o cara.

— O que eu vou dizer pro Short Billy?

— Diz que você é a merda do guitarrista da banda que tá gravando nesse instante no estúdio que ele tá visitando. Diz que você é músico!

— Mas...

Billy e o dono do estúdio continuaram em sua conversa. Em determinado momento, o senhorzinho entregou ao outro um par de fones de ouvido. Billy escutou durante um tempo, arqueou as sobrancelhas em aparente apreciação, ficou marcando um ritmo com a cabeça, comentou alguma coisa.

— Vai lá, Bruno — dessa vez quem falou foi Vítor.

— Já vou. Ele tá ocupado agora, não tá vendo?

Depois de algum tempo, Short Billy tirou os fones. O dono do estúdio trouxe duas cervejas, eles continuaram conversando.

— Ele já parou de ouvir o que quer que fosse. Vai lá.

— Já vou — disse Bruno.

Caverna finalmente gravou uma versão da bateria que agradou ao produtor. Emergiu da cabine secando o suor com uma toalha.

— Aquele ali é o Short Billy? — perguntou.

Todos assentiram.

— Vai lá falar com ele, Bruno.

— Já vou — o outro repetiu.

Vítor foi para a cabine, gravar uma faixa de baixo e, é claro, brigar com o produtor. Caverna sentou onde ele estivera. Eles permaneceram fingindo que não olhavam fixamente o ídolo, enquanto Bruno dizia que logo iria falar com ele.

Vítor terminou de gravar a faixa, saiu da cabine exausto. Foi a vez de Pijama.

Do outro lado do vidro, Short Billy se levantou, as mãos espalmadas nos joelhos no gesto universal de "já está tarde, preciso ir". O dono do estúdio o abraçou.

— Vai lá, Bruno — disse Tato. — O cara tá indo embora.

— Já vou.

— Ah, que se foda.

Tato se ergueu, abriu a porta, entrou no escritório, fechou de novo. Os outros viram ele cumprimentando Short Billy, então emendando uma conversa. O músico americano voltou a sentar, Tato continuou falando. Depois de alguns minutos, gesticulou para que o resto da banda se juntasse a eles.

— Billy, esses são os meus amigos — disse, em inglês razoável. — Pessoal, o Billy ouviu o nosso som e gostou. Perguntou se a gente não tem umas músicas em inglês pra entrar numa compilação.

— E o que você disse? — Vítor perguntou em português.

— Disse a verdade — Tato respondeu em inglês. — Disse que sim.

Era mentira. Mas, quando Short Billy perguntava se você tinha músicas para uma compilação, você sempre dizia sim.

Eles pagaram do próprio bolso, rapidamente esgotando todo o dinheiro que tinham, para ficar pelo tempo que fosse preciso em Los Angeles. Compuseram algumas músicas às pressas, no mesmo ritmo e no mesmo entusiasmo que tinham feito para se inscrever no FACE anos atrás. Gravaram no mesmo estúdio e Short Billy produziu. Em alguns meses, a Photophobia tinha três músicas num disco de compilação de novas bandas, lançado diretamente nos Estados Unidos.

Isso os levou à primeira turnê internacional, enquanto a gravadora brasileira ameaçava processá-los. O segundo disco nacional saiu no meio de uma batalha judicial. Eles não viram a cor do dinheiro, todos se afundaram em dívidas, mas não se importavam. Tato garantia que tudo ia dar certo.

No ano seguinte resolveram o processo com a gravadora brasileira e seu contrato nacional foi rescindido. Já havia um contrato pronto para ser assinado com o selo de Short Billy. Eles lançaram um disco quase inteiro em inglês — mas brigaram para incluir duas músicas em português, custasse o que custasse. A primeira faixa, *Deflated*, alcançou o número 4 das mais populares daquele mês nos Estados Unidos, na categoria rock.

DUPLA EXPOSIÇÃO

(Kraftwerk, Frank Zappa, Suicide, Joy Division)

Ele não quis contar nem para Olívia nem para ninguém o que tinha feito. Era a primeira vez que escondia alguma coisa da esposa.

— Tato, você sabe que, a não ser que você tenha incendiado um orfanato e matado um monte de cachorrinhos, eu não vou me importar com o que quer que seja.

Ele riu, mas era sério.

Olívia sabia que brincar com destruição de orfanatos e massacre de cachorrinhos era mais palatável do que com traição, por isso não mencionava nem como hipótese absurda. Em todos aqueles anos de vida de rockstar, Tato nunca chegara perto de outra pessoa. Não achava graça quando alguém fazia piada sobre isso e já saíra no meio de uma entrevista quando as perguntas tinham ido para esse lado. A confiança entre os dois era total, porque nunca houvera razão para desconfiar.

— Não é nada — ele disse. — Eu só não quero falar.

— Você usou alguma droga pesada, é isso? — ela insistiu. — Se for, ok, é uma merda, mas a gente lida. Ninguém ia te culpar se você quisesse esquecer de tudo por algumas horas.

Ele franziu o cenho. Por alguma razão, aquelas palavras mexeram em algo.

— É droga, Tato?

— Não — ele balançou a cabeça. — Não é nada disso. Fica tranquila.

Não havia como ficar tranquila sem uma parte de si mesma — a parte compartilhada com o marido. Mas ela deixou o assunto de lado, ficou mexendo com o canudo na Coca-Cola à sua frente.

Eles estavam num bar, numa área fechada ao público geral. Sala VIP não era do feitio de nenhum dos cinco, nem de suas famílias, mas era um mal necessário. Sentar em aberto significava ser observado. Eles precisavam de privacidade para fazer uma reunião da banda e ninguém mais aguentava ficar nos quartos de hotel.

Pijama foi o primeiro depois de Tato e Olívia, então os outros chegaram aos poucos. Ninguém disse nada, porque não precisavam. Quando estavam todos sentados, os seis se entreolharam, sentindo ecos das primeiras reuniões na lancheria na frente do parque. Tantos anos depois, ainda lidando com quase o mesmo problema.

— Olha, pessoal, todo mundo sabe que a situação é séria — Vítor começou. — Todo mundo sabe que a mãe do Tato não morreu. Todo mundo sabe que a banda não vai acabar, que a gente não vai expulsar o Tato. Não preciso falar nada disso, né?

— Mas falou mesmo assim — disse Caverna.

Um riso fraco pela mesa.

— O que a gente precisa é decidir o que fazer — Vítor continuou. — A assessoria já tá lidando, mas o que aconteceu foi grave. A produtora do show já insinuou que pode ser quebra de contrato.

— Tira do meu bolso — disse Tato. — A culpa foi minha.

— De jeito nenhum — Pijama cortou. — Todo mundo dividiu os custos quando eu atrasei um disco inteiro porque estava na reabilitação. É a mesma coisa agora.

Tato não insistiu.

— O problema mesmo — disse Caverna — é que sempre tem meia dúzia de imbecis reclamando, mas essa meia dúzia faz muito barulho. A gente precisa mostrar pro mundo que o Tato continua sendo vocalista da Photophobia. Calar a boca de quem tá pedindo a cabeça dele.

— Ou então aproveitar pra lançar um disco diferente — Bruno sugeriu. — Mandar tudo à merda. Se a gente tá sendo odiado mesmo, não tem nada a perder.

— Nada disso importa — Vítor retomou o controle. — Eu disse que a gente precisa decidir o que fazer, mas na verdade eu já decidi.

— Que novidade — Caverna riu.

— A gente precisa ser sincero e agressivo — Vítor ignorou o comentário. — Vamos contar tudo que aconteceu. Vamos falar da situação do Tato.

Olhou para o amigo.

— Tato — disse Vítor — eu acho que você precisa contar para o público sobre todo o seu trauma.

Era uma decisão pesada, mas talvez a única que fosse satisfazer a ira dos fãs, ou ao menos que fosse calar a "meia dúzia de imbecis". Tato nunca se abrira sobre a infância, o abandono, a situação com a mãe.

— Mas só se você quiser — disse Pijama.

Tato olhou de um para o outro, então para Olívia.

— Do que a gente tá falando mesmo?

Caverna começou a xingá-lo para que deixasse de se fazer de bobo, mas Olívia cortou.

— Você tá bem, Tato?

Ele franziu o cenho.

Eles estavam ali para uma reunião da banda, para decidir o que fazer sobre um assunto importante. Vítor dissera que nem precisavam falar *qual* seria o assunto — era óbvio para todos. Devia ser óbvio para ele também.

— Já faz mais de um dia inteiro desde o show — disse Bruno. — A gente não pode mais ficar com a cabeça enfiada na areia. Estamos perdendo a janela pra lidar com isso.

— É só mandar uma mensagem para a assessoria, e a gente consegue uma coletiva amanhã mesmo — disse Vítor.

— Mas só com todo mundo junto — Pijama foi categórico. — Eu não falo sem o Tato.

De novo, todos os olhares nele.

— Sai desse estupor, cara — disse Caverna. — A decisão tem que ser sua.

Ele se voltou para Olívia.

— O que você acha que eu faço? — perguntou.

— Eu não quero me meter nesse nível — ela disse. — O trauma é seu. Eu não posso decidir se você vai ou não contar para o mundo.

Tato abriu a boca para dizer que sim, iria contar tudo. Mas não tinha certeza sobre o que "tudo" era.

— Ok — falou.

— "Ok" o quê? — perguntou Pijama.

— Ok, vamos falar disso.

— Disso o quê? Da sua mãe?

Ele franziu o cenho.

— É — silêncio. — Da minha mãe.

O ar estava denso de preocupação.

— Esse comportamento tá esquisito — disse Bruno. — Vamos levar ele pra um hospital.

Hospital.

Tato se levantou.

— Eu preciso dormir. De manhã tenho que visitar a minha mãe.

— Tato, a coletiva... — Pijama começou.

— Não tem problema fazer a coletiva de imprensa sem mim, Marcelo.

— "Marcelo"?

— Vou pro hotel. Depois a gente se vê.

Saiu, deixando Olívia para trás. Ela foi atrás dele.

— Tato, você ia sair sem mim?

Ele franziu o cenho. Então sua mente ficou mais clara.

— Não! — riu. — Claro que não. Só estava me adiantando pra chamar um carro no aplicativo.

— A gente dirigiu até aqui. Por isso eu não tô bebendo. Lembra?

Ele sorriu.

— Claro que eu lembro.

Quando eles chegaram ao quarto, Olívia foi ao banheiro, deixando a porta entreaberta enquanto falava com ele. Tato não respondia. Quando ela saiu, encontrou o marido estirado na cama. Tato tinha ido dormir sem dizer boa noite.

Depois do primeiro hit internacional, eles foram chamados para programas de rádio americanos, então para a TV. Estudaram inglês com mais afinco do que nunca, para não passar vergonha. Mas nunca passavam — onde quer que fossem, pareciam conquistar a simpatia dos entrevistadores. Todos riam ao chamar um guitarrista virtuoso de *Pyjamas*. Tato explicava a trajetória da banda com uma intensidade que fazia muitos chorarem.

Estavam em Nova York, sendo turistas depois de tocar num programa de humor que passava todo sábado à noite, quando foram parados na rua. Os fãs queriam autógrafos. Queriam aprender a pronunciar "Caverna" e saber se "Pijama" significava mesmo o que eles achavam. Queriam fotos com seus ídolos, queriam ser levados para seus quartos de hotel.

Foi então que os membros da Photophobia entenderam que eram rockstars internacionais.

Tato estava indo para algum lugar. Mas, por mais que pensasse, não conseguia lembrar qual era.

Ele ficou parado na recepção do hospital, o celular na mão. O aplicativo estava aberto para chamar um carro, mas ele não sabia o endereço. Com certeza ia para *algum* lugar. Estava na ponta da língua, logo fora do alcance em sua memória. O gesto para clicar no campo de destino engatilhado. Travado.

Todos olhavam em sua direção. Tato sabia que aquilo era comum, que precisava lidar com a atenção de estranhos em seu cotidiano. Mas não sabia por quê. Naquele momento ele não conseguia pensar na razão pela qual desconhecidos totais poderiam observá-lo. Bem, estar parado com um celular na mão, no meio da recepção de um hospital, era um bom motivo.

— Oi, com licença — disse um rapaz que ele não conhecia. — Posso tirar uma foto com o senhor?

Tato franziu o cenho. Às vezes as pessoas pediam para tirar fotos com ele. Disso conseguia lembrar.

— Claro.

O rapaz preparou seu próprio celular para uma selfie. Estava tremendo. Tato o abraçou, os dois sorriram. O estranho agradeceu e se afastou, mas então havia uma fila de pessoas pedindo para tirar fotos. Uma garota que não devia ter dezoito anos deu um passo em sua direção. Alternava entre olhar para baixo, sem coragem de encará-lo, e fitá-lo com adoração. Tentou falar algo, mas sua voz estava embargada. Seus olhos se encheram de lágrimas. Ela vestia uma camiseta onde se lia:

"Photophobia"

Então Tato lembrou. Photophobia era sua banda. Não sabia como podia ter esquecido.

— Relaxa, vai ficar tudo bem — sorriu para a menina. Era um diálogo decorado, um roteiro que ele seguia sem precisar ler. Mas não sabia por que memorizara aquelas palavras. — Quer tirar uma foto?

Ela assentiu com a cabeça.

— Desculpa — disse. — É que vocês são a minha banda preferida.

— Obrigado — disse Tato. — De qual música você mais gosta?

— *Erva Daninha.*

— Eu também adoro essa.

Escutava sua própria voz como se fosse uma gravação. Não lembrava de jamais ter ouvido uma música chamada *Erva Daninha,* nem por que aquelas frases eram um script tão automático. Abraçou-a e tirou ele mesmo a foto, porque a mão da garota tremia demais. Ela começou a soluçar e agradeceu várias vezes. Então uma pessoa tomou o lugar dela, disse o quanto a música da Photophobia era importante, puxou o celular para uma foto.

O sorriso de Tato saiu forçado, mas o fã não teve coragem de pedir para tirar uma segunda. Ele pronunciava as frases do roteiro decorado sem pensar, todo o seu raciocínio estava focado em desvendar quem era aquela gente, por que queriam fotos com ele e o que eram aquelas músicas.

Uma mulher colocou algo no bolso de sua jaqueta. Tato sentiu o material e notou que era uma calcinha. Ela também queria uma foto, mas sussurrou em seu ouvido que o que queria mesmo era ir para seu quarto de hotel.

Isso acendeu uma luz em sua mente: o hotel. Ele estava indo para o hotel.

— Por que você não está com eles? — perguntou o próximo da fila, apontando para uma das TVs que estavam ligadas, sem som, na sala de espera.

Tato viu quatro pessoas na frente de vários microfones. Conhecia aqueles quatro.

Um clarão tornou tudo nítido: eram seus amigos. Sua banda. Depois perguntaria o que estavam fazendo na TV àquela hora.

— Você vai sair da Photophobia?

Procurou um segurança com os olhos. Quatro deles já estavam chegando, coordenados pelo diretor do hospital. Desfizeram a fila, retiraram-no de lá pedindo desculpas aos fãs e garantindo que Tato

Falk estava em uma situação familiar muito séria, que precisava de espaço. De novo, sua voz emergiu automática, dizendo que amava todos eles e agradecendo pela atenção. Uma coisa pelo menos era bem clara em sua memória: estava no hospital para visitar a mãe.

Os seguranças o conduziram até um carro que já o esperava. Os fãs ergueram os celulares para tirar fotos. Ele entrou no carro, fechou a porta, ficou calado.

— Boa tarde, senhor Falkenberg — disse o motorista. — Precisamos ser rápidos, os jornalistas já devem estar chegando atrás do senhor.

Ele não respondeu.

— Jornalistas?

O motorista pareceu desconcertado, então mudou de assunto:

— Vamos para o hotel?

Tato pensou um pouco, então reconheceu o destino:

— Isso — disse. — O hotel.

Ao chegar, havia uma multidão reunida na frente. Duas equipes de reportagem. Quando ele emergiu do carro, houve gritaria. Muitos tentaram chegar perto, mas outros seguranças mantiveram um perímetro a seu redor. Ele entrou no hotel e foi até o elevador.

Não lembrava do andar.

— O senhor precisa de alguma coisa? — o concierge surgiu de maneira súbita e educada a seu lado.

— Em qual andar eu estou?

— Não se preocupe, eu vou acompanhá-lo.

O concierge entrou com ele no elevador, apertou o botão referente a um dos últimos andares, então o escoltou até porta do quarto. Ficou de lado enquanto Tato destrancou-a com o cartão magnético, disse que estava à disposição e sumiu tão discretamente quanto surgira.

Tato entrou no quarto e respirou mais tranquilo ao ver Olívia. Ela era familiar. Sua confusão se dissipou.

Ela o abraçou com força, antes que ele conseguisse dar um passo.

— Por que você demorou tanto? Eu fiquei preocupada.

Ele retribuiu o abraço e enterrou a cara em seu ombro.

— Eu... estava com a minha mãe.

Olívia não disse nada, mas sua expressão era de desconforto. Tato largou-a, sentou na cama. Fez menção de falar alguma coisa, mas esqueceu o que era antes de começar.

— Quer ligar a TV? — Olívia perguntou.

— Por quê? Está passando alguma coisa que você quer assistir?

Ela demorou para responder.

— A coletiva, Tato.

Ele sorriu.

Algumas pessoas de quem gostava estavam dando uma entrevista na TV. Era motivo de felicidade. Tato não respondeu.

— Você comeu? — Olívia tentou.

— Não estou com fome.

— O pessoal foi te procurar antes. Eles acharam que você poderia estar no hospital, mas não quiseram ir até lá pra não criar ainda mais confusão.

— Que pessoal?

Olívia arregalou os olhos de leve.

— O pessoal da banda, Tato. Você tá bem?

— Tô ótimo. Só preciso descansar.

Ele vasculhou a mente em busca da tal banda de que ela estava falando. Então lembrou: "Photophobia". O nome na camiseta da garota que estava chorando. Sua banda.

— Você não recebeu as mensagens? — Olívia continuou. — A assessoria de imprensa também estava enlouquecida atrás de você. Eles acham que você não participar da coletiva é um tiro no pé. Estamos tentando encaixar uma data de retorno a Porto Alegre.

Ele franziu o cenho.

— Retorno de onde?

— O quê?

— Retorno de onde, Olívia?

— Tato, você se machucou? Tomou alguma coisa?

— Não tomei nada. Só quero entender por que você tá falando em "retorno a Porto Alegre". A gente mora em Porto Alegre.

Ela não respondeu. Pediu que ele tirasse a jaqueta. Examinou--o em busca de algum ferimento. Apalpou sua cabeça, perguntou se doía em algum lugar.

De repente, o coração de Tato acelerou.

— Olívia, tem uma calcinha no bolso da minha jaqueta, mas eu posso explicar. Uma mulher que eu não conheço me deu, sem razão nenhuma. Eu juro que...

— Pelo amor de Deus, Tato. Se eu fosse ter ciúme sempre que uma fã tenta te dar uma calcinha, não ia fazer mais nada da vida. Joga isso fora.

Ele sorriu. Olívia era a melhor pessoa que ele conhecia. Confiava nele, sabia que nunca iria traí-la. Era engraçado que ela achasse que ele recebia atenção feminina constante, mas o amor devia ser cego mesmo. Aos olhos de Olívia, ele devia parecer um astro do cinema, um atleta, um rockstar.

— Vou chamar um médico — ela disse.

— Não precisa, eu tô bem. Olívia, fica tranquila. Eu não sofri nenhuma concussão, não tomei nenhuma droga. Acho que só estou cansado. Deixa eu dormir um pouco.

— Você quer dormir de novo?

— Fica calma. Os últimos dias foram exaustivos. Só preciso descansar.

Ela concordou, relutante. Tato tirou os coturnos, deitou na cama ainda de roupa.

— Eu vou responder as mensagens que mandaram pro seu celular, ok?

— Claro.

Ele fechou os olhos e adormeceu em um segundo.

Se andar em Nova York era difícil, andar em qualquer cidade brasileira era quase impossível. Ao longo do próximo ano, todos os membros da Photophobia se mudaram para Los Angeles. Era um novo lar glamouroso, mas temporário. Com o passar dos anos, todos tiveram casas em vários lugares do mundo, até que decidiram se fixar em Londres.

As próximas turnês passaram por vários países da Europa, pelo Japão, por inúmeras cidades norte-americanas. Quando voltavam ao Brasil, eram saudados como heróis ou vaiados como vendidos. Seus primeiros videoclipes passavam na MTV americana dia e noite. Seus ídolos de adolescência agora eram seus amigos e colegas. Em todo o mundo jovens aprendiam a tocar guitarra e formavam suas próprias bandas por causa deles.

A ascensão meteórica da Photophobia, que aconteceu do dia para a noite e os levou ao panteão do rock mundial, demorou dez anos.

Dez anos desde a primeira fita demo até o Grammy de melhor álbum de música alternativa.

Quando subiram ao palco, estavam tão nervosos que esqueceram o discurso de agradecimento preparado. A plateia riu. Mas Pijama tinha treinado em casa, praticado o inglês para um agradecimento especial:

— Se a gente está aqui, é por causa desse cara — puxou Tato para junto de si. — Ainda bem que obrigamos ele a tocar com a gente.

Tato dera nome à banda e gritara de improviso o refrão de sua primeira música. Tato soubera, desde o início, que entrariam para o Festival Aberto da Canção Estudantil. Tato trouxera para o convívio deles Olívia, que proporcionara a primeira turnê. Tato compartilhara as músicas no Napster e conversara com Short Billy. Tato compusera as três faixas de seu primeiro lançamento internacional.

A Photophobia não seria a mesma sem nenhum deles. Mas, sem Tato Falk, não haveria Photophobia.

Os anos seguintes foram passados criando música com os amigos e maravilhando-se por tudo ter dado tão certo.

Tato acordou num quarto de hotel escuro e vazio.

— Olívia?

Sem resposta.

Ela devia ter ido resolver alguma coisa. Ele procurou um interruptor, acendeu a luz. Localizou o celular numa mesa, levantou-se e pegou o aparelho.

Tato nunca habilitava o reconhecimento facial em seus eletrônicos. Seu rosto estava por toda parte, usá-lo para acessar informações sensíveis parecia um risco. Assim, o celular imediatamente pediu para que inserisse um código numérico. Ele aproximou o dedo, mas não soube o que digitar.

Ficou vários minutos tentando lembrar da combinação. Então se achou idiota por não habilitar o reconhecimento facial. Não tinha razão nenhuma para achar que estava em maior risco do que qualquer outra pessoa. Todo mundo usava reconhecimento facial hoje em dia.

Tentou seu aniversário, o aniversário de sua mãe, sem sucesso. Vasculhou os bolsos em busca de algum papel onde pudesse ter anotado o código.

Achou um papel, mas não era uma anotação.

Era uma foto recortada de uma página de jornal. Mostrava um grande palco e quatro homens sob os holofotes, cabelos suados grudados na testa, braços erguidos em posição de triunfo. Um deles tinha uma guitarra pendurada nos ombros. Eram músicos.

Ele conhecia aquelas pessoas. Sentiu um imenso carinho por eles, um sentimento de orgulho melancólico. Mas não soube de onde essa emoção vinha. Seus nomes estavam na ponta da língua, mas ele não conseguia lembrar.

O mais estranho era que os rostos dos quatro músicos estavam esmaecidos na foto. As feições pouco discerníveis. Partes de uma foto de jornal guardada no bolso estarem borradas não seria tão estranho, mas era uma coincidência curiosa que apenas os rostos tivessem perdido a tinta. Sem ver os detalhes, era difícil reconhecê-los.

Mas de onde os conhecia? Por que tinha aquela foto?

Na dúvida, preferiu não jogar fora. Dobrou-a e guardou no bolso de novo.

— Olívia?

Ele sabia que devia chamar esse nome, mas tinha dificuldade de determinar a razão. Olívia era alguém conhecida. Era alguém em que ele confiava.

— Olívia?

Abriu a porta do quarto, olhou para os dois lados do corredor. Tudo em silêncio. Chamou por Olívia mais uma vez, sem resposta.

Tato não fazia ideia de onde estava. Era um hotel, com certeza. Mas o quarto imenso, com vários ambientes e banheiro com hidromassagem, sugeria um hotel chique. O corredor era decorado com bom gosto. Ele nunca estivera num lugar assim, não sabia por que teria acordado lá.

Voltou ao quarto, procurou algo que pudesse lhe dar uma pista sobre o que estava acontecendo. Não achou nenhuma carteira. Vasculhou os grandes armários. Estavam cheios de roupas esdrúxulas. Várias jaquetas de couro, camisetas puídas com nomes de bandas, calças jeans com joelhos rasgados. Os músicos que ele conhecia de algum lugar, por quem nutria um sentimento bom, vestiam-se daquela forma. Claro, eles eram músicos — não eram como ele. Se sentia aquele carinho indefinível, talvez fosse um fã. Mas por que não lembrava? E por que estava em seu quarto de hotel?

Então notou que ele mesmo estava vestido com roupas esquisitas. Não havia sapatos decentes no quarto inteiro. Sem escolha, calçou um par de coturnos que estava perto da cama.

Ele sabia que tinha gente em quem podia confiar — Olívia, fosse quem fosse, ou até mesmo seus ídolos da foto. Mas não se sentia à vontade no hotel. Podia ficar aqui, mas mais cedo ou mais tarde alguém podia exigir que ele pagasse por todo aquele luxo. Podia confundi-lo com um dos músicos. Tato achou melhor ir embora antes que aquilo acontecesse. Precisava achar algum amigo, achar a tal Olívia, achar alguém que pudesse ajudá-lo.

Saiu do quarto e desceu até o saguão, foi ao balcão.

— Eu preciso sair — disse, em voz baixa, meio encolhido. — Existe algum impedimento, ou...?

O funcionário ficou alguns segundos em silêncio, olhando para ele, cenho franzido. Então pareceu entender.

— Ah! Sim, desculpe — disse. — Há um... "impedimento", sim. Uma pequena multidão acampada na entrada principal. Melhor não sair por lá. Se o senhor quiser vir comigo, posso conduzi-lo por uma saída dos fundos, passando pela cozinha.

Tato agradeceu e foi levado para a tal saída. O homem perguntou se já havia um carro esperando, ele desconversou. Pensou em pegar um ônibus, mas não tinha dinheiro. Também nunca estivera naquela parte da cidade, onde moravam os ricos. Podia demorar muito para achar um ponto de ônibus.

Então se pôs a caminhar.

Não sabia para onde ir, então foi até o único local onde sabia estar em segurança:

Sua casa, onde morava com sua mãe.

Tentou lembrar dos últimos dias, mas não conseguiu. Das últimas semanas, dos últimos meses e anos. Sua mente alternava entre vazio total e uma bruma confusa, que escondia memórias que quase pareciam estar ao alcance. Sabia que sua mãe estava no hospital e que eles estavam separados, ele inexplicavelmente tendo acordado num quarto de hotel.

Demorou horas para se localizar naquela parte da cidade, então para chegar até o prédio. Já estava quase amanhecendo.

Notou que não tinha chave, tocou no interfone de uma vizinha.

— É o Renato do apartamento doze — anunciou. — A senhora pode abrir pra mim?

A vizinha abriu. Ele foi até a soleira do número doze e tirou a chave reserva que havia sob o capacho. Abriu a porta e respirou aliviado ao entrar. Finalmente estava em casa.

Exausto. Caminhara a noite inteira, não lembrava da última vez que tinha comido. Não vinha conseguindo dormir bem. Sentou no sofá, como fazia todas as noites ao lado da mãe. Decidiu descansar os olhos só um pouco.

Quando acordou, já estava escurecendo de novo. Lembrou de outra noite em que dormira no sofá, quando seu pai abandonou a família. O corpo todo doía, talvez por ter ficado encolhido por horas no sofá antigo. Precisava dormir direito.

Levantou e foi até seu quarto. Encontrou a cama coberta de fotografias antigas.

Olhou uma a uma, tentando lembrar quem eram aquelas pessoas. De novo, uma sensação forte de carinho, uma saudade indefinida. Ele mesmo estava lá, conseguia se reconhecer.

Mais uma vez, algo curioso: todas as fotos tinham o mesmo defeito. Ele não entendia nada de fotografia, então não sabia como aquilo podia acontecer. Dentre todos os rostos, apenas o seu era normal. Nos outros, a boca tinha se apagado.

Tirou a foto dobrada de dentro de seu bolso e comparou.

Eram as mesmas pessoas, com algumas décadas de diferença. Os músicos que estavam na foto recortada do jornal apareciam tocando na adolescência e juventude. O mais estranho é que ele também cantava e tocava instrumentos nas fotos velhas. Não tinha lembrança nenhuma de um dia ter feito isso.

Dentro do bolso, a foto de jornal tinha se danificado mais um pouco. As bocas dos quatro tinham sumido.

Os nomes deles estavam na ponta da língua. Olhou fixamente para uma das fotos, onde um menino se abraçava nele, sem boca. Quis falar o nome do rapaz em voz alta, para si mesmo. Chegou a dizer "Marcelo", mas soava errado. Não conhecia ninguém chamado Marcelo. Um segundo depois, esqueceu do nome que acabara de dizer.

Numa das fotos, ele mesmo aparecia com expressão tensa, desconfortável. Todos os outros estavam relaxados.

Um deles empunhava uma arma.

Por que não lembrava daquelas pessoas? Por que tinha fotos com elas? E por que era invadido por uma saudade terna, por que queria tanto lembrar seus nomes, se em uma das fotos um deles estava armado, e ele próprio claramente amedrontado?

Quem quer que fossem os músicos, um dia o tinham ameaçado com um revólver. E registraram a ameaça, para que ele não esquecesse. A sensação de carinho estremeceu.

Uma menina dividia várias fotos com ele. Numa delas, ela fazia um brinde com um copo de uísque. Estava vestida como uma marginal. Não tinha boca.

Ele estava muito cansado para entender tudo aquilo. Jogou todas as fotos no chão e caiu na cama. Dormiu por mais de dez horas.

Renato acordou com batidas fortes na porta do apartamento.

— Tato? — gritava uma voz de mulher. — Tato, você está aí?

Ele fechou a porta do quarto vagarosamente, para colocar uma segunda barreira entre si mesmo e quem quer que estivesse gritando. Era uma pena que a mãe não permitisse que ele tivesse uma chave para a porta de seu quarto. Mas, mesmo sem poder trancá-la, ficou segurando a maçaneta.

— Tato, eu vou entrar — disse a voz feminina do lado de fora.

Ele a ouviu destrancando a porta, entrando e caminhando pela sala. Fosse quem fosse, tinha conseguido uma chave de sua casa.

— Tato, por favor! Você tá aí?

Ele olhou pelo buraco da fechadura.

A mulher era linda, mas se vestia como uma degenerada. Sua maquiagem estava borrada de lágrimas, ela tremia de nervosismo. Súbito, um estalo. Ele se esticou e pegou a foto da garota que, a seu lado, brindava com uísque. De alguma forma, o defeito se alastrara: na imagem, a boca e o nariz haviam sumido.

Quem eram aquelas pessoas? Por que estavam atrás dele? Por que ele estava vestido como elas, e por que suas fotos sumiam aos poucos?

Renato olhou de novo da foto para a mulher no buraco da fechadura. Não sabia dizer se eram a mesma pessoa. De qualquer forma, tudo aquilo era bizarro. A mãe o avisara, muito tempo atrás, para tomar cuidado com meninas sem-vergonha, que espalhavam doenças.

Ele podia estar em perigo.

— Tato!

— Não tem ninguém aqui com esse nome! — Renato gritou. — Vai embora!

— Tato! — ela soluçou. — Você tá bem? Tá machucado?

— Vai embora! — ele ordenou de novo.

— Tato, você está tendo algum episódio psiquiátrico, sei lá. Foi muito trauma pra poucos dias. Mas vai ficar tudo bem, fica tranquilo. Eu te amo.

Isso fez uma fúria borbulhante eclodir nele. Ela era a pessoa mais linda que ele já vira. As roupas coloridas e esquisitas, mesmo mostrando que não era gente de bem, atraíam-no de alguma forma. Era uma bela piada que aquela mulher pudesse amá-lo. Alguém como ela só poderia se aproximar dele por interesse, ou para humilhá-lo.

Por um instante, a raiva foi mais forte que o medo e ele abriu a porta.

— Quem é você? — perguntou Renato.

— Tato — ela sorriu. — Sou eu, a Olívia. A sua esposa. Vai ficar tudo bem. Eu vou chamar uma ambulância.

— Eu não sei quem você é — ele disse — mas não vai conseguir tirar nada de mim. Eu não tenho dinheiro, não vou cair em golpe nenhum.

— Tato, me ouve.

— O que você quer? Fingir que me conhece pra me levar de novo para aquele hotel? Pra tirar os meus rins?

Ela se deteve por um instante.

— Eu tô chamando uma ambulância, tá? Vai ficar tudo bem.

— Quem são vocês? Quem são esses músicos?

Olívia olhou para as fotos no chão do quarto. Com o corpo de Renato bloqueando a maior parte da visão e a luz desligada, não conseguiu ver os rostos.

— São os nossos amigos, meu amor. A sua banda. Lembra?

Ele nunca tivera uma banda.

Quer dizer, aquelas fotos *mostravam* ele tocando instrumentos, cantando num microfone. Seria possível que ele tivesse feito parte de uma banda e não lembrasse?

Ele precisava desenredar tudo aquilo. Precisava decifrar por que aquela gente o seguia ao longo dos anos. Devia haver um motivo pelo qual haviam fabricado fotos com ele naquelas situações. Devagar, Renato se abaixou. Sem tirar os olhos da mulher, tateou o chão atrás de si. Pegou as fotos uma a uma, enfiou-as nos bolsos.

— Deixa eu chegar perto de você, meu amor. Vai ficar tudo bem.

Ficou de pé mais uma vez, intimidado por ela. Mesmo que um dia ele tivesse feito parte de uma banda, aquela mulher nunca teria lhe dado qualquer atenção. Exceto como parte de algum golpe, algum estratagema de pessoas ruins que estavam sempre à espreita para lhe fazer mal.

Renato não lembrava de ninguém que o amasse.

Apenas a mãe.

Correu de repente, empurrou a mulher, saiu porta afora antes que ela conseguisse reagir.

O último lugar seguro tendo sido violado, ele se apressou por ruas secundárias, logo se perdendo. Não tinha muita experiência em andar sozinho — a mãe não gostava que fizesse qualquer trajeto, exceto casa-escola-casa. Mesmo a Praça da Matriz era muito perigosa, um lugar onde ele podia ser assaltado ou assassinado a qualquer momento.

Preferiu passar longe.

Logo se viu numa parte da cidade que não conhecia. Algumas pessoas olhavam em sua direção, mas a maioria passava ao largo. Ele não tomava banho há dias, estava fraco por não comer e, principalmente, vestido como um marginal. Alguém a ser evitado. A noite caía e ele sabia que precisava dormir em algum lugar até que amanhecesse e o horário de visitação no hospital começasse de novo.

Achou um parque e se escondeu entre os arbustos.

Deitou no chão, tremendo de frio e torcendo para que não fosse encontrado por nenhum bandido. Sob a parca iluminação pública, tirou do bolso as fotos e as examinou de novo. Quem eram aquelas pessoas?

Agora já era impossível discernir qualquer coisa. A luz era fraca e suas mãos não conseguiam segurar as fotos com estabilidade, por isso não pôde ter certeza. Mas parecia já não haver mais nenhum rosto.

Boca, nariz e por fim olhos tinham desaparecido. Apenas ele continuava normal, cercado por estranhos, em situações inconcebíveis.

Cercado por estranhos sem rosto, estranhos que se vestiam como marginais, que se apresentavam num palco.

Estranhos armados.

Que, como provava a aparição súbita da mulher em sua casa, estavam atrás dele.

Alguém o tinha arrastado para aquele hotel e vestido-o com roupas de marginal. Devia ser algum tipo de golpe, perpetrado por algum dos bandidos que havia por toda parte. Traficantes, por exemplo, estavam disfarçados em todos os setores da sociedade, inclusive na porta de escolas. Não era impossível que o tivessem drogado para deixá-lo à sua mercê para sempre.

— Mãe, me protege — disse, quase como uma prece.

Guardou as fotos e adormeceu.

Deixaram que entrasse no hospital, que fosse visitar a mãe, apesar de seu estado. Informaram-lhe que "sua esposa" tinha ligado, perguntando se ele aparecera. Renato concluiu que a mulher conseguira enganar o hospital inteiro. Perguntou se ela estava autorizada a entrar no quarto de sua mãe — disseram que não, a paciente proibira. Ele ficou aliviado. Pelo menos ali estava em segurança. Sua mãe sempre sabia o que era melhor para ele.

Enfim, trêmulo e recurvado, chegou ao quarto dela. A única pessoa em quem podia confiar.

— Oi, Nanato.

— Oi, mãe.

Foi até ela e a abraçou.

— Você está um lixo, Nanato. Todo esfarrapado e fedorento. Tem noção de como me envergonha? Imagina que eu tenho que falar pros outros que o meu filho é esse mendigo, que só anda com vagabundos e não trabalha.

— Desculpa, mãe.

Ele começou a chorar. Quando enfim se desgrudou dela, viu que sua mãe estava sorrindo. Às vezes ela ficava muito satisfeita quando ele chorava. Eram momentos em que podia controlá-lo com mais facilidade. Renato afastou o pensamento torpe com um meneio de cabeça. Sentou mais empertigado na cama.

— Mãe, eu estou tendo uns problemas...

— Eu sei, Nanato. O seu problema são as pessoas à sua volta. Se você só se cerca de bandidos, vai ter problemas mesmo.

O rosto de Renato se iluminou. Ela entendia.

— É isso mesmo, mãe! É exatamente isso. Eu quero saber se a senhora lembra de coisas da minha adolescência.

Ela estreitou os olhos.

— Eu vi umas fotos lá em casa, mãe. Umas fotos minhas com uns garotos de uma banda. Eu estava com eles. Mas as fotos estão esquisitas. Eu não consigo lembrar deles. Acho que estavam me ameaçando.

— Por que você está falando desses vagabundos, Nanato?

— Eu não consigo lembrar, mãe — as lágrimas escorreram soltas de novo. — Eles eram meus amigos? Eu fazia parte de uma banda? O que aconteceu?

A mãe de Renato não respondeu por um tempo, como se ponderasse. Mexeu a cabeça para um lado e para outro, estudando-o. Ele não conseguia discernir o que se passava por trás daqueles olhos, principalmente em seu atual estado de confusão. A mãe parecia sopesar diversas opções, averiguar a verdade sobre algo.

Por fim:

— Sim, você conheceu esses meninos, Nanato. Mas eles não eram seus amigos. Não de verdade. Eles só queriam o seu mal.

Ele começou a soluçar.

— Quem são eles?

— Não são pessoas importantes, não se preocupe com isso. Eles só te fizeram mal. Esses vagabundos sempre foram um peso na sua vida, Nanato. Eu avisava o tempo todo, mas você nunca me ouviu.

— Desculpa, mãe.

Renato não sabia como ela podia lembrar, se ele mesmo esquecera. Mas ela usou a oportunidade para lhe mostrar como ele fora tolo e mau, um filho ingrato que rastejava atrás de marginais e só dava alguma atenção à própria mãe quando ela estava morrendo.

A Tia Esotérica dissera que o Viajante chegava ao nosso mundo por meio de fotos físicas, consumia memórias e deixava sorrisos. Na verdade, Renato não lembrava direito do ritual, assim como não lembrava direito de nada que tinha a ver com a Photophobia. Não lembrava direito de nada que tivesse relação com aquelas quatro pessoas cuja foto levara no bolso quando a criatura fora invocada.

Tudo que tinha a ver com eles — a trajetória da banda, a amizade, o sucesso, a maneira de se vestir, o casamento, a capacidade de desafiar a mãe.

Tudo esquecido.

— Acho que você não está lembrando porque a sua cabeça finalmente está tentando te proteger das suas escolhas, Nanato. Você sempre escolheu tudo errado. Agora pelo menos não precisa mais conviver com essas memórias.

Esquecer totalmente de um grupo de amigos era absurdo, mas não mais absurdo do que existir uma conspiração de marginais à sua volta.

— Quem são essas pessoas? — Renato perguntou de novo. — O que elas fizeram?

— Eles só te usaram, Nanato. Te usaram e te passaram pra trás. Esses vagabundos te enganaram pra tirar você da nossa casa, separaram mãe e filho. Eles riam nas suas costas, faziam você de bobinho. Você era o empregadinho deles. Você sempre teve vocação para vítima.

Ele não conseguia parar de chorar. Mais do que tristeza, vergonha abjeta de ter sido usado, de ter sido manipulado por vagabundos.

— Você é como o seu pai, Nanato. Me abandonou quando eu mais precisava. Mas você também é como eu. Foi abandonado por todo mundo em quem confiou.

Ele lembrava claramente do pai. Aquilo solidificou uma certeza sobre si mesmo.

Era uma vítima.

— Tinha também uma menina...

— Ah, sim — a mãe de Renato sorriu sem humor. — Aquela moça. Ela mandava e desmandava em você, Nanato. Você fazia tudo que ela queria. Ela dormiu com todos os seus amiguinhos vagabundos. Ela saía para a libertinagem à noite e depois voltava pra você usada. E você aceitava ela de volta.

As palavras abriram um rombo em seu peito.

Ele fora enganado de todas as formas, traído de todos os modos pelos marginais. Marginais cuja foto saíra no jornal. Marginais sob holofotes.

As fotos antigas mostravam: ele tocara com eles. E agora os marginais eram um sucesso. Tanto sucesso que apareciam na TV. Tanto sucesso que pessoas no hospital haviam pedido para tirar fotos com Renato, só porque um dia ele os conhecera.

Mas a história não encaixava. Como fãs aleatórios podiam saber que ele, quase trinta anos antes, tocara com seus ídolos?

E por que os marginais o arrastariam para um quarto de hotel de luxo?

Renato sentiu uma fagulha de lembrança iluminar a confusão em sua mente. Não fazia sentido que ele fosse um astro do rock. Mas também não parecia fazer sentido que *não* fosse.

— Mãe... — ele começou, com voz pequena. — Mãe...

— Desembucha, Nanato!

— Mãe, algum dia eu fui um músico de sucesso?

Ela não respondeu.

Apenas olhou para ele.

Então riu às gargalhadas.

Ele não sabia como podia ter sido tão idiota a ponto de pensar aquilo.

Mas ele mesmo não lembrava.

E sua mãe não mentiria.

Tato foi padrinho do primeiro filho de Caverna.

Tato celebrou o casamento de Pijama.

Tato e Vítor seguiram o caminho de Short Billy e montaram seu próprio selo. Lançaram diversas bandas e criaram juntos um pequeno império musical e financeiro.

Bruno insistiu para que o Grammy ficasse na casa de Tato e Olívia. Afinal, se não fosse por ele, nunca teriam conquistado o mercado internacional.

Quando Tato ficou sabendo da doença de sua mãe e decidiu ir a Porto Alegre antes do resto da banda, os cinco passaram a noite conversando. Era um momento difícil, não deixariam o amigo sozinho.

Olívia cuidou de toda burocracia, falou com o plano de saúde no Brasil, coordenou a troca das passagens com o empresário, garantiu que ele pudesse se dedicar a suportar a parte emocional daquela situação.

— Casa com essa mulher, Tato — disse Pijama, e todos riram. Porque, juntos, sempre conseguiam rir.

Renato entrou furtivamente numa loja de música. Enquanto nenhum atendente olhava, pegou um violão.

Tentou tocar alguma coisa. Não soube nem por onde começar. Os dedos pressionaram as cordas de um jeito aleatório, o único barulho que emergiu foi fraco e dissonante, cheio de zumbido.

Não lembrava de um dia ter encostado em um instrumento musical. Se, um dia, tivesse sabido tocar violão, fora muito tempo atrás. Tempo suficiente para que esquecesse.

MEDO DE TRABALHO EM GRUPO

(Silêncio)

NANATO ENTROU NO APARTAMENTO QUE DIVIDIA COM A MÃE. Trancou a porta e encostou uma cadeira na maçaneta. Sabia que a ex-namorada que o enganara e o traíra durante a juventude tinha uma chave, de alguma forma. Não podia arriscar.

Ele se sentia ridículo naquelas roupas de marginal. Sua mãe tinha razão: era um tolo, um idiota que tinha rastejado atrás de um bando de vagabundos que só o tinham usado. Estava até mesmo vestido como eles, imitando-os como um bajulador. Ainda bem que não lembrava.

Foi até seu quarto, em busca de roupas decentes. Abriu o armário e não encontrou nada, apenas os brinquedos que sua mãe guardava desde a época da infância. Sentiu-se grato por ela preservar aquilo. Um dia ele poderia querer brincar de novo.

Nanato imaginou o que teria acontecido com suas roupas normais, por que o armário estava vazio. A hipótese mais provável é que a ex-namorada tivesse jogado tudo fora, como parte de algum golpe.

Não, não podia ser um golpe; ele não tinha nada a oferecer à gente rica.

Queriam apenas humilhá-lo.

Mais uma vez, tentou lembrar. Achar alguma explicação para o lapso de memória — talvez algum ferimento na cabeça? Afinal, era indefeso. Caso quisessem bater nele, não haveria nada que pudesse fazer para impedir. Mas não sentia nenhuma dor do tipo.

A única fonte de informações estava nas imagens. Tremendo de vergonha, enfiou as mãos nos bolsos e pegou as fotos amarrotadas. A primeira mostrava a menina.

Nanato piscou. Lembrava vagamente de que havia um defeito na foto — o rosto tinha sido apagado. Mas agora o rosto da garota aparecia claramente.

Ela sorria.

Um sorriso enorme, macabro, grande demais. Um sorriso de maldade.

Um sorriso de quem o odiava, de quem o desprezava, de quem só queria o seu mal. Como a mãe dissera, ela o traía. E fazia questão de registrar a si mesma zombando de sua ignorância.

Ele examinou as outras fotos.

Todos os músicos, ao longo dos anos, tinham aquele sorriso maldoso. Riam dele, mostravam seu desprezo. Tinham mantido-o por perto para torturá-lo, para se aproveitar dele. O tempo todo se deleitando na conspiração, rindo pelas suas costas.

Os dedos trêmulos quase deixaram cair a foto mais assustadora.

Os quatro com seus sorrisos monstruosos de escárnio, um deles empunhando uma arma. Nanato no meio deles, amedrontado.

Na foto recortada do jornal, eles continuavam sorrindo.

Ao longo das décadas, continuavam em sua maldade.

Se antes tivera a vaga impressão de conhecer aquela gente, uma noção de carinho e a sugestão de nomes, agora não tinha memória nenhuma. Nanato mais uma vez tentou fazer sentido do que acontecia.

Tocara com eles, como evidenciado pelas fotos, e agora eles eram astros bem-sucedidos e ricos. Mas claramente cortaram todo contato com Nanato — se, ao longo dos anos, tivesse visto algum dos músicos, com certeza lembraria de *algo*.

Nanato tinha sido passado para trás pelos supostos amigos. Era a única explicação.

Ele era uma vítima. Acontecera com ele o mesmo que tinha acontecido com a mãe.

Antes que a banda estourasse, eles o abandonaram.

Sentiu ódio de si mesmo por ser tão tolo. Por não dar ouvidos à própria mãe. Por rastejar para aquela gente desonesta.

Ele não entendia nada de música, mas sabia que histórias daquele tipo eram comuns. Um conjunto musical começava e, quando seus membros estavam à beira de fazer sucesso, descartavam quem atrapalharia sua carreira. Nanato sabia que só puxaria um conjunto musical para baixo. Nunca tivera talento para a música, era avassalado por uma timidez paralisante, sua aparência era repulsiva. Nunca conseguiria subir num palco. Com certeza os outros membros do conjunto tinham feito uma reunião secreta, sem ele, e chegado à conclusão de que, se queriam ser ricos e famosos, precisavam deixar o peso morto para trás.

A única coisa ainda incerta era por que o quiseram antes.

Então lembrou das palavras da mãe, e tudo fez sentido.

Ele era o bobinho, o empregadinho daqueles vagabundos. Rastejava atrás deles, obedecia a eles, estava apaixonado pela mulher que transava com todos eles. Eles o queriam como capacho, para fazer todo o serviço difícil, e o enganaram.

Era evidente. Era a única explicação. Nanato nunca tocara nenhum instrumento. Mas eles tiraram fotos dele com uma guitarra, cantando num microfone, para passá-lo para trás, convencê-lo de que também fazia parte. Não deviam deixar que tocasse nos shows de verdade. Enquanto isso, ele obedecia. Era tão idiota que guardara as fotos que mostravam a zombaria, sem notar que era a vítima. Provavelmente limpava os banheiros deles, carregava suas malas.

Então, quando tiveram dinheiro para contratar quem fizesse isso, livraram-se do servo que os envergonhava.

Logo antes do sucesso, eles o abandonaram.

Nanato estremeceu de raiva. Sua mãe dissera, e ela nunca mentiria. Eles o usaram. Usaram-no e então o descartaram quando não precisavam mais. Agora estavam ricos, eram estrelas, e ele tinha desperdiçado a vida.

Olhou para si mesmo com nojo. Nojo de ter sido manipulado, nojo de estar vestindo aquelas roupas.

Não tinha roupas decentes, mas sabia que a mãe guardara as roupas de seu pai. Foi até o armário dela.

Ele era igual à mãe — uma vítima que fora abandonada quando isso foi conveniente.

Mas também era igual ao pai.

Nanato despiu as roupas ridículas e vestiu uma calça social, uma camisa e um colete de lã. De tudo que tinha consigo antes, guardou apenas a foto de sua mãe. A única pessoa que o amava em todo o mundo.

Continuou procurando no armário.

Achou todos os pertences guardados de seu pai ausente.

Quando ele se aproximou da entrada do hotel, um grupo de seguranças fez a pequena multidão recuar, abrindo caminho para que ele passasse. Nanato não sabia por que eles faziam isso — talvez fosse parte da humilhação pela qual passara, sendo forçado a vestir as roupas dos músicos e arrastado para aquele hotel de luxo. Não bastava que, tantos anos atrás, tivesse sido descartado, ainda precisavam esfregar aquilo na sua cara. Jornalistas tiraram fotos enquanto ele passava. Mais humilhação, mas ele não se importava.

A humilhação logo iria acabar.

Ele lembrava do andar onde acordara dias antes. Foi direto ao elevador. Antes que entrasse, ouviu o pessoal da recepção no interfone, avisando alguém que "Tato Falk está aqui".

A porta do elevador se fechou, ele apertou o botão. Esperou imóvel, em silêncio, enquanto subia. O elevador parou, ele ouviu uma voz gravada dizendo o número do andar. A porta se abriu e ele ganhou o corredor bem decorado.

Mais à frente, a porta de um quarto também se abriu. A mulher surgiu, sorrindo e chorando ao mesmo tempo.

Sorrindo.

— Tato! Meu amor, eu achei que...

Nanato não disse nada. Passou pela mulher, entrou no quarto. Ela fechou a porta.

Havia quatro homens ali dentro. Um recostado na cama, um violão no colo. Outro sentado, uma garrafa de cerveja na mão. Os outros dois de pé. Todos olharam para ele. O que estava na cama largou o violão e saltou, foi até ele com os braços abertos.

— Tato, a gente quase morreu de susto! Você...

Ele puxou a arma e atirou.

Acertou o primeiro no estômago. Seu sorriso virou dor e confusão enquanto os braços abertos balançavam numa tentativa fútil de deter sua queda. Nanato então se virou para o que estava sentado com a cerveja. O tiro quebrou a garrafa e furou seu peito.

Os outros dois tentaram correr, enquanto a mulher gritava. Nanato atirou, errou um deles. Atirou de novo e acertou. Ele caiu, o outro tropeçou sobre o corpo e desabou também. Nanato estendeu o braço e dessa vez não errou o tiro.

Ele se virou para a mulher.

Ela estava paralisada, as mãos espalmadas em frente ao torso como se assim pudesse se defender. O rosto congelado num grito mudo.

— Tato, eu te amo.

Nanato apertou o gatilho.

Ele desceu as escadas correndo e se meteu no restaurante do hotel, no andar térreo, então pela cozinha até achar a saída dos fundos que o funcionário tinha lhe mostrado antes. Os funcionários o seguiram com os olhos, mas deixaram-no passar. Ele chegou a ouvir “Senhor Falkenberg, está tudo bem?”, mas não deu atenção.

Quando um funcionário foi averiguar o barulho e encontrou os cadáveres, ele já estava longe.

Nanato entrou no quarto do hospital, orgulhoso. Finalmente podia dizer a ela que não era mais uma vítima. Que seguira seus conselhos e tinha se vingado dos vagabundos.

Então franziu o cenho.

Quem era aquela mulher?

Ela disse algo, mas ele não escutou. Confuso, meteu a mão no bolso. Tinha certeza de que ali havia uma pista.

Pegou uma foto três por quatro, mas não sabia de quem era.

A mulher da foto sorria para ele. Um sorriso monstruoso e macabro, grande demais para o rosto.

Um sorriso de maldade.

Ele não sabia quem era aquela mulher. Não sabia quem ele mesmo era. Mas sabia de uma coisa:

Ela era má.

Apontou a arma.

Atrás dele, um canto do teto foi tomado por escuridão. Do breu surgiu uma criatura esbranquiçada, com membros alongados e inúmeros rostos em uma cabeçorra deformada. O Viajante estendeu os braços na direção dele, as pontas dos dedos buscando os cantos de sua boca.

Ele apertou o gatilho.

Click.

Estava sem balas.

O Viajante enfiou os longos dedos na boca dele. Puxou as laterais, rasgando seu rosto para os dois lados, abrindo as bochechas em um talho horrendo. Puxou-o para o escuro acima, enquanto ele se debatia, respingando sangue.

A criatura fizera exatamente o que tinha sido descrito pelo ritual de invocação. Viajara pelas fotos, consumira memórias, deixara para trás apenas sorrisos.

O homem e a coisa sumiram nas sombras. O quarto foi de novo tomado pela luz hospitalar fluorescente.

A mulher na cama observou aquilo sem expressão. Então deu um riso de desdém.

— Não consegue nem matar a sua mãe.